郭树清 著

花开知味

文匯出版社

图书在版编目(CIP)数据

花开知味 / 郭树清著. —上海：文汇出版社，2024.5
ISBN 978-7-5496-4260-1

Ⅰ.①花… Ⅱ.①郭… Ⅲ.①散文集-中国-当代 Ⅳ.①I267

中国国家版本馆 CIP 数据核字(2024)第 095027 号

花开知味

著　　者 / 郭树清

策划编辑 / 陈今夫
责任编辑 / 王　骏
特约编辑 / 唐　铭
封面装帧 / 益　平

出版发行 / 文匯出版社
上海市威海路 755 号
(邮政编码 200041)

经　　销 / 全国新华书店
排　　版 / 南京展望文化发展有限公司
印刷装订 / 启东市人民印刷有限公司
版　　次 / 2024 年 5 月第 1 版
印　　次 / 2024 年 5 月第 1 次印刷
开　　本 / 890×1240　1/32
字　　数 / 240 千字
印　　张 / 12.25

ISBN 978-7-5496-4260-1
定　　价 / 58.00 元

目录 Contents

第一辑　古风情韵

蠡园湖畔觅古风/3

古运河上清名桥/6

巡塘古镇桃花源/9

风韵悠悠说乌镇/12

醉人的塘栖古镇/15

绿荫廊棚真如镇/17

走进江湾镇老街/20

青溪老街古韵浓/24

底蕴深厚堡镇街/27

堡镇老街龚氏旧居/30

滨水独宅古民居/35

光明街徐氏旧居 /39
崇明博物馆游记 /42
姚鼐故居纪念馆 /46
踏着红色足迹前进 /51
登崇明金鳌山感怀 /57
月光下的江堤岸 /60

第二辑　繁花情趣

春风沉醉花博园 /67
杨浦公园赏春景 /71
石榴花开红似火 /74
杜鹃花开红烂漫 /76
娇艳浪漫合欢花 /79
三星镇明星海棠花 /82
热情明艳紫薇花 /85
娇小清纯丁香花 /88
绝色俊逸郁金香 /91
滨江菊花飘香来 /94
槐花馨香漫心田 /97
芳香四溢玫瑰花 /100
口袋公园暖人心 /103
秋风吹来芦花白 /106
丝瓜花儿开又开 /110

蚕豆花赛过黑牡丹 / 113
四时皆景新建路 / 115
故乡路上赏美景 / 118
美丽乡村银杏园 / 121
曼舞轻歌玉米地 / 123

第三辑 乡野情怀

倘佯夏日的乡野 / 129
鹭影相随情依依 / 132
故乡秋韵润心田 / 134
恬静温馨故乡夜 / 137
多彩神韵故乡云 / 139
沧海倾盆盛夏雨 / 142
深情凝望故乡大地 / 144
乐游春满乡野时 / 149
丰姿绰约故乡河 / 152
故乡河畔秋意浓 / 156
鲜美醇香鲚鱼饼 / 159
春天味道迷人醉 / 162
游弋在故乡的春天里 / 165
故乡冬日醉人心 / 168
崇明菜瓜脆又甜 / 171
乡野春光惹人爱 / 174

艾草青青盈盈香 / 177
走在乡间小路上 / 180
尖沙鱼汤春最鲜 / 184
炊烟升处是吾乡 / 187

第四辑　见闻情思

动物的道德境界 / 193
喜鹊登枝报吉祥 / 196
芦青是蛇的娘舅 / 199
福禄寿黄杨木雕 / 202
黄浦江畔观舰船 / 204
面对庄严的国旗 / 206
品读《石头记》有感 / 211
竹编藤盘追往昔 / 214
怀旧集市情满怀 / 216
山水滋润天目湖 / 218
神驰心醉"好望角" / 221
长江明珠横沙岛 / 224
冰清玉洁瑞雪情 / 228
除夕夜祭祖习俗 / 230
古法绝活棕榈笔 / 232
雅俗共赏崇明田头话 / 235
崇明岛上"一览楼" / 238

公园飘荡不老歌/241
惊艳转身崇明蟹/244

第五辑　往事情缘

厚重坚定旅顺山/249
神奇的和尚山/253
海岛观通兵的风采/256
怀想王家岛建码头/260
岫岩玉双马雕塑/263
藏书印章战友情/265
深情致敬乡村匠人/268
远去的乡间土厕/271
想起当年任生产队记工员/274
难忘当年学厨艺/279
感味童年/282
姐姐背上度童年/285
老屋忆怀/287
一生中最难忘的日子/290
崇明迷雾醉乡愁/293
悠悠往事井亭情/296
流淌在心底的四滧河/300
轻摇蒲扇的夜/308
想起当水兵晕船往事/311

气韵生动贝壳画/315

第六辑　灯下情影

八旬老人圆了作家梦/321
邮票画里见真情/324
季灏的探索之路/327
毛体书法寄情思/330
海岛名医范春如/334
顾村的崇明情缘/338
由传统家风感悟人间真情/342
内蒙人民的胸怀/347
夜光杯情怀/350
真诚是立身之本/353
健康的心态是前进的动力/355
提升软实力重在生活细节/357
人生宜"知不足"/362
文化养生陶性情/364
崇明俗语，养生精华/366
默默无闻的民间艺术家/369
铅笔画里见真情/376
尊宗睦族说家谱/379

第一辑

古风情韵

蠡园湖畔觅古风

蠡园位于风景秀丽的无锡蠡湖之滨,是国家重点名胜区太湖的主要景点之一。该园初为东西两座相邻的私家园林,分别为1927年到1937年建的蠡园和1930年到1937年建的渔庄。1952年,对建于1927年的蠡园"百步碑廊"进行了续建,始将两园沟通,统称为蠡园。

蠡园以独具风格的水景园林独步于江南,山清水秀,庭秀园深。外在美不是蠡园的全部,蠡园最吸引人的,还是流传千古的范蠡与西施的浪漫爱情故事。据说吴国灭国后,范蠡深谙飞鸟尽良弓藏之理,在七月初七这一天,携西施泛舟归隐于五里湖西施庄,在美妙的湖光山色间,流传下一段千古佳事,蠡园也因此而得名。

走进园内,一股清新文雅之气扑面而来。这里的百花山房、四季妙亭、桂林天香、西施映月、濯锦楼、涵虚亭、春秋阁、龙凤亭、镜涵水庭等建筑,青瓦十字脊梁,四角飞檐起翘,古朴典雅,景景相连，移步换景，还有如丝的柳堤、临水的长廊、细巧的小桥、绚丽的轩亭，美不胜收。

漫步四季妙亭，这座亭建于1954年，依春、夏、秋、冬四季，分冠溢红、滴翠、醉黄、吟白之名，亭边栽植相应的四季花木，花开四季，馨香不绝。眼下，正值春末初夏时节，这里的枫树、红叶石楠、杜鹃花等斗艳吐芳，如霞光般灿烂。还有那鲜红的石榴花，雪白的栀子花和五颜六色的月季花，映衬着蓝天白云，娇艳无比，蔚为壮观，令人震撼，仿佛走进了花的海洋。

徜徉在柳堤，这里是无锡园林两条著名的花堤之一，堤上桃柳相间。若是在阳春三月，则绿柳含翠，桃花吐艳；立于堤上，近看桃红柳绿映衬一湖碧水，远眺数点青峰，此景最具春日江南水乡的典型之美。时下正值初夏时节，站立堤上，放眼望去，青山澹冶，碧水茫茫，树木青青，沐浴在阳光下的自然美景，宛如一幅浓墨重彩的瑰丽图画，山水花木相映成趣，别具风韵，令人心旷神怡。

这里的千步长廊，更是让人流连忘返。廊壁设有历代文人碑刻64方，图案各异的青瓦漏窗80个。移步长廊，透窗观景，尽得窗窗景异之妙；廊底的晴红烟绿榭，湖中的凝春塔，点醒一湖春水，勾勒出蠡湖边最美的轮廓线，尽显山水照栏水绕廊之意境。此时的湖面薄雾笼罩，近处滩涂上，芦苇青青，密如军阵，远处几艘游船停留在水面，几只水鸟翩跹其间，水天一色，如在画中，尤显清静之美。

花园区的一角，隐约传来一阵优美动听的乐曲声，循声望去，只见十几位身穿汉服的中年女子正在演唱地方戏,她们有着讲究的发髻和妆容,长裙轻轻转动而散开,行走间裙摆飘逸灵动,在美丽自然风光的映衬下,仿佛瞬间穿越回古代,引来众游客纷纷驻足观看和拍照留念。

夏游蠡园,处处是美景,让身心在山水中沉醉,精神在旅途中愉悦,尽情享受大自然赋予的怡情乐趣。

古运河上清名桥

清名桥是无锡古运河上最古老、规模最大、保留最完整的单孔古拱桥。该桥建于明万历年间,距今已有400多年的历史。康熙、乾隆两位皇帝曾多次南巡经过清名桥。著名民间艺人瞎子阿炳也常在桥堍娴熟地演奏二胡,致使清名桥成为海内外游客追捧的旅游热点。

清名桥古运河景区位于无锡市中心南端。清名桥的西侧为南长街。据称南长街的历史可追溯到公元10世纪,这里是北宋开设的驿道,驿道南连苏州,北接常州,与水驿古运河并行。如今的南长街,正以一种优雅独特、缤纷多彩的面貌和韵味示人,这里既有古色古香的传统特色店铺,又有繁华时尚的现代商业街区。宽敞的马路干净整洁,高大的梧桐树绿叶葱茏,弹硌路街面上游人如织。这里最吸引人眼球的,是那座造型别致的"歪歪楼",盖因其上半部分的建筑倾斜了15度而得名。该楼建于清末民初,是古老南长街上一幢普通的江南民居,前街后河,下店上宅,成为清名桥历史文化保护街区的标志性建筑,它凭其精妙的构思,被誉为建筑一绝,给人以智慧,催人遐想。

清名桥的东侧为南下塘老街,由北向南全长为1 003米,共分两段。第一段,由跨塘桥至金塘桥,以展示传统民族特色为主;第二段,从金塘桥至清名桥,以凸显江南文创特色为主。整条街巷处处可见青砖条石铺就的狭窄小道,粉墙黛瓦,花棂木窗,极富明清建筑风貌。徜徉在布满历史痕迹的老街,满目皆是镌刻岁月风雨的门楼花窗,透着柔柔韵味的迤逦河道,还有古色古香的老字号商铺,这里出售富有地方特色的产品和美食。置身其间,仿佛穿越时光,走进百年前的古镇。

建于南朝梁武帝太清年间的南禅寺距今已有约1 500年历史,该寺初名护国寺,占地100多亩,规模之大是南朝当时其他各寺无法比拟的。在无锡著名"丝茧大王"薛南溟创办的永泰丝厂的旧址上建成了中国丝业博物馆,此外我还参观了无锡窑群遗址博物馆,以及被称为"电气大王"和"机械大王"的祝大椿的故居等。一路行来,甚是感慨。

缓步行走在两条纵横交错、风格相异的街巷,饱览古镇风光,领略本土风情,感受着闲情逸致、浪漫的氛围,感受着古镇凝重、沉稳、质朴的气息,让人思绪万千,赞叹不已。

流连在街头的一家土特产商店,深深地被一件件精美的竹箩、竹篮、竹凳,以及竹壳暖瓶等竹编制品所吸引,竹篾间散发出的淡淡清香里,无不透露出浓浓的乡愁。

站在清名桥头,放眼望去,两岸美景尽收眼底。河面上游船货船不时悠悠地来回穿行,人走桥上,船行桥下,桥影、船影、屋影、人影映照在微波中,它映出了古镇沉淀在岁月深处的历史,也映照着江南古镇的秀丽、古朴风情。

综观和品味古运河上清名桥,古朴、清新、自然、秀美,历史文化和灿烂现实令人陶醉。漫步其中,似乎能听见时光流淌的声音,所谓岁月静好,大抵如此。

巡塘古镇桃花源

巡塘古镇,位于无锡梁溪区,周围环绕蠡湖、梅园、尚贤河湿地公园、太湖等著名景点。从高铁无锡新区站步行20分钟便可到达。

古镇树木葱茏,鸟语花香,满目生机。环境清幽静谧,空气清新怡人;河水洁净明丽,微波潋滟;河岸上的建筑白墙黛瓦,飞檐翘角;河中倒影,风光迷人,好一派诗情画意的江南古镇景色,恍若奇妙的梦幻世界。

走进古镇,穿过酒作坊旧址,便来到河畔古戏台前,驻足眺望,首先映入眼帘的是巡塘桥。该桥南北跨向悬于巡塘河上,单孔石拱,拱系纵联分节并列式结构,用花岗石砌筑,桥全长17.2米,宽2.8米,拱高约2.5米,跨径5米,桥耳共有4个,桥面用踏面石,引桥成八字形。桥上的龙门石刻有如意水波纹和桥联二副,清晰可见。巡塘桥是无锡市乡镇遗存的清代古石桥之一。登临桥头,可环顾河滨翠色和典雅精致的古镇风光,造型别致的古民居错落有致地分布其间，美不胜收，令人着迷。

穿镇而过的巡塘河，东至蠡湖，西到庙桥港，相传，系春秋时期吴国大夫伍子胥为防越国水兵渡湖犯境而开挖。元代前，河上建桥，为巡塘桥。现存之桥为清光绪十四年（1888年）重建，为市级文物保护单位。

江南乡邑，多依山而建，枕河而居。初，巡塘有桥无市。1913年，乡民自发沿河规划，设市便民，因百业兴旺，店铺鳞栉，遂成锡南货物交易、人员集散要地，旧称巡塘镇。后虽罹战乱，街市旧制仍保存完备，民国时期所建救熄会（即救火会）、邮政所、茧行等皆陈列其中。

2009年，太湖新城尚贤河湿地建设启动，为恢复历史记忆，传承吴域文化，当地政府秉承"还原历史真实性，感知历史可读性"和"修旧如旧"的原则，在规划建设中特意保存巡塘古镇，还原江南乡土建筑法式，廓清河道水面，恢复大片优质桑树栽种。南街完整保留了江南水乡农村集镇的传统风貌；北街以巡塘镇茧行"前铺后坊"格制，展示20世纪30年代锡邑蚕桑业兴旺发达的历史情景。此外，还挖掘整合古镇文化资源，致力打造"巡塘书香"品牌，传承诗礼之家、书香传世的古镇人文精神，让心灵与美境呼应，文明与书香同行，为古镇增添新的活力。古镇新城，相映成趣，古俗新风，相得益彰，构成一幅绚丽多彩的画卷。

巡塘是一个不足百户的具有明清古民居建筑特色的袖珍小镇，清一色的白墙黛瓦、飞檐翘角、木棂门窗的砖木结构平房或二层小楼，均为明清名流显贵所建的私邸，巷密庭深，小巧玲珑，古色古香。街巷内河道纵横,一座座石桥在一条条青石板路上架设了一道道美丽的虹影;临河而建的屋舍,保存着明清的园林、戏台、亭阁、茶室、酒坊、井台和邮筒等旧时营造,让人感受到当年老街的繁华喧嚣。置身园林,小桥流水,曲径通幽,楼台亭榭,雕梁画栋,古韵悠悠;茂树杂花,奇石翠竹,生机盎然;还有那银杏、朴树、黑松、杨梅、桂树等古树名木,无不诉说着岁月的沧桑和小镇的古朴。

这里除了民宿、酒店、茶馆之外,仅有几家销售旅游纪念品和杂货的商铺,整个街巷显得静谧安逸,空灵清秀,徜徉其间,令人身心放松。

巡塘古镇,可谓集自然景观、人文古迹、名花异卉、园林建筑于一体,在此可以休闲健身、品味文史、愉悦心情,是一处隐于闹市之中的世外桃源,处处渗透出独特的美感和魅力。行走在这美丽的、充满文化气息的古镇,品味着她的历史和故事,感悟着她的悠远和恬淡,给我留下难忘的印象。

风韵悠悠说乌镇

提起乌镇,已是第三次来到这里,可谓是三顾乌镇,如今,景色更秀美。这里林木葱郁,繁花争艳,河水潺潺,古桥纵横,庭院深深。绕镇而过的京杭古运河如碧玉飘带,融入极富江南水乡古镇特色的美景和风致。

乌镇位于浙江桐乡市北端,离桐乡市13公里,与周庄、同里、甪直、西塘、南浔并称为江南水乡六大名镇,素有"鱼米之乡""丝绸之府"美称。

乌镇曾名乌墩和青墩,具有6 000多年悠久历史和1 300年建镇史,境内水网密布,百川环绕,支流无数,镇区分为东栅、西栅、南栅、北栅四个区域。2001年乌镇被列入联合国世界文化遗产保护预备清单,2006年又列入中国世界文化遗产保护预备名单重设目录。乌镇是国家5A级景区,也是全国黄金周预报景点之一。

乌镇的文化底蕴深厚。1991年乌镇被评为浙江省历史文化名城。作为典型的江南水乡,乌镇完整地保存着晚清和民国时期水乡古镇的风貌和格局。以河成街,街桥相连,依河筑屋,水镇一体,组织起水阁、桥梁、石板巷等独具江南韵味的建筑元素。乌镇的东、西、南、北四条老街呈"十"字交叉,构成了双棋盘式河街平行、水陆相邻的古镇格局。乌镇的东栅景区主要聚集了老街传统的居民区和作坊区。桥是江南水乡古镇不可或缺的元素,据载,乌镇最多时有120多座桥,遂有"百步一桥"之说。现全镇存有70多座式样不一的古桥,或拱形、或梁式、或单孔、或多孔、或纤巧玲珑、或恢宏雄伟,造型美观,风格各异。

这里的民居多依河而建,盖因老街与河道平行。临河的房屋称为"下岸",下岸的房屋大多为"水阁"。水阁造型别致,精巧玲珑,人们在傍河的房屋背后,以木柱或石柱立在河上,架上横梁,再在上面搁上木板,就成为伸展在河道上的阁楼,可谓"人家尽枕河"。

行走在乌镇的老街上,店面、作坊、住宅三位一体,相得益彰。赭色石块铺成的街面洁净如画,店面金字招牌华丽典雅。从码头和房子空隙处时时可见用块石砌筑整齐的河岸,乌镇人称"邦岸",邦岸上常有廊棚,廊棚全部为木结构的柱子,柱下还垫着鼓形的石墩,以防木料腐朽。廊棚在沿河一侧还设有靠背长凳,供人歇息,称为美人靠。那建筑风格迥异又别具韵味的邦岸、廊棚、美人靠,也成了水乡古镇一道独特靓丽的风景线。

徜徉在乌镇老街,到处都是鳞次栉比的店铺和琳琅满目的当地特色风味美食,竹木藤制品、丝绸、布鞋、篦梳、湖笔等当地特产也比比皆是,随处可见。这里的名胜古迹、手工作坊、经典展馆、宗教建筑、民俗风情、休闲场所让人流连忘返;这里的人、环境、自然、建筑和谐融洽,自然风光美不胜收;这里河水缥碧,古建筑风采迷人,动静相宜,游人的身心在美景中沉醉,精神在旅途中愉悦。乌镇真是休闲娱乐和品味文史的好去处。

醉人的塘栖古镇

塘栖古镇位于杭州北部,与湖州相邻,京杭大运河穿镇而过。正是大运河让这座小镇从元代开始商贸繁荣,商贾云集,富甲一方,位列江南十大名镇之首。

秋日的一天,来到古镇,色彩斑斓的秋日风光和独具江南特色的古建筑相映成趣。穿镇而过的古运河如碧玉飘带,萦绕其间,它是塘栖古镇的母亲河。这里的街巷弄堂纵横交错,风格别致,弄堂内的宅院则别有洞天。每一家的大宅都高筑封火墙;宅深屋阔,廊道宽敞,天井豁亮,门窗精雕细刻着各类图案,门楼富丽堂皇,无不显示出古镇居民的富有。

镇内河道发达,商业街沿河而建,一些商铺采用了俗称"过街楼"的建造形成。这里商铺林立,错落有致。各类商品和当地土特产琳琅满目,店铺人气旺盛。沿河一侧的街上有供人休憩的长溜"美人靠",风格别致;清澈的河水如同飘逸的丝带,流淌在古镇的怀抱里,河岸凝碧含翠的杨柳在微风中轻轻摇曳,人们在此休闲、聊天，其乐融融。古镇像一幅富有诗情画意的山水画卷，给人以美的享受。

这里的一条条小河，一条条石板街，由一座座古朴的小石桥连接，有几座石桥上还建有桥棚，这些精致小巧的桥棚既美观又能为行人遮风挡雨，别具一格。街道干净整洁，这在江南众多的古镇中并不多见，民间俗称"跑过三关六码头，不及塘栖廊檐头"。

据称，塘栖古镇始建于北宋，和江南大部分水乡一样，这里不仅经济发达，物产丰富，而且人才辈出，书香传世，拥有深厚的文化积淀，最有名的就是位于大运河码头的乾隆御碑。大运河上拥有五百年历史的七孔石拱桥广济桥，以及郭璞古井、水南娘娘庙等古迹，都是塘栖的旅游热门景点。

塘栖历来是杭州的水上门户，浙北重镇，闻名全国的鱼米之乡、花果之乡、丝绸之府和枇杷之乡。创始于清代嘉庆五年（1800年），以经营蜜饯为主的南北货栈"百年汇昌"是著名的老字号商号；创办于明末清初的著名药房姚致和堂，其家传秘方名扬海内外；此外，还有主营丝绸、布匹的劳鼎昌，稻米加工厂广泰丰等，都是具有百年以上历史的塘栖商业老字号，见证了塘栖古镇悠久而辉煌的历史。

如今，尽管古镇增添了不少现代的建筑装饰元素，但塘栖就是塘栖，它所保留的古建筑无论在规模上还是风格特色上都独树一帜。

绿荫廊棚真如镇

提起真如的名字,对于上海人来说可谓再熟悉不过了。过去,乘坐火车到外地,离开真如站便出了上海市区,从外地乘车返沪,过了真如站便已进入上海市区。然而,对于我来说,此次到真如古镇还是第一回。

初夏的一天,乘坐地铁4号线到曹杨路站,换乘轨交11号线,再乘2站便是真如站,从1号口出来,步行约10分钟就到了古镇,真是方便极了。

走进古镇,映入眼帘的是,整条街道被造型美观的木结构长廊全覆盖。穿行其间,可见紫红色的木立柱子,圆石垫脚,青瓦盖顶,重檐飞翘,遮阳、挡风、避雨俱佳,玲珑剔透,色彩鲜艳,真是一道亮丽的风景。街道两旁高大挺拔的梧桐树,青枝绿叶,树冠繁茂,如伞如盖,遮天蔽日,凉爽舒适,静谧幽雅。鳞次栉比的店铺、酒楼、茶馆、旅店等有着悠久的时代印迹,风貌各异,风格典雅,错落有致,一眼望不到头。这里人不太多,在各处惬意悠然地逛着,清幽、古朴的小镇宛如一幅淡雅的民俗风情画。

漫步古镇,兜兜转转,细细品味。铺设在街道两旁廊棚下的青砖地面,被久远的岁月打磨得油亮光滑,阳光尽情地倾洒在长长的连廊砖面上,便闪着一种素雅精致、温润如玉的光泽,格外醒目。在此行走,少受风雨骄阳之烦恼,多了一份温馨与闲暇情趣,引人感慨与遐思。

真如古镇大多为修旧如故的建筑,底层是店铺,二层以上是住房,细细看去,街面建筑物大都是雕梁画栋和砖筑门楼,与精美雅致的店铺交相辉映,妙趣横生,颇具情调。老街两侧房屋挑檐而出,小楼相依,古朴秀美。这里的人们朝夕相处,淳朴敦厚、热情好客、刻苦勤劳的民风世代相传。

相传,真如本佛家语,意为事物之本相。《成唯识论》说:"'真'谓真实,显非虚妄;'如'谓如常,表无变易。谓此真实,于一切位,常如其性,故曰真如。"缘寺成市,由寺成镇,真如遂为镇名。真如寺(原名"万寿寺")与静安寺、龙华寺、玉佛寺同为上海四大名寺。真如寺,始建于元代,迄今已有700多年历史,她与辖区内的淞沪抗战十九路军军部遗址、真如镇历史文化陈列馆等历史文化设施,被定为全国文物保护单位。古镇最早可追溯到唐代武德四年(621年),辖域时称桃溪。元代延祐七年(1320年),真如院改名真如寺,真如寺周边逐渐成为"编氓鳞比,商贾麇聚"的商业重镇。

真如古镇位于普陀区中部,这里河道纵横,道路四通八达,昔日水陆交通就颇便利,而今境内又有上海西站和沪宁高速公路入口处,轨道交通 11 号线也从这里经过。穿镇而过的河道上,古桥卧波,映照出古镇小桥、流水、人家的几多风情。真如古镇的真如羊肉、豆制品和土布,都是老上海人口中津津乐道的宝贝,被称为"真如三宝"。其中,尤以真如羊肉最为著名,风靡沪上。相传,乾隆年间,短短一条真如老街上,就有 30 多家羊肉馆。如今古镇上就有这么一家真如羊肉馆,古色古香的门头,木质的窗棚桌椅,与古镇的建筑风格相呼应,熠熠生辉。传承了 200 多年的羊肉加工技艺,分为白切、红烧两种,被列为上海市非物质文化遗产。到这里,舌尖上的美味是难以抵挡的,一碗祖传秘制红烧羊肉面便能俘虏吃货的胃,深受人们的喜爱。

绿荫廊棚,玲珑剔透的真如古镇,展现着迷人的风姿,记载着悠久的历史,讲述着古老的故事,怎能不让人陶醉其中。

走进江湾镇老街

位于虹口区西北部的江湾镇,素有"虬江十八弯,弯弯到江湾"之称,江湾以虬江盘曲入境而得名。

江湾镇始建于隋末唐初,坐落走马塘(江湾镇河)北岸,沿河向东铺展,不仅历史悠久,且是上海地区的重要港口。自明代起相当长的一段时间里,关于江湾镇的位次有口口相传的"金罗店、银南翔、铜江湾、铁大场"之说,江湾镇位居上海前三名。明嘉靖二十三年(1544年)受倭寇劫掠,江湾全镇尽毁,日久生聚,才逐渐恢复成镇。光绪二年(1876年),淞沪铁路从上海筑至江湾镇,更促进了境内工商业的发展。至清末民初,全镇有大小商铺300多家。此外,镇东辟有跑马厅(万国体育馆)吸引沪上众多游人;中国妇孺会、仁德所(教会办的一所慈善机构)、游民习艺所等社会福利团体麇集镇上;劳动大学、立达学园、持志学院、文治大学等高等学校相继在境内开办,这是全镇工、商、文化事业的鼎盛时期。但在20世纪30年代连遭两次淞沪战争,建筑物大部分焚毁。抗战胜利后，经济发展缓慢。直到新中国成立后才逐步恢复市集面貌。

昔日的江湾镇，交通便捷，一条淞沪铁路穿镇而过，一条走马塘贯穿全镇，古镇河道纵横，田园迤逦，风貌古朴。走马塘，河水清澈，水流舒缓，蜿蜒弯曲，小桥流水，一番惬意。如今，铁路已由高架和地铁取代，走马塘也被填为平地。因此，现在的江湾镇新市北路上已经没有河道了，江湾镇老街原有的建筑也被一幢幢高楼和公房替代，古镇气质已荡然无存，昔日小桥流水的景象也难寻踪影。

相传，旧时的江湾镇上有三座道观寺庙，均在万安路上，东边有一座东王庙，西边有一座牛郎庙，中间有一座三观堂。20世纪五六十年代，东王庙和牛郎庙相继被拆除，现仅存万安路359号的三观堂。该庙始建于康熙元年(1662年)，迄今已有350多年历史，原名"三官堂"，因供奉玉清、上清、太清"三清真人"官像而得名，属道教活动场所，光绪十四年(1888年)改为佛教寺院。20世纪80年代末，改"三官堂"为"三观堂"，取佛教天台宗的"一心三观"之意。近年来，经全面修复和扩建，总面积为3 466平方米。建有照壁、山门、天王殿、大雄宝殿、东配殿、西配殿、寮房、长廊、斜廊等。放眼望去，黄墙黛瓦，飞檐翘角，金碧辉煌，流光溢彩，全堂建筑工艺精细，传统风格突出。寺内终年香烟缭绕，朝拜的信众、游客不断，成为江湾地区一处尼众佛门圣地。

旧时的江湾镇曾经是"中医之乡"。据称，从明代起，延至清代、民国时期，一直到20世纪60年代止，江湾镇的中医事业相当发达，其中最繁华热闹的是从万安桥到新浜桥之间三百米左右的地段，分布着大小药店及中医家庭诊所近10家。这里也是中国现代西医和高等医科教育开山鼻祖之一的颜福庆（1882—1970）的故乡。随着时代推进，尤其是经过"文革"后，江湾镇的中医逐渐枯萎，如今除了蔡氏妇科，其余都不见踪影。

纵观如今的江湾镇，虽老建筑不多，但透过万安路上始建于1872年的古廊桥、始建于1897年的奎星阁、拥有350多年历史的三观堂，全国铁路网中最古老的车站之一——淞沪铁路江湾站等景观，以及古镇上的民间文化陈列馆、名人名言文化墙、江湾公园、纪念石、雕塑、牌坊、铭牌等各种设施，历史元素扑面而来，犹如漫步在历史的长廊中，令人目不暇接，凝眸遐想。

行走在街心公园"江湾源"，这里地处闹市却古韵悠悠，小巧玲珑，质朴素雅，景色宜人。园内种植着紫藤、银杏、香樟、玉兰、桂花、黄杨、茶花等传统与现代交织的花木。这里的浓荫透出自然的清新，茂密的枝叶像一把把天然的伞，到了夏日能遮阳，"伞"下是让人心旷神怡的清凉世界，是人们休闲、娱乐、健身的好去处。有来这里散步、跳舞的，孩子们在这里奔跑玩耍，他们的脸上洋溢着天真活泼的笑容。这里更是老年人的乐园，几个老者围坐在紫藤廊棚下的凳子上，惬意地享受阵阵凉风，谈天说地，其乐融融……置身其间，身心愉悦。

遥想当年，江湾镇与崇明人有着不解之缘。那时候，从老家崇明到上海，坐船至吴淞码头后转乘公交车前往市区，江湾镇是必经之地，江湾镇给我留下了深深的印象。如今，随着高架、地铁和长江隧桥的开通,去江湾的机会极少了,对江湾的记忆渐渐疏远。但江湾镇厚重的历史、璀璨的人文、瑰丽的景色,以及那浓浓的化不开的情思却永远在我心中缠绵,挥之不去。

带着不舍的心情离开古镇时,举目望去,古镇外不远处是建设者们忙碌的身影,大塔吊伸展着长长的臂膀在高空转动,打桩机的声音震撼着原本宁静的土地。不禁浮想联翩,仿佛看见古镇注入了新的功能,焕发出新的活力,展现着新的雄姿,让人期待、憧憬、遐想……

青溪老街古韵浓

青溪的名字是从电视和报纸中看到的,得知整修一新的青溪老街将在今年"五一"正式开放。趁"五一"假期到来,便来到这里踏访,真是名不虚传,耳闻不如眼见,着实能引起无限遐想。

"五一"上午,从市区坐地铁8号线至沈杜公路站,再转乘江五线,总共花1个多小时便来到青村(即青溪老街)。

行走在车水马龙、人头攒动的青溪老街,目之所及,沿河而建黑瓦白墙的古建筑,重重叠叠,鳞次栉比,花岗石板铺就的街面,弯弯曲曲的阡陌小巷,家家庭院种满绿植,盛开的鲜花娇艳欲滴,成团成簇缀在枝头,映着绿叶间错落的阳光,明艳如油画。这里有临水而建的民居,错落有致的店铺,琳琅满目的商品,浓郁的乡情中流淌着小资情调,这是一条纵贯古今、横贯南北的老街。这里培育了林林总总的临街小店:有古色古香的时光邮局,有作品玲珑活现、样式精美的悦木木雕工作室,有颇具乡土特色的青溪土布馆,有生产精品本地大米的原生米行,有精巧细致的佩饰挂件店,有多姿多彩的灯笼馆,有静幽雅致的茶室、咖啡馆。更有那品种繁多的特色青溪小吃:火炉烧饼,到家糖水店,阿四生煎,路妈妈重阳糕,桥楼点心等,星罗棋布,目不暇接。

累了,还可坐在河岸边长廊木棚下的"美人靠"小憩,周围都是潋滟的水光,清风徐来,碧波荡漾,清风扑面,秀色宜人。或乘上小游船,由船工撑着,划着,船桨打碎了平静的河面,划出道道水波。悠悠穿行在那穿街而过的青溪河中,尽情领略秀美河光,观览两岸风光,旅途的劳顿便随着缓缓荡漾的河水散去,惬意极了。还可以到古戏台广场观看当地艺人演绎具有乡土艺术特色的地方曲艺,那滋润心扉的音韵腔味,引得游人饶有兴趣地驻足观看,似梦似幻,赏心悦目。

据称,位于奉贤区中部的青村镇老街原名青村港镇,古称青溪,隋唐成陆,宋初成村,距今已有1 400多年历史,这里濒临东海,河道纵横,便捷的水陆交通造就了商贾云集的繁华街市。青溪的先人在此依水而居,临河建街,使它成为一个名副其实的江南水乡古镇。现有老街全长1 330米,街宽3—4米,蜿蜒盘曲,傍河依水,与之相邻的市河长1 770米,河水清澈。河岸边,树木葱翠,枝繁叶茂,遮荫蔽日。市河两侧保存着上海南部郊区明清时期的乡土建筑群。这里有民国初期由驳岸里吴氏所建的望海楼;有清举人杨高镜及杨昆高所建造的,具有南方民居特色和徽式特征的二层建筑群,硬山顶,小青瓦屋面,东西两侧山墙设有独特的大型观音兜和高耸的马头墙;这里能看到具有江南水乡特点的吊脚楼以及南园的徽派建筑园林景观;以及那承载了几代人跨越脚步的继芳桥、三面水桥、中和桥、南虹桥、仁寿桥等造型美观、风格各异的老街古桥,静静地守护着古镇的河道。还有那些亭阁、木棚长廊、古戏台、古石码头等,久经沧桑,依然保存得如此原汁原味,令人赞叹。

另据称,旧时的青溪,除了拥有"小桥流水人家"的水乡风情和完整的明清古建筑群之外,更多地飘逸着浓郁的历史和文化气息。青溪崇文重教,文人名士辈出,其中最有名望的,当属明代著名书法家、草圣张弼。他不仅在书法上造诣极高,且为官清廉,颇有政绩,其子也深受父亲影响,兢兢业业,勤廉为民。嘉靖皇帝感念张氏父子的功绩,特下旨在其家乡修建海秀坊,表彰张氏为"东海之秀"。

近年来,青溪老街经过"修旧如故"的修复保护,亮丽转身,商街面貌焕然一新,同时又保留了古色古香,形成了旅游、休闲、文化的互动局面,展现了市郊特色小镇的新生活。它为申城增添了一座时尚新地标,为游客提供一个文化创意浓厚的新景点,更让人们在品味自然淳朴的传统民俗风情中,感受亦古亦今的融合和碰撞。

徜徉在青溪老街,感悟着文化,背负着历史;徘徊在小巷,细数着门牌,周遭的一切都是温馨而又厚重的,心中不由升起踏实和自豪的感觉。离开青溪老街,转身回望,清朗湛蓝的天空下,光影斑驳的青溪之水在老街旁流淌着,老街在阳光和河水的调和下,是那样的安宁与祥和……

底蕴深厚堡镇街

崇明堡镇老街位于崇明中部偏东,在奔流不息的长江岸边已经存在了300多年。

相传,明万历四十五年(1617年),为了抵御倭寇入侵,当地村民在朝廷的带领下修筑堡垒。到了顺治十六年(1659年)时,村民逐渐挨着土堡周围聚居,随着人口繁盛,商业发展,形成了市镇,堡镇之名由此而来,可谓名副其实。

堡镇又由南堡镇和北堡镇组成。南堡镇由光明街和正大街组成,位于堡镇南部地段,是堡镇最繁华的地段,也是堡镇镇政府所在地。正大街向北,从红领巾桥(现堡镇大钟楼)至陈海公路为北堡镇,北堡镇由民主街和解放街组成。其中,解放街至红领巾桥间有一段街,旧时称之为"篾竹街",仅一百多米长,即竹制品店铺一条街。将南北堡镇连在一起的堡镇街,整条街上商铺与居民错开排列,挤挤挨挨,鳞次栉比,人称"洋场十里堡镇街"。

旧时的堡镇为崇明岛上四大集镇(即:桥镇、庙镇、堡镇、浜镇)之一,是崇明岛第二大镇,也是崇明岛东部地区工商业主要集镇,经济、文化、军事和交通的中心。如今,这里水陆交通便捷,南有崇明大道,北有陈海公路穿街而过,从市区乘申崇专线或轮渡,仅用1小时便可到达堡镇。

旧时的堡镇,工商业最大的特色是棉纱业发达。那时全崇明的棉花业和纱布业,最旺盛处就在堡镇,可谓是家家种植棉花,户户纺纱织布。据记载,20世纪初,崇明爱国实业家杜少如与他人联手在堡镇开办了一家花布店,生意做到浙江、上海等地。以后又在我国著名实业家、教育家王清穆的支持下,与他人合作,集资创建纺织股份有限公司,先后在堡镇建成大通纱厂和富安纱厂(即上海国棉35厂前身),把生意做到全国各地。于是,堡镇街头布店星罗棋布,本岛人及外地客户纷纷前来做布匹贸易,市场活跃,一派繁忙景象。

堡镇从古至今,素为工商业集中之地。时至今日,这里已是高楼林立,商店云集,人流如织,成为农业产业、工业遗存、文化底蕴等方面资源丰富,充满活力的繁华之地。然而,这里仍完整地保存着人文气息厚重的古街区和10多处古建筑,百年以上的古宅5处,两百年以上的古宅有3处。现保护保留较完整的有:正大街148号,建于清乾隆年间的高氏贞节石牌坊;正大街122号,著名爱国实业家杜少如建于1920年的两层欧式建筑,为杜氏故居;正大街126号,大同商业银行旧址,该银行是崇明最早的新型金融机构,1930年6月由我国近代著名实业家、教育家王清穆组建创办;正大街24号和48号,建于清光绪年间,被称为"龚半街"的商人龚双福、龚陆评的旧宅;光明街73号,建于清光绪年间,乃商人徐章荣旧居,由晚清状元、我国近代著名企业家、政治家、教育家、时任实业部长张謇于1906年夏题写"五福骈臻"匾额;北堡镇解放街182号,是清代术士沈佰云的故居,建于清中期,距今已有250多年历史,坐西朝东,原三进两院,现存砖雕与厅堂。沈氏故居的砖雕门墙上刻"肯堂肯构"四字,楷书,落款为清乾隆十七年(1752年)顺天举人,历任内阁中书、云南永昌知府张附凤题,乾隆丁亥(1767年)阳月。北堡镇民一中学校园内(原址为太平庙)的古银杏树,迄今已有300多年的历史,岛内外人士慕名而来,参观游览。

  目前,堡镇老街已被列入上海市郊区历史文化风貌保护区。其中杜少如故居于2022年经过保护性修缮后已对外开放。原大通纱厂、富安纱厂办公楼被认定为上海市首批工业遗产,这让老建筑变身"新地标",将其开发为文创基地,打造成为经济与文化新的增长点。于是老建筑以另一种形式回归,再现当年秀姿,焕发新的活力。

  行走在堡镇老街,这些浸透古镇浓厚历史文化内涵的清代建筑风格的古街区、古民居、古店铺、古牌坊等,经历了百年风雨依然挺立,风姿各异,沧桑古朴,宁静安详,如一幅淡雅的民俗风情画,沉静在江海之滨,生动地展现着古镇历史文化底蕴的厚重和魅力。

  今虽远离故乡,堡镇老街上熟悉的场景还常在记忆里浮现。那淳朴温馨的老街,传承了厚重的历史文化,记述了朝代更迭和时代变迁的过往故事,也见证和承载了几代人的美好回忆。那淡淡的乡愁,是最难舍的乡情;那记忆里的美好时光,是永远抹不去的乡思。

堡镇老街龚氏旧居

崇明南堡镇老街有着400多年的历史,位于原聚星桥以北的部分是正大街,聚星桥以南为光明街,聚星桥东西为向阳路。民国时期市政改造,一南一北两条街取"正大光明"之意。古镇老街,窄窄长长,条石路面;幽深宁静、充满历史与文化气息的街巷,以及遍布全镇那一幢幢白墙黑瓦、参差错落、古朴淡雅的宅第院落,无不向世人展示着古镇老街浓郁的江南水乡风情和那沙地海岛特有的人文情怀。

历史上的南堡镇,地处崇明中部偏东南沿,邻近堡镇码头,水陆交通便利,这里是人们魂牵梦萦的富庶之地,物华天宝,人杰地灵。南堡镇老街正大街更是环境优越,文风鼎盛,人才辈出,明清建筑风格的宅院鳞次栉比。随着城镇日新月异的发展,这些街巷渐行渐远,越来越古老,越来越有年代的沧桑感,留下百年空悠悠。坐落在老街中心地段的正大街24号的龚双福宅和正大街48号的龚陆评宅,是目前崇明岛上遗存不多的两处颇具规模、保存完整的旧民居,2017年3月均被列入"上海市崇明区不可移动文物"。旧时,龚双福宅、龚陆评宅,以及龚陆评宅对门的龚家楣宅雄踞于正大街一南一北,占据近半条街,加之龚氏家族经商创业,且业绩斐然,财力雄厚,故关于正大街流传着"龚半街"的民谚。

龚双福宅,坐西朝东,四进三庭心,砖木结构,建筑形制具有浓郁的江南水乡传统风格,多间、错落、幽通。前埭有和门面房相连的墙门间,里面由天井、客堂、厢房等组成,其院落敞阔,所植玉兰树遮天蔽日。这座青砖墁地、条石阶沿的老宅,迄今已有300多年历史。古宅墙门上书写"吉祥如意"四字。谱称:龚双福,原名予智,字发芝,号载庵,"习计然术,用致重赀,一新堂构"。撰《奉萱公后六叶总传》。其子龚心淳,字景初,号朴斋,是个秀才,地方贤良人物,载入民国《崇明县志》。龚双福的后代遍及国内外,其中有不少也很出众,比如后人龚淑英,留法博士,深受人们称道。

龚陆评宅,俗称"龚新太"宅,坐西朝东,三进两庭心,九路进深的厅屋,七路进深的厢房,十分轩敞。厢房为二层阁楼,柱子、横梁、看枋,精工细作,十分气派。龚陆评,又名龚慕泉。龚陆评出自"南宅三房、必成后";其祖上,迁崇第14世龚施义,字方岩,号鹤亭,曾"纂修家乘";迁崇第17世龚绍曾,字显迹,号仰衢,"昆仲四人……与弟达衢、焕衢协办经营新堂,构植田园,承先启后,共振家声"。此外,"董堡城赈事,不辞劳瘁,捐重赀无吝色"。龚陆评拥有船只,经营布庄,从事货运,家资雄厚。他还眼界开阔,心系百姓,乐于助民,敢于伸张正义、同邪恶斗争。清光绪年间,崇明东部百姓因不堪承受高价官盐以及苏松镇总兵贪污军饷而奋起抗争。身为南堡镇董事、绅商的龚陆评挺身而出,经其多次劝解、捐资,最终动乱得以平息,地方重获安宁,这彰显了一个实业家爱国爱乡的民族气节。龚陆评因此获得官府奖赠的"见义勇为"匾额。匾额上书"崇明堡镇董事龚绅陆评题　见义勇为　光绪二十三年　钦差南洋大臣、本署湖广两江总督部堂张"。这里可以看出,龚陆评的为人处事深得社会各界的好评,因此,时至今日,龚陆评体恤百姓、高风亮节的故事,仍在民间广为传颂,赢得人们的崇敬。龚陆评之子龚清浞,号渭澄,光绪二十八年(1902年)秀才。为了发展崇明的教育事业,龚清浞与龚清沚(号澧澄)于光绪三十三年(1907年)在南堡镇龚姓祠堂创设私立龚氏初等小学。

　　沿着狭窄的南堡镇正大街慢慢款步,淳朴的人文气息和浓浓古意扑面而来。悠悠岁月在古镇的每一个细节沉淀出灵秀和质朴的韵味。独具特色的老街,历经几百年风雨冲刷,承载川流不息的车马行人,一块块青石板被磨砺得溜溜光滑,行走其间,仿佛穿越时空隧道,走进历史的深处。2021年2月15日(农历正月初四),我来到这里时,巧遇龚双福的第四代后人,时年91岁高龄的龚惠勋老人,她正在用扫帚麻利地清扫宅院,她身板硬朗,耳聪目明,思维敏捷。当我问起她的家史时,老人家脸上洋溢着自豪的笑容,边引导我向院内走去,边如数家珍地回忆道:"我对祖辈的创业情况知之甚少,但小时候常听父辈们讲,我们龚氏家族祖祖辈辈靠智慧、勤俭、艰辛、拼搏创造财富。然而虽富却多仁,遇地方公益善举,或街坊邻居、贫贱百姓生活困难时,都会伸出援助之手,慷慨解囊,乐施不惜,留下美名。这一高尚的传统美德和诚实守信的良好家风,一直是家族的精神财富,发扬光大,代代相传,延续至今……"纵观龚双福和龚陆评那古色古香的宅院,虽不算恢宏,却也别致典雅,它们在沧桑的岁月里经受了风雨的侵蚀,如今墙面斑驳,墙皮剥落,墙壁破损。然而,当年的硬山顶和小青瓦屋面,整齐排列着的瓦片,南北两端挺拔俊秀的屋脊,冬暖夏凉的重檐走廊,古朴精湛的小方格木门窗,坚固结实的木立柱,高而厚实的八字仪门、方形门当,以及雕刻精美的拱梁,栩栩如生的吉祥图案,做工道地的艺术线脚,这些既显示出了主人的财力与气度,又体现了江南传统建筑的温和与安稳气质。来到龚宅看古民居,或许能比较完整地了解崇明岛近代典型民居的建筑风貌、魅力与风情。

　　时光穿越过去,链接未来。流连在古朴静谧的街巷里,宛若置身于历史与现代相呼应的长廊之中。这里的房屋虽破旧,但里里外外保存完整,依然仙风道骨,原汁原味的江南水乡传统建筑风韵犹在,观之依然可以想象昔日的热闹喧嚣,依稀可见曾经有过的辉煌,依旧还能闻到一丝书香气息,让人有一种穿越时空的感觉。

　　岁月悠悠,乡情浓浓。漫步在石板光滑、苔藓点点的小弄里,徜徉在沧桑的青砖古韵间,沉醉于古朴淳厚的民风里,抚今追昔,自有一番滋味涌上心头,不由得思绪万千,历史感慨、思古幽情油然而生。50年前,青少年时期的我经常来这里,当初街坊市廛里的古朴风韵仿佛穿过了岁月的烟云,重又飘浮在眼前。

这里也是我爱人在学生时期生活、学习的地方,1966年至1969年,她在民本中学读书时,因离家太远,借住于堡镇正大街38号,该宅院与24号、48号的龚氏宅院紧紧相邻,朝夕相处,烙下了青春的足迹,留下了难忘的记忆。如今,50年后重访故地,参观龚氏旧居,探寻当年住过的老屋和曾经走过的街巷,回想当年在老屋里的生活情景,更是睹物生情,倍感自豪,心海奔涌着对那段岁月的深深怀念。

离开古镇老街时,驻步小憩,回首凝望,阳光下的老街、老屋,一如坐着的老者,凝重、沉稳、质朴,像一幅水墨画,似一首缠绵老歌,处处透着温馨和祥和。看着那掩映在老街深处的青砖黑瓦,不禁莞尔,房子老虽老矣,味道仍很足。现在旧居得到保护,正等待着新生。面对此情此景,遐想过去美好岁月,诗情掠过心灵,不由自己地意驻神萦。这便是堡镇老街、老屋给我的印象。

滨水独宅古民居

倪葆生(1884—1958)是我国民国时期著名的爱国商人,是崇明著名爱国实业家杜少如先生的表兄。他持股经营的堡镇富安纱厂,曾是崇明地区最早、规模最大的民营企业之一。今上海交通大学设有倪葆生奖学金(系由家属捐资建立),以奖掖后生莘莘学子。倪葆生故居现位于崇明堡镇财贸村870号,有着较高历史价值和社会价值,2015年被列入上海市第五批优秀历史建筑名录。

崇明岛虽有1400年历史,但由于是长江夹带的泥沙冲积而成,加之新中国成立前历年西塌东涨的地理因素,导致保存下来的古建筑少之又少。海岛四面环水,信息闭塞,留存的古建筑大多体现明清时期的江南风格和工匠技艺,倪葆生故居是崇明岛上遗存不多的近代典型建筑。

旧时的崇明岛人,有了财力之后,为光宗耀祖,回报桑梓,会将全部精力花在住宅和建筑装饰的精雕细刻上,以显富贵和文雅之气。倪葆生故居建于1927年,占地面积1 391.5平方米,建筑面积944平方米。故居纵深约63米,侧宽约23米,坐北朝南,计房屋29间,均为平房,系四进三院的砖木结构全封闭式院落。宅邸东、西、北三面环以防护沟,白色粉墙面,小青瓦人字形屋顶,筑有冬暖夏凉的重檐走廊和精细的木门窗、庭柱,檐口滴水青瓦上有花边和吉祥图案;圆石垫脚,有条石铺就的滴水阶沿;有丰满的观音兜山墙,高翘的哺鸡脊,古朴典雅。故居墙门高矗,砖雕步尖,斗拱飞檐,四角高翘,十分壮观。门楣上方镶嵌有清末秀才施保昌书写的"承先启后"匾额,彰显出主人处世立身的价值追求;匾额上方有古人迎送砖雕,工艺精细,色彩明快,气韵生动,人物造型清晰,栩栩如生;门楣下方是合扇头墙门,中有赤铜拉手门环,典雅气派;故居有穿堂、前厅、中厅、后厅,两侧连接东西厢房,生动地体现了传统江南水乡建筑在崇明岛的独特风貌。倪葆生故居是崇明地区典型的"滨水独宅"式民居。

新中国成立后,该故居先是被部队驻扎,后用作财贸中学师生宿舍、渔业公社办事处、县粮仓等,遂得以完整保留。但由于时代局限,疏于管理,原建筑历经近百年风雨磨砺,部分构件遭虫蛀,腐损严重,局部屋面已坍塌,走廊亦被拆除。前些年,我曾踏访于此,满目疮痍,破败不堪。这沉默孤寂的老屋,周身弥漫着引人回忆与思念的气息。

自2018年至2020年8月,崇明区政府对故居进行保护性修缮,按照"修旧如故、以存其真、严防赝品"的原则,设计者和工匠们千寻百觅,精挑细选,来到同属江南水乡的苏州购置拆房旧木料、瓦塄、地砖等材料。采用当年的传统工艺对"籽筋灰"墙面、卯榫构件等进行修复,重展昔日风采,延续历史风貌,完整地保留了旧建筑的岁月价值,并注入新功能进行活化,彰显海岛人的智慧、灵巧和风雅,引发人们对古宅的追忆,让后人透过砖瓦梁栋寻梦知史。

沿着乡间小路一路前行,色彩斑斓的花木环抱着白墙青瓦,一派幽雅恬静的田园诗意,倪葆生故居就坐落在这里。漫步在岁月留痕的故居前,举目四望。秋阳下的故居高低相间,明媚秀丽,灰砖白墙,素雅大方,坡顶飞檐,精致玲珑,端庄中透着秀逸。进入故居,宁静舒朗,古意盎然。首先映入眼帘的是进门当道一堵立面砖雕照壁,漏窗上有青瓦拼砌成的中国传统风格的八字结图案,漏窗缝隙中隐约可窥院中绿树花卉,尽得透景之妙。作品创意独具,匠心独运,鲜明雅致的色泽,雍容华贵的造型,呈现出一派祥瑞如意、国运昌隆的太平盛景。宅院沿用传统造法,讲究伦理,重视功能,房屋宽敞舒适,结构精细,造型别致。墙门、穿堂、天井、回廊,彼此相连,前后贯通,对称均匀,浑然一体。这里庭院深深,青砖墁地,院落、连廊、条石、地砖、水井,布局精巧,错落有致。故居山墙上那大小适中、轮廓优美、精致得体的观音兜以及墙角相对、昂首挺立的哺鸡脊,显得雄壮、威武,为整个宅院平添了几分庄严和神圣。故居各个房间修缮如故,卧室、厨房、厅堂、书房、辅房等一应俱全,再现当年情景。院中的花卉苗木,形态优美,艳丽多彩,光鲜夺目;那汪井水,清澈见底,焕发出新的光彩。故居那独特的取材、巧妙的构思和别具风格的造型,仿佛精美的艺术品,流淌着岁月的沧桑,传递着人文的兴衰,散发着浓郁的江南传统建筑文化的气息和韵味。睹物思故人,仿佛主人尚未远离……

宅院四周,林木葱茏,鸟语花香。据当地老人回忆,故居周围原有玉兰、桂花、桃树、樟树、榆树等多种花木果树,每到金秋时节,果实累累,满宅飘香。但因时代变迁,基本都已枯死,唯有那棵位于宅院西侧沟边的老榆树(据说系主人当年建房时栽种),虽历经沧桑,仍树根苍劲,树径茁壮,高大挺拔,枝繁叶茂,见证着故居所经历的岁月,静静地诉说着斗转星移之沧桑。驻足望去,不禁浮想联翩,心中泛起阵阵涟漪。宅沟岸边,苇草叠翠;宅沟水面,清澈泛碧,与倒影、嬉戏的水鸟相映成趣,透露出一派秀丽古朴的鲜活生机。

这里的古树名木,在翠绿的枝叶、艳丽的花儿掩映中显得格外雅致,洋溢着洁净之美,焕发出新的活力,为故居增添了几份诗情与画意,绽放出别样的光华,续写着新的温度和辉煌。

建筑是凝固的音乐。故居具有很宝贵的研究价值,她给人们留下了一份鲜活的实物例证,反映了昔日岛民恬静温馨的生活和质朴的情感,有助于人们了解和熟悉岛上先民的独特舍居、自然民宅、人文风情,以及海岛历史、文化、生产、生活与乡风民俗的各个方面,为发展崇明生态旅游事业添上一个美妙的音符,传承一份宝贵的历史文化和建筑遗产资源。

光明街徐氏旧居

建于清康熙年间的崇明堡镇光明街,在崇明岛中部偏东长江沿岸已生存了近300年。光明街位于堡镇南端,紧靠堡镇港码头。这条仅有300多米长的街巷,汇聚了百年以上的历史建筑10多处,成为上海市郊历史文化风貌保护区之一。其中光明街73号,建于晚清的徐章荣旧居,是保护保留较完整的一处住宅,2017年3月,被崇明区政府列入不可移动文物。

旧时的堡镇为崇明岛上四大集镇(桥镇、堡镇、庙镇、浜镇)之一,是崇明岛东部地区工商业主要集镇,经济、文化、军事和交通的中心。加之,当时的崇明岛是产棉区,盛产棉花,棉花种植业为纺织业带来生机,后者发展成为崇明手工业的支柱产业。于是,堡镇著名爱国实业家杜少如与他人联手,自20世纪初起,先后在堡镇建起了大通纱厂和富安纱厂,堡镇遂成为崇明岛上的棉花业、纱布业最旺盛的地区。

徐章荣(约1875—1940),土生土长的崇明堡镇人,自幼聪明能干,为人厚道,勤奋朴实,家族世代务农。自20岁起,凭着自己的智慧、勇气和经商天赋,开始经营土布销售生意。其间,结识了晚清状元,我国著名企业家、政治家、教育家,时任南通大生纱厂老板张謇(1853—1926),在多年的交往中,由于徐章荣诚实守信,做事认真,踏实稳重,深得张謇的信任,两人结下了深厚情谊,成为合作伙伴。从此,徐章荣商运亨通,生意日渐兴隆,资金有所积累,家庭殷实,置田造屋,成为堡镇的大户人家。

徐章荣旧居,建于清光绪年间,临街,坐东朝西,均为平房,砖木结构,五开间三进深的封闭式宅院,36个房间,面积约378平方米。房屋用料考究,富有气派,有临街门面房、象门、穿堂、堂屋、正厢房、侧厢房、庭院等。房屋设计精美,结构紧凑精致,方格花窗,正厅高爽,院落宽敞,青砖墁地,条石阶沿,七路头拔廊,圆木立柱,圆石垫脚,清新典雅,精致玲珑,是典型的江南水乡传统建筑风格的民居。

走进宅院,在象门前抬头望去,旧居门头上方那百年历史的砖雕步尖,斗拱飞燕,四角高翘,挺拔俊秀,十分壮观。门头下方有古人迎送砖雕,工艺精细,栩栩如生,中间有"万福骈臻"题词,自右向左排列,为正楷字体,结构严谨,笔力遒劲,气韵生动,腴润有致,这是时任实业部长张謇于清光绪三十二年(1906年)夏所写,意喻福气盈门,祥和安康。

如今,该住宅由徐章荣的曾孙,今年78岁的徐克义老人看护着。他曾对老屋做过多次保护性的修旧如旧的处理。从而,老宅得以完整地保留着原汁原味的风貌。由于旧居历史悠久,名声在外,许多岛内外人士慕名前来参观游览。睹屋思故人,望着这座宁静安详的旧居,先辈们那种艰苦创业、勤劳致富和诚实守信的精神深深打动了我。穿越百年的旧居,守望着这里的风雨春秋,见证着这里的发展变迁,诉说着这里的历史沧桑。漫步徐氏旧居,品味旧日时光,恍若走进长长的岁月深处。

　　这里的民风民俗和人文风情,别有一番韵味,留下浓浓乡愁!

崇明博物馆游记

暮春的一天,参观家乡崇明博物馆,虽然来去匆匆,却留下了震撼心灵的印象。

崇明博物馆,位于崇明岛城桥镇鳌山路696号的"崇明学宫"内,筹建于1959年,1980年单独建制,是收藏、保护、复原、展示崇明岛内文物和古文化遗址的重要场所。目前,馆内藏品1 000余件,其中较为珍贵的文物300余件。崇明博物馆是上海市文物保护单位,也是岛上一处重要的人文旅游景点和爱国主义教育场所。

走进学宫,层层叠叠、高低错落的古建筑群映入眼帘,浓浓古意扑面而来,令人赏心悦目。学宫建于明天启二年(1622年),又名"文庙""孔庙",既是祭祀孔子的场所,也是当时官办的地方学府。学宫正门的棂星门,始建于明天启四年(1624年),以"棂星"为名,意指孔子为文星下凡。学宫门前,那两座高高耸立的古朴典雅、工艺精美的牌坊,与两株挺拔的古银杏树遥相呼应,在碧空白云下,俨然一幅壮丽的水墨画卷。据称,那古牌坊建于清康熙二十三年(1684年),那两株古银杏树的树龄也有300多年的历史。细细端详古牌坊和古银杏树,仿佛两对慈祥的老人比肩而立,叙述着这里的风土人情和民俗风情,更是生动详实地展示着崇明发展的辉煌和历史的沧桑。

漫步学宫,首先呈现眼前的是那片百年牡丹园。据称,这是晚清时期,崇明岛上著名的爱国实业家、教育家王清穆先生为庆祝自己在光绪十六年(1890年)考中进士而建。他在回崇明的路上,带回了几株牡丹花苗栽种在此。此园已有一百多年历史,依然花枝繁茂,生机盎然,绽露花容次第开放,成为镇馆之宝。那五颜六色的花朵,在阳光下显得婀娜多姿,引得蜂飞蝶舞,惹得游客纷纷驻足观赏,拍照、打卡。

博物馆里,绿树掩映,典雅整洁,充满着浓郁的历史气息和文化底蕴。馆内有"崇明岛史与古船""崇明民俗"两大部分陈列。"崇明岛史与古船"陈列由序厅和六个单元的内容组成。在这里,形象生动的文物、模型、雕塑、沙盘、图片,先进的视听设施以及通俗简明的文字说明,真实地展示了有着1400年历史的崇明岛的形成演变,及其政治、经济、交通、水利、文化等各个方面的发展轨迹和建设成就。其中,最抓人眼球的是两艘仿制的唐宋古船模型,据称是目前上海地区独一无二的珍贵文物,堪称镇馆之宝。作为我国福船、广船、沙船、乌船"四大船系"之一的崇明沙船,更以其工艺考究、造型美观、抗风性好、适宜在浅滩暗沙中航行等独特特性,蜚声海内外。据载,明末沈廷扬自备沙船,开辟海上漕运新线,而早在元代,崇明同北方已有海运贸易。明万历三十一年(1603年),崇明设官渡七处,以木帆船载客,南至太仓浏河,北与海门对渡。纵观模型,生动逼真,让人一饱眼福,流连忘返。

"崇明民俗"陈列厅里,展示了崇明岛旧时的集镇、民间家庭居室、农耕、纺织等具有地域特色的、生动逼真的场景,再现了千百年来崇明人民的艰辛和淳朴生活,给人以身临其境的真实感受。我在此领略了智慧、勤劳而执着的先辈们艰难而又不懈的追求。先辈们创造了无与伦比的宝贵财富和深厚的文化底蕴。尤其是那19世纪末20世纪初崇明老街商业景致和崇明岛上典型的传统江海民宅"四汀宅沟"及其室内布置的逼真再现。还有耕织部分则重点向人们展示出了功能各异、独具江南水乡特色的织布机、纺纱机等生产工具,这些展品来自当地民间,根植于乡土,与崇明历史文化和社会生活血脉相连,呈现出特有的江风海韵。

馆内还有建于清康熙初年的大成殿,建于明天启四年的明伦堂和尊经阁,建于清乾隆六年(1741年)的瀛洲书院等,以及那"黄丕谟艺术"陈列室,展示了著名崇明籍版画家黄丕谟先生创作的部分精美版画作品,真实地反映了崇明劳动人民对美好生活的向往和憧憬。在这种视觉冲击下的情景,让人产生无比感慨和敬意。

纵观这一个个展览室内栩栩如生的展品,那一件件珍贵的实物史料,一幅幅生动逼真的图片和影像,一行行精练的文字,见证了先辈们认识自然、改造环境的发展进程。记录了先民们勇敢、智慧、坚韧、奋斗的战海斗江、自强不息的垦拓精神和农耕时代特有的品质。也见证了海岛百姓从物资匮乏到生活饱足的艰辛历程。如今,随着时代的进步,社会的发展,不少生产生活农具已难觅踪影,被现代化机械替代,有的已经渐渐消失,成为历史。但这些先辈们留下的众多物质文化,孕育、产生着十分丰富的非物质文化遗产和独特的民俗风情。这些根植于父老乡亲心中的传统文化,是崇明人民永远的精神财富,是过去海岛传统的农耕文化和祖辈们在劳动实践中创造的智慧结晶,有着往昔的历史感和研究价值,珍惜好、保护好、利用好、传承好它们,是历史赋予我们的责任所在。

徜徉在崇明博物馆,文化内涵深厚而丰富,让我看到了家乡崇明前辈们的聪明才智,看到了家乡崇明的发展面貌,看到了生态岛建设焕发着新的活力,看到了家乡未来更加美好的前景以及家乡人为之奋斗的光和影、心和梦。

崇明博物馆的品游,是一次生动的感受崇明岛一千多年"前世今生"的历史文化教育,给我留下了深深的印象,更激发爱家乡、爱海岛、爱国家的饱满热情。

离开博物馆时,春风爽爽,惬意宜人。放眼眺望那布满历史印迹的街巷,仿佛一幅画卷舒展开来,凝重、醇厚、古朴、庄重,犹如一个个音符敲击你的心房,让人顿生一分怀旧的情愫。

姚鼐故居纪念馆

姚鼐,又名姚凤阁(1916—2001),崇明堡镇桃源村人,1940年5月入伍,历任战士、班长、连政治指导员、营教导员、团政治处主任、团政委、师政治部副主任。朝鲜战争停战后,任开城和平谈判志愿军代表团观察组组长,后历任徐州军区分区政治部主任、南通军区分区政委,又任江苏省军区后勤部党委书记,后任顾问组长(副军职)等。1980年离休,于2001年9月20日因病在南京逝世,享年85岁。

姚鼐故居纪念馆,坐落在崇明堡镇桃源村西姚家宅。该宅邸是一座具有浓郁的传统建筑风格、典型的江南水乡人家韵味的砖瓦结构旧民居,建于20世纪初,坐北朝南,由四开间正房、东西两厢房和天井组成,古朴典雅、小巧灵气。目前该故居已成为崇明岛上又一爱国主义教育基地和富有人文气息的特色景观。

这里是姚鼐的出生地,姚鼐在此度过了他的童年和青少年时期。1938年3月18日,日本侵略者的魔爪伸向了崇明,顷刻间崇明沦陷,这座千年之岛被卷入一场旷世之灾,40万崇明人民跌入了痛苦的深渊。在时代的感召下,在这民族危亡之际,从小饱受旧社会磨难的他,怀着对日本侵略者的刻骨仇恨,先是于1939年在党的领导下进行地下抗日活动。后于1940年5月,加入了崇明民众抗日自卫总队,走上革命道路。其间,历任战士、班长,后经苏中抗校学习,并随部队北撤苏中后,当选为苏北海安"参政会"的代表,同年加入中国共产党。1941年5月后历任连政治指导员、营教导员、团政治处主任、团政委、师政治部副主任等。他经历了苏中、苏浙(皖)、华中、华东、中原战场的重要战役和战斗。1952年9月,在抗美援朝期间,赴朝鲜战场,参加了"三八"线防御战、夏季反击战等,经受了艰苦环境的磨炼和枪林弹雨的生死考验。朝鲜战争停战后,任中国人民志愿军开城和平谈判团观察组组长。在那战火纷飞的岁月里,姚鼐不畏艰难险阻,不怕流血牺牲,英勇善战,果敢指挥,冲锋在前,奋勇杀敌,出色地完成了一个又一个战斗任务,为夺取抗日战争、解放战争、抗美援朝战争的伟大胜利做出了积极贡献。在社会主义革命和建设时期,为巩固国防,建设现代化、正规化革命军队,呕心沥血,勤奋工作,付出了自己毕生的精力,深受人们的爱戴和尊敬。据不完全统计,姚鼐共参加过各种战斗103次,因战负伤5次,被评定为三等乙级伤残军人。1955年在中国人民解放军政治学院学习期间,被评为"先进教学工作者",受到毛泽东主席、朱德总司令等中央领导同志的亲切接见并合影留念。1955年后,历任徐州军区分区政治部主任,南通军区分区政委,江苏省军区生产建设兵团淮北盐务局党委书记,江苏省军区后勤部党委书记、顾问组组长,成为一名中国人民解放军的高级指挥官,1980年离休。1957年6月18日,获国家颁发的金质三级独立自由勋章和三级解放勋章;1988年,获中央军委颁发的金质功勋荣誉章。此外,还荣获朝鲜民主主义人民共和国二级独立自由勋章。

姚鼐故居纪念馆,共分三个展区,展示姚鼐波澜壮阔的一生。第一展区为姚鼐的生平展区,详细介绍他在抗日战争、解放战争及抗美援朝战争中的英雄事迹。馆内陈列了他参加革命时期的各类物品,其中包括,面临日军扫荡和骚扰的日记片段、抗美援朝观察组工作总结、与毛主席等中央领导同志的合影。这里留下了一幅幅保存了半个多世纪的珍贵照片等红色史料,以及他求学、生活的相关展品。第二展区为纪念教育专题展区,记叙了中国共产党建党以来的大事记,介绍和陈列了崇明地区涌现的诸位革命先贤的事迹和照片等。第三展区为国共合作展区,记录了在抵抗日本侵略者的大背景下,姚鼐与同宗同族的宗亲兄弟姚凤楼(时任国民党上校军官)身处各自阵营,为世界反法西斯战争和民族救亡所做的贡献,阐述了国共两党合作的历史背景和重要意义。整个纪念馆客观、翔实、形象、生动地再现了姚鼐一生的丰功伟绩。

置身于姚鼐故居纪念馆,思绪万千,仿佛又回到了激情燃烧的岁月。对于这位身经百战、功勋卓著,为保卫社会主义建设成果和人民幸福安宁,为人民军队的建设而付出自己毕生精力的革命前辈,心中涌起无限敬仰。这里的一块块展板、一幅幅照片、一件件实物、一组组珍贵的史料,以及姚鼐在战争年代写给父母的遗书和1944年至1949年的战地笔记,都构成了一幕幕感人的场景,一个个难忘的故事,记载着多少风雷激荡,见证着多少峥嵘岁月,展现着多少沧桑往事,承载着多少重托和希望。这里充满了先辈们为国为民奋斗的豪气,是接受革命传统教育的好地方。

姚鼐用百折不挠、坚韧不拔的信念,用奋勇抵抗、坚强不屈的意志,谱写了反抗外来侵略的壮丽诗篇,他是我们崇明岛上涌现出来的英雄人物,是我们崇明人民的骄傲。斯人已去,风采长留,精神永存。如今,姚鼐虽已离开了我们,但他在这里留下的清晰足印,散发出的人格魅力和人文光辉,永远值得我们敬仰、学习和继承。他的名字和功绩远近闻名,他的精神和智慧将垂范后生。他所留下的宝贵财富必将化作人们砥砺前行、追梦筑魂的驱动力。

参观姚鼐故居纪念馆,寄托着对姚鼐深深的缅怀之情。我查阅了有关资料,观看了姚鼐儿子姚宁的讲述录像,走访了当地村民,听取了他们如数家珍的讲述。姚鼐一生经历丰富,过程坎坷,自幼聪敏,勤奋好学,为人正直忠厚,待人热诚友善,工作一丝不苟,生活严于律己。他的高贵品德,让人思想受到震撼,精神为之一振。姚鼐故居纪念馆是乡间的一道人生风景线,是一种浸漫时间的遐想,是一种守持优秀传统文化底蕴的品位。这里的一砖一瓦、一草一木,记载着一段段光辉的历史,讲述着一个个感人的故事。

漫步姚鼐故居纪念馆,体验着这里淳朴清新的水乡风情,多彩秀美的田园风景,以及那人文积淀的无穷魅力。淡淡的秋阳不再灼人,轻柔地洒落在地上,衬得田园美景更是惹人喜爱;清新的空气中弥漫着草木芳香,酣畅入肺,沁人心脾。宅院四周,河沟纵横,波光潋滟,小桥流水,树木葱翠,鸟语花香,炊烟袅袅。不远处,田野整洁,植被繁茂,和风拂面,稻谷飘香,瓜果吐艳,白鹭翔飞,充满生机。掩映其间修缮一新的故居老宅,静静伫立,明媚秀丽,灰砖白墙,素雅大方,端庄秀逸,恰似一幅缤纷斑斓的重彩油画,让人仿佛置身绿色仙境,顿觉心情格外开阔舒爽。

走出故居纪念馆,回首伫望,心潮澎湃,产生无限敬佩和遐思。这里是红色凝固的地方,也是红色开启的地方,更是红色历史传承的地方,革命前辈的理想已化作家乡人民巨大的改革开放的蓝图,英烈们曾高举着的旗帜依然在灿烂的阳光下熠熠生辉,并将成为新一代的后来人迈进新征程、奋进新时代的强大动力。

秋高气爽,秋色正浓,晨曦中的桃源村,彩霞满天,一地金黄,吹着微风,桃源村宛若随风飘动的彩带,处处闪烁着绚丽多彩的生机活力。新的梦想又在这片富饶美丽的土地上涌动……

踏着红色足迹前进

2017年7月1日,全线建成贯通、向公众开放的虹口滨江,是一条沿黄浦江西岸由旧码头仓库改造而成的、供市民游览休憩的绿荫大道。它东起秦皇岛路,西至外白渡桥,由东向西分别为国际航运中心段(秦皇岛路至公平路)、置阳段(公平路至高阳路)、国际客运中心段(高阳路至虹口港)、扬子江码头段(虹口港至外白渡桥),总面积为31万平方米,滨江绿地面积为13.7万平方米,总长度为6.3公里。

一、昔日留法勤工俭学启航之地

自19世纪40年代上海正式对外开埠以来,虹口区境内北外滩的黄浦江沿岸就成为重要的货运、客运集散地。早在1845年,英商东印度公司在徐家滩(今东大名路、高阳路)一带建造了简陋的驳船码头。1860年,英商宝顺洋行建造了宝顺码头,这是上海第一个轮船码头。1861年,美商旗昌洋行建造了旗昌码头。

1864年,英商蓝烟囱轮船公司重建虹口码头,由驳船码头改为轮船码头。

虹口滨江码头有着丰富的历史文化底蕴。20世纪20年代,许多国际著名人士坐船漂洋过海,从这里的码头上岸,看了上海"第一眼",如泰戈尔、爱因斯坦、卓别林等人都是从虹口滨江的码头上岸,来华访问、讲学;青年毛泽东也曾亲赴上海,从虹口滨江的码头送别蔡和森等人赴法勤工俭学,留下了伟人的足迹。

虹口滨江的北外滩是留法勤工俭学运动的启航之地,也见证了一批批优秀共产党人从追寻真理的青年变成了坚定的马克思主义者。这里的黄浦码头、杨树浦码头、汇山码头、三菱码头,是当时赴法青年踏上革命之路的主要出发地。他们留学海外,追寻真理,播下火种,点亮中国。虹口滨江培育了一大批信仰坚定的共产党人,留下了一幅可歌可泣、恢宏壮美的红色历史画卷。在辛亥革命的推动下,一批有识之士为寻求救国救民的知识和真理,改变中国落后的面貌,开始酝酿发动留法勤工俭学运动。运动始于1912年,在北京成立"留法俭学会"。在五四运动以前,我国留法勤工俭学的学生只有几十人。到了1919年五四运动后,数以千计的家境贫寒的青年学生通过华法教学会的介绍赴法国,"勤于做工,俭以求学",即一面做工,一面求学,使这一运动达到高潮。

1919年3月至1920年12月,先后20批1600多名赴法勤工俭学学生怀揣救国救民的远大理想,离开上海,踏上了旅程。其中有多批在虹口黄浦码头(位于秦皇岛路32号东码头园区)登船出发,分别是:1919年3月17日,第一批留法勤工俭学学生,乘坐"因幡丸"号邮轮赴法,1919年12月9日,聂荣臻等人乘坐"司芬克斯"号赴法;1919年12月25日,葛健豪、蔡和森、向警予、蔡畅等人乘坐"盎特莱蓬"号赴法;1920年9月10日,邓小平等人乘坐"盎特莱蓬"号赴法;1920年11月7日,周恩来等人乘坐"博尔多斯"号赴法;1920年11月24日,张申府、刘清扬等人乘坐"高尔地埃"号赴法;1920年12月15日,何长工、穆青、孙福熙等人乘坐"智利"号赴法。而毛泽东同志曾经四次来到这里送别他的友人。

二、今日景色秀美休憩之地

昔日的虹口滨江一带,几乎没有高楼大厦,大多是仓库、堆场以及周边低矮的旧式里弄和沿街清一色的二层小楼,沿街店铺密集,商品琳琅满目,生意兴隆,满街满巷人来人往,川流不息,热闹非凡。码头上,更是彻夜灯火通明,车来车往,人声鼎沸,一艘艘客轮在上下客,一艘艘货轮在装卸货物,一派忙碌景象。那时候,行走在马路上,雨天污水四溅,晴天灰尘飞扬。

如今的虹口滨江,满目葱绿,草地如茵,花木茂盛,鸟语花香,景色幽雅,空气清新,成为集园艺、生态、文化、休闲等功能的一方宝地。这里一年四季如画,这里的上海优秀历史保护建筑群与浦东陆家嘴金融中心英姿飒爽的标志性建筑隔江相望,遥相呼应。这里东起秦皇岛路,西至外白渡桥,风景如画的滨江绿地公园以及游艇码头、国际客运中心、白玉兰广场等造型别致的商业建筑和居民住宅楼融为一体,令人目不暇接。这里的国际客运中心段,还专门设置了码头文化露天博物馆,用图片和二维码展示"码头衍变""西学东渐""名人踪迹"等故事。这里以廊架结构为展陈载体,并通过图文、浮雕、史地人物标志、建筑物件小品等,结合虹口丰富的历史文化资源,以1843年上海开埠为起点,到上海近代工业创办,再到先进的社会文明开启,以追忆上海城市发展历史为主线,展示上海海纳百川、大气谦和的城市精神,以及对海派文化的传承与发展。不久前经过改造,开通了亲水平台,设置了座椅,摆放了盆景,让人们近距离亲近母亲河。市民、游客在这里,不仅能沿着绛红色塑胶步道,徜徉于碧水之畔,穿行于绿荫之中,漫步于花丛之间,享受休闲健身乐趣,还可以领略浦江两岸风景,在浦江沿岸的历史变迁中接受文化的熏陶。

三、未来城市更新追梦之地

近年来,虹口滨江景观提升改造工程以城市森林为基底,通过对滨江绿地景观空间、功能布局、绿化种植等加以系统性设计和整体提升,打造黄浦江沿岸开放式观景空间,让市民体验可进入式的自然生态休憩空间。

虹口滨江公共空间规划着力于打造"虹观浦江"的整体理念。突出虹口独特的地理位置,打造能够欣赏浦东陆家嘴、外滩等最具上海特色的地标的"明信片"区域;通过将虹口滨江公共空间分为三段(虹口港以西段、国客及置阳段、国航段),分别塑造"历史、现在与未来"的风貌景观定位,展现流光溢彩、各具特色的景观区域,叙述海派时光绵延的滨水风貌画卷。改造工程全新打造了"云帆园、云影园、芸生园、滴水园、知觉园与蝶恋园"六大观景园。置阳段改造坚持生态可持续发展,充分尊重和利用原有的地形地貌,营造微坡地形,综合考虑了地形排水和景观效果。场地中的景观家具采用可再生材料制作,其中,置阳段最美滨江驿站侧边休闲坐凳为回收利用16万个牛奶盒经加工处理后制作而成。

眼下,北外滩四平方公里的宝地正在打造新时代都市发展新标杆,"世界级城市最美会客厅"。目前,北外滩已经走在5G时代的最前列,正在建设一个"5G全球创新港"。根据市政规划,此处将再建十几栋摩天大楼,最高的有480米,成为申城第三高。北外滩滨江正在向人文、生态、智慧滨江转变,既展现"都市森林,炫新滨江"的好生态,又不断提升经济和产业布局,已集聚了4 000多家航运企业、1 000多家金融企业。不久,经过城市更新的北外滩将成为上海的又一个金融高地,与陆家嘴、外滩形成"黄金三角"。

驻足此地,虹口滨江伴随您的是车水马龙、游人如织,看到的是人们兴奋的表情和灿烂的笑容。虹口滨江正在日新月异发展着、变化着,错落有致的高楼大厦像五线谱上那些跳动着的音符,正在演奏一曲激昂的交响乐。晨影霞光中,像一颗红宝石放射出半紫半金的颜色,把整个滨江照成紫金色,闪闪发光;缥缥缈缈的雾气,把这里的绿色空间幻化成云蒸霞蔚的曼妙景区,分外娇媚。倏忽间,成群的海鸥展开轻盈的翅膀从太阳前缓缓飞过,与滨江融为一体,妙趣横生,灵动奇绝,好一幅悠然自得的画面,美极了!

夜幕降临,绚烂的灯光把浦江两岸照得五光十色,灿若星河,灯影斑驳,光影璀璨,花影缤纷,照出那种灿烂的文化内涵与浪漫风情。无意间,几艘游船从眼前穿梭而过,激起了浪花一波波,更能彰显出一座城市的魅力和活力。

登崇明金鳌山感怀

崇明有山,谓之金鳌(注1),依城而筑,直视长江,水天相合,气度不凡。拾级而上,步道蜿蜒,古朴典雅,一步一景,绿树繁茂,翠竹竿挺,鸟语花香,空气清新,自然秀美。山有九峰,下凿莲池,池中有岛,岛上建亭,绿水萦绕,碧波漾动,清雅幽静,微风轻拂,诚有超然脱俗之感和旷然自适悠逸的魅力。

金鳌山,在山的家族里,你平凡得几乎不见踪影,连地图上也找不到你的名字。尽管你仅是一座用土方堆垒成的默默无闻的小山,然而你却是山的骄傲,也是山的自豪,更不缺那山的风骨和情怀。

金鳌山,你美得自然,美得朴实,美得纯净而大气。晨曦里,你青翠欲滴,似一盆婀娜多姿的水仙。朝霞中,你亭亭玉立,似一位青春活泼的少女。夕阳下,你金光闪闪,似一幅色彩斑斓的油画。月光下,你优雅娇美,似一颗镶嵌在绿色项链中的翡翠宝石,又如一部山水人文交汇的诗,越品越有味,越赏越迷人。

金鳌山,你的倩影就像你的名字一样英姿璀璨,你的靓容就像你的胸怀一样清丽温馨。你给了崇明人比金子还宝贵的坚强意志,你给了崇明人比白玉还要珍贵的母亲情怀。

金鳌山,山中八景(注2),古色古香,小巧玲珑,造型别致,山水相连,动静相宜,错落有致,简洁凝练,惟妙惟肖,栩栩如生,风光旖旎,温婉浪漫,独领风骚,别具一格。登峰远眺,四周美景,目不暇接,蓝天碧空,白云悠哉,江水奔流,舟楫点点,鸥鸟飞翔,如诗如画,意境幽深,令人赏心悦目,心旷神怡。

金鳌山,你承载着说不完的沧桑历史,你流传着道不尽的人文故事。你饱经沧海桑田,度过兴废频仍,遭受风吹浪打,连同你的美名,秀丽质朴,依然屹立,盛誉不衰,千古传颂,频显在龙口宝珠的诗句里、画影中、浪花间。

金鳌山,你是一座有血有肉有情的山,你是一座将自然景观和人文景观融为一体的、生态良好的山,你更是一座充满神奇色彩和富有灵气的山,洋溢着一派古朴宁静又生机盎然的风情,象征着崇明人的朴实、智慧、勤奋。

有人说,山是坚定的,它不会晃来晃去;山是沉默的,它不会花言巧语。金鳌山,你与美丽富饶的崇明岛紧紧相连,你与勤劳朴实的崇明人心心相印,你坚如磐石地扎根在崇明岛的江海边,也英风俊骨地屹立在崇明人的心目中……

注1:金鳌山,坐落在崇明区城东约2公里处,与"海岛名刹"寿安寺仅一墙之隔,南面濒临长江,占地21.1亩,是岛上唯一的土山。相传,早在宋、

元时系人工所筑的一个形似巨鳌的土丘,作为航海之标识。康熙七年(1668年)重建,峰上建藏经处,山前凿池,山后植紫竹林。康熙十七年(1678年)、十九年(1680年)又相继建金凤亭、魁星阁、释此亭等建筑。关于此山,民间还流传着一个动人的美丽故事。清雍正十一年(1733年),崇明人沈文镐参加殿试,中了探花,因一时兴趣,在皇帝面前脱口而出:"微臣虽僻处小岛,但崇明面临东海,背靠长江,东有佘山捍卫海疆,西有狼山作为屏障,岛上还有金鳌山,山明水秀,确是个绝妙之处。"退朝后醒悟,自己闯了大祸,因为当时崇明实无山,为避犯欺君之罪,沈连夜赶回崇明,发动当地民工在一座形似巨鳌的土丘上挑成了金鳌山。乾隆四十年(1775年),知县范国泰捐资重修,在原址上增设桥、亭、台、楼、榭、月圃诸胜,彼时园内已有得月楼、水香榭、大有亭、宁德亭、清凉洞等八景,一时成为岛上一大名胜,声名远播,引来骚人墨客,吟诗作对,激扬文字,留下了"鳌山有寺千秋画,江水无弦万古琴""寺内清山山外月,檐前绿水水中天"等佳句。范国泰曾作"金鳌八景诗",并请高手刻碑,现保存在寿安寺大殿四壁。光绪十九年(1893年),山上造"镇海塔"一座,塔高16米。每逢重阳,游人结伴,登高会友,齐观四方美景。现"金鳌山"园名为1986年6月,时任全国人大常委会副委员长周谷城题写。

注2:乾隆四十年(1775年),知县范国泰重修金鳌山时,赋有"金鳌八景诗"。其谓金鳌山八景者,即:鳌峰远眺,绿水环亭,长堤新柳,清远荷香,庭荫丛桂,梅林积雪,后乐观鱼,古刹钟声。明嘉靖三十三年(1554年),崇明知县唐一岑率军民英勇抗倭而献身,明皇帝敕其"光禄寺丞"。为祭祀唐一岑,于民国二十三年(1934年)五月在鳌山桂树旁建纪念碑。

月光下的江堤岸

崇明岛上的江堤，原为承担防潮防汛功能，对于观赏游憩是很少有人问津的。

近年来，经过"百里生态秀带环岛景观道"的改造工程，不仅加固了江堤，拓宽了岸道，还增添了步道、骑行道、机动车道的功能，以及亲水平台、凉亭等健身、游憩观光赏景设施，给底蕴深厚、传统风貌的堤岸注入了新的生机和活力，以使自然景观、人文景观、特色景观、江景、夜景等融为一体，给这片神奇毓秀之地增添了浓墨重彩的一笔，无不显现出和谐雅致的宜人环境，被人们称为上海最长滨江大道风光的"崇明外滩"，岛内外游客纷至沓来，成了人们生态旅游和自然观光的网红地。

崇明人常说，江滩是上帝给予崇明的恩赐，而新改造的江堤又给古朴典雅的江滩增添了一道靓丽的风景。秋日的一天，来到位于家乡崇明堡镇码头东侧的长江南岸，站在宽敞舒适的江堤上，举目环望，天空清澈透明，云朵悠然飘浮，旷野空气清新，满目锦绣,沁人心脾,令人思绪飞扬,心旷神怡,欣喜之情溢于言表。秋风清清爽爽地吹拂,江面上波光潋滟,如一幅辽阔的绸缎向江滩涌来,微微的波澜,似少女纤纤素指拨动的琴弦,把最美的季节反复咏叹。蜿蜒的江滩上芦苇苍苍,蒲草青青,摇曳生姿,群鸟的"嘎嘎"声穿过耳际,穿过云层,穿过天空,飞向远方。恍惚间,好像是悬展着一幅磅礴巨大的山水画,灵动地融入了天地之间,让人陶醉在这江滩、浪花、飞鸟带来的欢乐中,享受到美、纯、清、静的自然交响乐律。

秋天的江堤是一年四季中最醉人的时节。随着秋风秋雨的到来,一转身夏日成了故事,秋天成了风景。迎着秋风,与美景相伴,漫步在平坦绵长的江堤,饱览途中的风景,更是锻炼身体的好方式。清凉怡人的堤岸像一条舞动的绸带,飘向远方;堤岸两旁是望不到尽头的葱茏林带,像卫兵一样守护着这里的一草一木;堤岸外是望不到边的丰茂芦苇,层层叠叠,绵绵密密,影影绰绰,其花序已成灰白色,如云雾缥缈,淡雅迷人。风动处,那摇曳多姿的芦苇发出沙沙的声音,仿佛锦绣斑斓的戏剧舞台演奏一曲优美动听的乐章,这便是江滩秋景的完美再现,更是亲近自然的美好享受,让人流连忘返。

秋天的江堤是最生动、最耐看的。放眼远眺,宽阔的江水,烟波浩渺,闪烁着碎金般的光彩。江面上,星星点点的船只,来来往往,乘风破浪,穿梭不息,一派繁忙景象。那雄伟壮观的长江大桥和江对面的长兴岛船厂塔吊的雄姿,清晰可见,尽收眼底。不少游客驻足观赏,举起手机,拍个不停,欢声笑语,乐在其中。一些学生和绘画爱好者们在此写生,他们支起画架,手握画笔,聚精会神地描绘着眼中的美景,那鲜艳的服饰和自然美景交织在一起,组成了一幅人与自然和谐相处的绝美图画。此情此景,让我回想起几年前秋日的一天清晨,我曾来到这里看日出,更显宁静而神秘深邃。破晓,日出清晖,海天一色,云蒸霞蔚,景物朦胧,那一轮红日从江面上喷薄而出,冉冉升起,映红了江水,映红了滩涂,映红了芦苇,映红了江堤,柔暖的阳光与江水间弥漫着的一层淡淡的薄雾融合在一起,勾勒出一种梦幻般的壮美景色,感到无比的和谐安详,微风清爽地拂在脸上,让人心情不由自主地变得愉悦和舒畅。

秋天江堤的夜色是最浪漫、最迷人的。夕阳西下,万道霞光,把天空染得美轮美奂,夕阳下的余晖洒满堤岸,一切都沐浴在金黄色的暖光中。清爽多情的晚风亲吻着堤岸,抚摸着江滩,原先清晰可见的景物,渐渐地消失,无边的寂静,像雾霭一般袅袅地弥漫开来,风平浪静,波光粼粼;江面悄无声息地拥抱着自己的儿女进入了甜美的梦乡。

不知不觉中,夜幕降临,月亮升起来了,就在我一愣神的时候,月光从江面上淌过滩涂,涌进江堤。于是,夜色撩人,月色柔和,冷暖对映,形成了日月同辉的仙境。在这宁静的黄昏,给夜生活带来无限魅力,这里人影渐密,笑语渐稠。人们纷纷走出家门,他们踏着轻松悠然的脚步,有手挽手的情侣,有携带儿女的夫妻,有往来奔跑的孩童,有三三两两老年人在悠闲散步。还有那一队队健美俏丽的舞者,伴着音乐,和着月色,尽情起舞,曼妙动人。

舞步在音乐里作诗,乐曲在舞步中跳跃,人影在光色里晃动,这是舞蹈的美,也是江堤夜色的美。蓦然,在不远处的江堤上,隐约听到有人在音响的伴奏下唱起《今夜无眠》,那悠扬奔放的歌声,让人激奋,引领人们不约而同地应和开来,"今夜无眠、今夜无眠……今夜有缘、今夜有缘,今夜真情永远,今夜快乐无限"。男声、女声,高声、低声,声声悦耳,惟有尾声久久不肯到来。

秋天的江堤,草木茂盛,清香弥漫,凉风阵阵,江水悠悠,微波涌动,飞鸟翱翔,多彩多姿,相映成趣,恰似一幅诗意舒缓的景象,一幅令人沉醉的画卷,让我们放下一切烦恼和困扰,沉浸在这片大自然的怀抱中,放飞心情,陶冶情操,减压健身,拥有一份别样的情怀,一份生动的逸致,一份诗意的人生,真切地享受生活版的"桃花源",无限惬意、无穷乐趣沁人心脾。

家乡的江堤江滩,一年四季景色迥然,风光旖旎。春华秋实,夏绿冬韵,日暖月媚,晴好雨奇。在这里,品味自然风光之壮美,享受返璞归真之乐趣,体验世界级生态岛之魅力,是观光旅游、怡情养性、健身娱乐的一方胜地。

第二辑

繁花情趣

春风沉醉花博园

  春日,草长莺飞,阳光明媚。我们来到正在建设中的崇明花博园,寻觅梦中的花海浪漫情怀,感受花儿朵朵醉春风。

  车在故乡崇明宽敞整洁的公路上行驶,透过车窗,随处可见花博彩旗、标识和圆圆梦梦吉祥物,让人沉浸在浓浓的花博氛围中。眼下离第十届中国花博会还有一个多月,但这里占有总规划面积约 10 平方公里的园区内 189 家参展单位,180 个室外展园和 64 个室内展馆重点项目和相关配套设施已基本建设完工。一眼望去,丽日蓝天下白云飘悠,花博大道两旁绿树繁花,生机盎然,一片嫣红,热热闹闹地绽放在暖人的春风里,真是"暖风熏得游人醉"。那红的,粉的,黄的,白的,紫的……各式花卉,争奇斗艳,万种风情,交相辉映,楚楚动人,目不暇接,激荡心河。

  那深红色的桃花、茶花、海棠花娇媚艳丽,如凝胭脂,带来如火如荼的春色,带来满树满枝的喜气。那嫩粉色的樱花,则又是那么柔润清雅,怡淡素净,带来铺天盖地的花韵,带来温馨温情的芳影。还有那耳目一新的许多珍稀新品花卉,或明媚或雅致的色彩,千娇百媚,绰约多姿,光鲜夺目,更加生气勃勃。花博园,梦幻花田,自然田园,花树名木,满目苍翠,花团锦簇,万紫千红,鲜艳多彩,美而不俗,清韵优雅,充满灵气,点燃了春的希望,散发着春的激情,透露着欣欣向荣的蓬勃朝气,成为春天里最绚烂的一片云霞,飘浮在美丽的崇明岛上。

　　暖暖的春风徐徐而来,缕缕的花香从花蕊间弥漫开来,芬芳四溢,陶然欲醉,沁人心脾。来到园区,首先映入眼帘的是钢结构的大门,高19.21米,象征伟大的中国共产党1921年诞生,长100米,寓意中国共产党建党一百年。园区内,设计新颖的标志性建筑,形如展翅欲飞的巨大蝴蝶造型的世纪馆格外醒目,挺拔气派,栩栩如生,叹为观止。花博园共有19条新建河流,总长26.26公里,5个湖泊,总面积53.74万平方米。这里开阔的湖面,起伏的地形,一座座造型别致、风格迥异的建筑散落其间,构成了丰富多彩的人文景观和植物景色。这里的花博会建设工地,运载花草树苗的车辆接连不断,忙忙碌碌。这里人头攒动,能工巧匠们正在热火朝天地忙碌着花卉的耕作,他们辛勤劳动的身影掩映在姹紫嫣红的花海之中,组成了一幅人与自然和谐相处的绝美画卷,好一派现代桃花源的旖旎风光。

　　漫步其间,呼吸着清新的空气,享受着春阳的温煦,感受着纯净的自然,享受着花海的浪漫,无限惬意溢满心间,更让我获得一种神奇的洗礼和精神的欢悦。

　　本次花博会,"花开中国梦",利在当代,功在千秋。花博会将由 5 月 21 日开幕,为期 24 天,室外展园展出 2 000 多个花卉品种,室内展区推出近 1 000 个花卉新品种,并由六大场馆勾勒出"复兴馆波澜壮阔,世纪蝶展翅欲飞,竹藤馆破茧而出,百花馆心心相印,花艺馆争奇斗艳,花栖堂温润如玉"的亮点,以充分展示美丽崇明的历史积淀、文化背景、自然景观、人文习俗以及丰富的旅游资源和文化内涵,并以此展现一个"创新、文化、生态、幸福"的崇明,让人们了解崇明的魅力和精彩。

时下,为迎接 5 月份开幕的第十届中国花博会,园区正在举办 2021 年崇明花朝节,通过花博会重要组成部分的南园——东平国家森林公园以花海蝶舞背景,打造沉浸式古风民俗体验,奏响了花博会的序曲,让市民游客在阳春三月欣赏一场精彩纷呈、百花竞相绽放的盛宴。

参观完景区,坐车驶离在园区外的公路上,沿途风景无限,隔窗眺望,周边园林格局的民居楼群错落有致地分布在河道边,白墙灰瓦,重重叠叠,倒影如画;楼前小院,鲜花盛开,绿韵成云;外墙上缤纷时尚的花卉彩图,草坪上栩栩如生的艺术雕塑,花坛里多彩别致的造型树,路边排列着高大挺拔的行道树,虚中有实,实中带虚,色彩斑斓,美不胜收;田野里金黄的油菜花成片盛放,青青的麦苗儿随风摇曳,绿波荡漾,充满生机和活力。

不知不觉,夕阳西下,耳边隐隐传来一阵美妙歌声,放眼四望,晚霞的余晖映洒在生态秀美的故乡大地,水碧如玉,叶绿如莹,云白如雪,花艳如霞,高耸挺拔的水杉树吐出新绿,时有飞鸟自由自在地在上空掠来掠去,用那纯粹的歌喉和纯粹的山歌,演绎成纯情的招引和呼唤。

突然间,几只白色的鹭鸟迎面飞来,翩翩起舞,好似从天而降的仙女,如诗如画,仿佛置身于如梦似幻的人间仙境中,无不勾起我无尽的乡思……

杨浦公园赏春景

　　春天来了,春光烂漫。杨浦公园里各种色彩的花儿竞相开放,绽放出最美容颜,红的热烈,粉的娇俏,黄的艳丽,白的纯洁,紫的高雅……花枝招展,争相斗艳,热情奔放,随风摇曳,浓浓淡淡的馨香,散发在春天的空气里,深深地吸上一口,清爽而沁人心脾。这个时节,到这里观花赏景,是一件美妙的享受。

　　走进公园内,这里成片的樱花盛开,抬头望去,朵朵繁花簇拥在一起,一串串,一丛丛,一簇簇,有浓有淡,多姿多彩,在枝头聚集,宛如一条长长的樱花丝带,舞动在蓝天下,鲜艳夺目,颇为壮观。徜徉其间,那一片樱花,层层叠叠,淡淡幽香,美丽如画,微风吹来,花瓣片片,飘飘洒洒,如同一幅巨大的彩锦,华丽壮观,煞是好看,令人感到那么的舒心,又是那么的清馨。引得无数游客驻足观赏和拍照留念,人们笑逐颜开的神态被定格在永恒的瞬间。更是让我陶醉其间久久不舍离去。此时,当我怡然自得地走进樱花树林里,将自己置身于随风飘落的樱花间,仿佛感受到风花雪月般的景象。

　　牡丹花也被称为"谷雨花"。"谷雨三朝赏牡丹",踏青赏花也不失为一项有益身心的户外活动。来到牡丹园,近距离地看到那润润如绢般细腻的花瓣,淡黄的蕊从紫红色或粉色的花瓣中探出头来,仿佛一张张艳丽灿烂的笑脸,喜盈盈地对着你微笑,洒下一片阳光,情趣盎然,撩人心动,不愧有"高洁亮丽""国色天香"之称。那立在姹紫嫣红,妖娆灵秀的牡丹花后如铁的枝杆和滴翠的绿叶,恰似张开细嫩的手掌热情地欢呼着:春来了,你来了!让你觉得它们的热情,它们的欢呼,都是为你陶冶性情而来的。

　　走出牡丹园不远处便是郁金香园,杜鹃花园和月季园,那五彩斑斓的郁金香和吐红放艳的杜鹃花以及绚丽绽放的月季花交相辉映,彼此应和着,争奇斗妍,景色妖娆,那蜜蜂和蝴蝶是闻着花香飞来的,一双双透明的羽翅在花丛间上下翻飞着,那圆滚滚的身子极是可爱。它们在花间翻飞得随意、亲切、奔放、欢快,乐此不疲。还有那健身步道两侧的红枫,长得秀气美观,红叶展姿,如同火红的云霞飘浮在参天而立的水杉林间,叠成一幅精美的画卷,相映成趣,美不胜收。当我怡然自得地穿行其间,树影婆娑,歌喉婉转的鸟儿不时从枝头传来优美动听的轻歌声,仿佛感受到梦境般的景象。

　　湖岸边那片紫藤长廊,是我爱极了的去处。那一串串紫色或白色的稻穗般紫藤花密密匝匝地垂坠于枝条上,婀娜多姿,微风拂过,满目摇曳,魅影芳踪,淡淡的清香拂面而来,一起临风起舞的还有它们映在小桥流水中浮动的倒影。放眼望去,似一道紫色的瀑布,充满浪漫,充满温馨。

　　在杨浦公园里,除了欣赏满树烂漫、如云似霞的花海胜景外,还有些游客或泛舟湖面上,逍遥自在,感受春日惬意时光;或在鸽园,大人们领着孩子与一群鸽子近距离的喂食,嬉戏互动,不时传来朗朗笑声,和睦相处,其乐融融;还有一些中老年朋友相聚一起唱歌,跳舞,健身,悠闲欢乐……

　　春日里,春色关不住。春天的杨浦公园,柳丝如发,花容如颜,流光溢彩,美得活泼,美得真实,美得脱俗。一路观览,步步皆是景,处处可入画,尽情享受春景春色春满园的最美季节。

　　离开杨浦公园时,走的是另一条园区小路,景色依然错落有致,不时有鸟语飘来,还有游客们那灿烂的笑容……

石榴花开红似火

初冬时节,行走在小区的花园里,或是申城的公园里,还是街头巷尾,随处可见石榴树,眼下正是石榴成熟期,红红的石榴挂满枝头,艳丽夺目,映衬着碧蓝如洗的天空,浓淡相宜,煞是壮观。

石榴是个吉祥植物,人们称石榴是佛果,石榴花是佛花,因为多粒多籽,家里挂满石榴是多子多福,开满石榴花是红红火火。古人称石榴"千房同膜,千子如一"。民间婚嫁之时,常于新房案头或他处置放切开果皮,露出浆果的石榴,亦有以石榴相赠祝吉者。

有关石榴的来历,还流传着一个美丽的故事,相传女娲氏炼石补天,将一块红色的宝石失落在骊山脚下。有一年,安石国王子打猎,在山林里看到一只快要冻死的金翅鸟,急忙把它抱回宫中并救治。金翅鸟得救后,为了报答王子的救命之恩,不远万里,将骊山脚下的那块红宝石衔到安石国的御花园,不久御花园里就长出了一棵花红叶茂的奇树,安石国王便给它赐名"安石榴"。石榴树由此得名。

石榴树,春天冒嫩芽,随着天气转暖,石榴树渐渐地绽着嫩绿,抖着精神,长出叶姿秀美的绿叶。晨露下,绿叶显得艳丽透明,晶莹剔透的水珠在叶面上犹如珍珠般闪烁着光芒,格外细美柔嫩,赏心悦目。

到了初夏,石榴树呈现出绿色的披针椭圆叶子,不知不觉,仿佛一夜之间,从对生或簇生的叶子中间,猛然生出深红色的小花蕾。几天后,长大的花蕾裂开了花萼,并从绿叶中间绽放出了火红火红的卵形花瓣,将绿色点红。这日渐增多的红色,在绿树荫荫中,燃起一树火红,花期一直至十月。你看,那石榴花,一簇簇、一片片,红的如火,彩的似锦,粉的像云,纷纷扬扬,把大地装点得五彩斑斓。那点点的彩,密的,层层叠叠开满枝头;疏的,三三两两,亭亭玉立,疏密得体。那花朵大的如盖,花苞如拳;花朵小的,仅是稚童的一握,却大小皆能怡人。

石榴花,花姿绰约,端庄高雅。远远望去,如一片片燃起的火焰,又像一朵朵静静地飘浮着的云霞,在周围常绿树的衬托下,不需彩笔点墨,自然呈现出一抹抹浪漫红韵,洋溢着生机,充满着活力,传递着生命的信息。

行走其间,那鲜艳的石榴花就映红了人的脸,红红的瓣,丝丝的蕊,引得蜂儿嘤嘤,蝶儿翩跹,此时,人也被那石榴花包围,仿佛是花中的一员,融入了大自然……

花谢后,石榴树上挂满了一只只鲜艳的果实,像一盏盏点燃的灯笼、一颗颗跳跃的红星,挤挤挨挨,压弯了树枝的腰,美不胜收。

杜鹃花开红烂漫

迎着袅袅春风,沐着纤纤细雨,芬芳流翠的公园里、小区里和行道旁、花坛中,琳琅满目的树木花草,争芳斗艳,五彩斑斓,各有各的风韵姿色。在这百花丛中,开得最鲜艳、最茂盛的要数杜鹃花,那一丛丛、一簇簇、一片片,笑盈盈地从绿叶丛中探出一张张红红的笑脸,枝枝团团,蓬蓬勃勃,绚丽烂漫,怒放争春,分外妖娆,赏心悦目。

杜鹃花,虽没有牡丹的芬芳,玫瑰的馥郁,但它不择贫瘠,不娇贵,总是满腔热情地开放。那遒劲的枝条上,一朵朵艳丽的杜鹃花,在熙熙阳光的照耀下,昂首挺立,蓬勃向上,像喷射的火焰,醒人耳目;那花红得淳朴自然,红得自然,红得纯净而大气,像乡野村姑,挺拔妩媚,落落大方;当春风吹拂时,那层层叠叠的花朵,又像飘舞在翠绿丛中的红绸带,点缀得遍地一片瑰丽通红,清幽梦幻,所以人们又亲切地把它叫"映山红",东北的朝鲜族将它称为"金达莱",西南彝族称它为"索马花"和"格桑花",意思就是"美丽的花朵"。象征着爱与吉祥的圣洁之花。这也是我国各族人民热爱杜鹃花的真谛。

　　杜鹃花系常绿灌木,花谢了以后,叶子仍是绿意盎然。杜鹃花的种类很多,有春鹃、夏鹃、毛鹃、石岩鹃等,花有红色、粉色、蓝色、紫色之分。杜鹃花是中国三大自然野生名花之一,也是世界四大高山花卉之一。据科学家分析,杜鹃花的细胞液里有一种花青素,花青素属酸性,花便呈红色或粉色;花青素属碱性,花便呈蓝色或紫色,我们平常见到的大多是红色花朵。由于它们适应性强,生命力旺盛,不抱怨生存环境,只要有一点泥土,就能默默无闻地扎下根生长,越是贫瘠酸性的土壤,杜鹃花越是开得红艳夺目。

　　红红火火的杜鹃花在春节前后开得最旺盛,因此它也成了年花市场的宠儿。初春时节,乍暖还寒。早春的杜鹃花已在万千纤枝上悄然泛绿,绿意先是浅浅的、淡淡的,轻烟般缭绕,可眨眨眼工夫,便骚动着春情,新叶萌发,吐出嫩芽。随着几场春雨过后,天气渐渐转暖,杜鹃花铆足了劲,潜滋暗长,争相绽放,不消几天,它们像小喇叭般唱着春天的信息,灿烂的红色,星星点点密布绿叶间,结连成团,红的热烈,彩的似锦,粉的娇柔,纷纷扬扬,在绿叶间动荡着,五彩缤纷,争奇斗艳的壮美景象。时常有小鸟飞到枝头,呼朋引友,那清脆的叫声,灵动的身影,飘舞的花朵,看起来就像一幅动态的天然水墨画。

　　杜鹃花,在嫩枝绿叶映衬下,相映成趣,各领风骚,那鲜艳夺目,热烈奔放的形象,给人一种昂扬向上、充满活力的感觉;杜鹃花，在碧波荡漾的河岸边，犹如浮起的彩云，与身旁一排排高大挺拔的乔木遮荫树交相辉映，倒映水中，宛如一道道彩色的立体镜面进入画廊之中；杜鹃花，在徐徐吹来的春风里，枝叶摇曳，花儿也轻轻晃动起来，如翩翩起舞的少女，魅影芳踪，充满浪漫，花色交织，艳丽迷人。

  杜鹃花，晨曦，红光跳跃；日暮，彩霞满天。身处杜鹃园中，欣赏艳丽烂漫、静静绽放的杜鹃花，不觉春色陶然，醉在其中！

娇艳浪漫合欢花

合欢树,别名马缨花,乡间俗称夜合树,豆科,合欢属,落叶乔木。合欢树,冬天枯叶舞尽,春天萌发嫩芽,夏天鲜花盛开,秋天结籽串串。合欢树的花酷似五针松叶,又如红缨一样的绒花,毛茸茸的,或粉红,或深红,或绯红,清雅纤巧,异彩纷呈,宛若激情燃烧的火焰,娇艳夺目。

春末初夏时节,徜徉在家乡崇明的乡路上,田野绽新绿,处处溢芬芳。那齐刷刷地排列着一棵棵高大挺拔的合欢树,枝叶苍碧,亭亭玉立,娇羞脉脉,充满生机。到了盛夏,合欢花争相开放,色彩由浅变浓,缀满枝头,满目红艳,宛若云霞,朦朦胧胧,袅袅蔼蔼,美丽极了。清清河水,波光潋滟,倒映着蓝天、白云和婀娜缤纷的合欢树,呈现出如诗如画的迷人景象,分外妖娆。清风和着花的清香,扑鼻而来,那一股馥郁清幽的香气甜甜的,淡淡的,纯纯的,让人不禁畅怀深吸,顿觉沁人心脾,神清气爽。

到了金秋时节,合欢树枝头果实累累,一簇簇,一丛丛,形似豌豆角,争先恐后地从密叶间坠出,那颗粒饱满的果实,又如一串串绿色的珍珠串在阳光下闪闪发亮。微风吹拂,摇着,晃着,闪着,恍如一排排密密的彩蝶颤动着翅膀,与左右两旁的水杉,樟树,栾树,樱花树相映成趣,构成一幅生动和谐的精美图画。

合欢树的生长异于其他树种,其树叶有"弄姿作态"的特异功能,早晨太阳初升,叶片伸展有神,如孔雀开屏,夺人眼球,充满生机,彰显着热烈和激情;待到太阳落山,另有一番风情,叶片渐渐收拢闭合,低垂"粉脸",大有"沉鱼落雁,闭月羞花"之美。这也使我产生一种联想,树和人类有相通之处,同样是,"日出而作,日落而息"。

医学研究表明,合欢子具有药用功能,解郁安神,理气开胃,活络止痛,有较好的强身,镇静,安神作用,也是治疗神经衰弱的佳品,具有清热解毒,美颜解酒的功效。同时,合欢树质地坚实,细腻光滑,又富有相当的韧性。过去在乡间,家家户户的房前屋后都有种植,用以制作扁担,木柄之类农具以及桌、椅、柜等家具,是上好的优质木材,备受人们的欢迎。

合欢树,高大挺拔,树形优美,风韵绰姿,楚楚动人,她有一种坚毅的风骨,顶着风雪冰凌,抗着春寒料峭;她俨然像边关的哨兵昂首挺立在行道边,吮吸着大自然的营养,一天天积蓄着力量,凝神静气,含花绽放,尽显魅力和风范。

夕阳西下,晚霞映天,宁静绚烂,轻烟薄雾笼罩下的合欢树,虬干曲枝,树影婆娑,美丽雅致,伸展出的树冠,像一把把庞大的伞盖,以其特有的风韵扣动着人们的心弦。夜幕降临,皎洁的月光透过枝叶,洒下一地闪闪烁烁的碎玉,一阵馥郁的清香随风吹来,弥散在静静的夜空里,耳边传来声声归巢的鸟鸣,给合欢树平添了几分朦胧、幽意和妖艳、浪漫。

合欢树,枝干挺秀,合欢花,娇艳浪漫,象征着朝气蓬勃,生机盎然,和谐向上、合家欢乐之寓意。因此,山东省威海市将合欢树作为"市树",合欢花命名为"市花"。

合欢树,能欣赏、能解病、能做家具。默默地奉献着花儿,奉献着果实,奉献着它的全部,耐人回味:合欢花,繁茂鲜艳,姿态优美,那迷人的色彩,淡雅的芳香,绰约的风姿,让人沉醉……

三星镇明星海棠花

崇明三星镇是远近闻名的海棠小镇,先后荣获中国最美村镇、国家卫生镇和全国绿化模范镇等荣誉称号。遍地的海棠,英姿勃发,妩媚动人。来到这里观赏,无论在何处,以至于一个小小的角落,都有那美妙的海棠,让人陶醉,令人难忘。

三星镇在 2015 年"一镇一花"建设中,广种的海棠,除了"海棠四品":西府海棠、垂丝海棠、贴梗海棠、木瓜海棠外,还引进了名、特、优、新各种海棠 60 多种,共 10 万多株,面积为 5 500 亩。经过近 7 年的精心打造,已形成了十分壮观的生态林带。晨曦中,海棠分外娇艳,薄雾飘散在海棠树上,朦朦胧胧,如绿波中游荡的雪莲,似半空中漫步的白云;细雨里,那簇簇花瓣沾满了晶莹的露珠,朵朵都低下了头,向游人倾诉雨中海棠的妩媚。人们纷纷前来观赏,为乡村振兴注入新的活力。

海棠,蔷薇科,苹果属,乔木落叶植物。每年三、四月满枝娇艳似火的海棠花竞相开放。海棠的花期甚短,繁盛期仅有半个月。但它却给人们留下深深的印象,这主要在于它的一树繁花,色彩鲜艳,琳琅缤纷,缀满枝头,如云似霞,随风起舞,热情奔放,宛如上万只彩蝶展翅,向人们传递着春的信息。它是春的使者,给人们带来春的畅想和希望。

海棠花姿潇洒,花开似锦,自古以来是雅俗共赏的名花,素有"花中神仙""花贵妃""花尊贵"之称,皇家园林中常与玉兰、牡丹、桂花相配植,具有"玉棠富贵"的意境。另据称,海棠花有着良好的净化作用,对二氧化硫有非常强的抗性。

生长在崇明三星的海棠,依托得天独厚的自然生态环境和土壤气候条件,一片繁盛郁秀、丰满敦实。海棠树林间从未疏寂,涓涓的流水声,与虫鸣、鸟唱、风吹树叶的沙沙声,形成了一曲自然的交响曲,令人赏心悦目。

海棠,一年四季,各有千秋,风景如画。春天,春光融融,春风徐徐。沿着幽静的村庄,走在远离喧嚣的乡路上,绿水辉映,民风淳朴,环境整洁,空气清新,随处可见那枝繁叶茂,郁郁葱葱,层层叠叠的海棠树,一朵朵花色艳丽、灿烂夺目的海棠花,与周围的玉兰、红梅、樱花等交相辉映,那红的如火,粉的如云,白的如雪,彩的如锦,纷纷扬扬,千姿百态,与蓝天绿野一起组成气势恢宏的巨幅画卷,衬托出了一个缤纷斑斓、秀美多姿的春天。

夏天,海棠树换上了一身翠绿,叶片闪着油亮的光泽,一派生机盎然。此时,已经能看到玛瑙般、豆粒大小的果子摇曳风中了。时常有小鸟飞到枝上呼朋引伴,那清脆的叫声,灵动的身影,看起来就像一幅动态的画。身临其间,夹着沁人的泥土芬芳的气息,一呼一吸都是肺的净化，一步一行都是心的放松，感受盛夏时节的清新润泽之美。

秋天，当秋风裹着成熟的香甜悄然而至时，饱满圆润的果实把树枝压弯，那稠密的海棠果，在秋阳的映照下，有的像一盏盏彩灯闪烁着挂在树梢，有的像害羞的乡村少女隐藏在绿叶间。秋阳透过轻盈的叶子撒下万道金线，那叶儿斑斑点点，绰绰约约，轻轻地在微风中摇曳，为这海棠园增添了几分朦胧，几分幽意，几分浪漫……

到了冬天，海棠树叶落尽，树枝弯弯曲曲地向蓝天伸展着。清晨，晶莹剔透的白霜落满枝头，宛如风姿绰约的少妇身披一袭银装，分外迷人。暖阳下，海棠树经园艺师们一番精心的修剪整枝，它们更是整洁美观、错落有致地在凛冽的寒风中，活力四射，精神抖擞，如一只只凌空欲飞的巨大雄鹰，张开那健壮的翅膀，昂首仰望着苍穹，无不显示出威风凛凛、英姿飒爽的魅力。

乡野滋润了海棠，海棠美化了乡野。根植在崇明三星的海棠，是一种季节深处沉淀而纯净的美，那是一种绚烂而极致的美。

结束观赏后离开三星镇时已是夕阳西下，车行在通往市区的公路上，放眼眺望，那落日余晖里，村落上空，归巢声声，炊烟袅袅，轻烟若雾，随风飘拂，如梦如幻；那一排排盛开的海棠花，汇成一片片红、紫、粉、白的多彩织锦，温柔的夕阳反衬出海棠花火一样的热烈，瞬间生发出一种即将燃烧的壮美，仿佛飘浮于粉云薄雾、缥缈轻纱的仙境中，美得自然，美得时尚，美得独树一帜。

海棠花点亮了三星镇，海棠花是三星镇的明星、福星。

热情明艳紫薇花

盛夏时节,烈日炎炎。来到家乡崇明,随处可见间植在绿化带周遭的紫薇花,它们盛开在陈海公路两侧、乡间道路、集镇街巷以及农家庭院,在阳光映射下灼灼摇曳,热情明艳,充满生机。江风徐来,芳香四溢,给暑热蒸腾的夏日带来一丝凉意,令人神清气爽。

漫步在家乡那干净整洁的步行道上,放眼望去,那一片片紫薇花,团团簇簇地拥在一起,竞相绽放,像天边飞来的彩云,像织女抛下的霞衣,像朝霞披着的轻纱,像晚霞吐出的薄雾,在阳光的照耀下,在轻风的吹拂下,闪动着点点亮光,摇曳着婀娜身姿,仪态万方,如梦如幻,与满眼的绿色、清澈的河水和别致的农家小楼,组成一幅艳丽迷人的优美画卷。

紫薇,树形优美,虬枝扭曲缠绕,老树表皮剥落后,树皮光滑,树干苍润,古雅珍奇。紫薇,有的含苞欲放,有的半露金蕊,有的流光溢彩,相映成趣,悦目又养心脾;到了盛花期,繁花压枝,花姿优美,花色丰富,娇艳欲滴,深紫色为紫薇,淡紫色为翠薇,白色为银薇,桃红、玫瑰红色为赤薇,犹如一幅绝色灵动的斑斓水彩画,令人陶醉。

种植在家乡的紫薇,品种繁多,枝繁叶茂,花团锦簇,朵朵相拥,在烈日中闪光,如同燃烧的火焰,开得热烈而奔放。阵阵微风吹来,枝叶摇着、闪着,如排排密密的彩蝶颤动着翅膀。绽放在枝头的那蓬勃、繁盛和灿烂的紫薇花,涌起层层彩色波浪,那浓烈又纯净的多彩织锦就静静地倚在这里,蜂儿蝶儿在其间舞之蹈之,将海岛点缀得美艳无比,给炎炎夏日增添了几分温馨和浪漫。

不由得想起江苏启东市的紫薇公园,20多年前,我去过那里。去年,我再次来到启东,当地的一位朋友带我到公园看盛开的紫薇花。花未见,紫薇香已扑鼻而来,将我陶醉,便一个箭步冲进了人流涌动的公园。这里紫薇花,品种俱全,正值盛开,艳丽夺目,成行成片,是花的海洋。面对此情此景,我情不自禁地感慨地说:"应该叫紫薇公园,才名副其实!"没想到,朋友说:"这就是紫薇公园啊!""那人民公园呢?""已经成了'古董',除了老头老太太去那里晨练,没有多少人光顾了!"原来,启东人十分喜欢紫薇花,政府顺应民心在当时的北郊开发了紫薇公园,游客如注,一扩再扩,很快超过人民公园。紫薇路、紫薇小学、紫薇小区等等应运而生,形成了紫薇娱乐商业生活圈,北郊变成了又一个城市中心区。

紫薇,千屈菜科,属落叶灌木植物。其花又称百日红、满堂红、痒痒树、紫金花等。紫薇之花语:好运、雄辩、女性,沉迷的爱,以及和平等等。可以将它送给朋友、亲人或同事,以表达你的祝福之意。相传，紫薇是代表帝王的紫微星下凡，为人间带来吉祥和平安，因此被看作奇花异草在皇宫遍植。另据民间传说：在远古时代，凶恶的路兽伤害人畜，于是紫微星下凡，将它锁进深山，为监管野兽，紫微星便化作紫薇留在了人间。所以，紫薇也象征平安、好运和美丽。

紫薇花，花期长，寿命长，养护简单容易。花期从初夏至9月，一簇簇地持续开放，正如南宋诗人杨万里在《咏紫薇花》中赞颂："谁道花无红百日，紫薇长放半年花。"故有"百日红"的美称。紫薇的树龄最长可达200多年，可孤植、行植或片植，开花时期，一片花海，鲜艳夺目，可与其他植物搭配种植，形成人工群落，开花时红花与绿叶、绿草相互映衬，体现植物群体美，深受人们喜爱。

紫薇，除了美化环境和观赏价值还有较好的药用价值和净化空气的作用。李时珍在《本草纲目》中有相关论述：紫薇的茎、花、叶、根均可入药，有活血通经、止痛消肿、解毒等功效。据称，紫薇花净化空气的作用也是非常强的，它是一种芳香花卉，对氟化氢、氯化氢、氢气等有毒有害气体抗性较强，对二氧化硫等有较强的吸收能力，吸滞粉尘能力较强，开花时产生的挥发性植物油具有显著的杀菌作用。因此，非常适合于城乡绿化、工业区以及家居种植养护。

炎炎夏日里，紫薇花正浓艳，风来舞动，无风亦摇，像一支永远也唱不完的歌，一支跌宕有致的歌；紫薇花，优雅而低调地绽放在人间，那种无私的精神和崇高的品格，无不牵动着我的情思，撩起我的遐想，也总会情不自禁地投去欣佩和赞许的目光。

娇小清纯丁香花

春风染绿了枝头,和风催开了花蕾。清明时节,种植在申城公园里、绿地花园中的丁香花绽放枝头,争奇斗艳,美丽极了。

举目望去,那一排身披绿衣的丁香树,株株枝繁叶茂,棵棵淡定从容,整个绿枝翠叶,被一簇簇、一串串、一团团、一朵朵乳白色、淡紫色的花儿覆盖,十分养眼。清风徐来,丁香树枝摇曳着婀娜身姿,仪态万千。那满满盛开着簇拥在枝叶间的丁香花缥缥缈缈,纷纷扬扬,仿佛漫起一袭彩色云霞,是诗是画,如梦如幻,令人好不惊叹丁香花的慷慨与大度,无不牵动着人的情思,撩起我的遐想。

话说乾隆皇帝有一次微服私访,看见一个小孩在农家小院里临摹字帖,那副样子极其认真,便走进院里和他交谈起来。乾隆皇帝问小孩会不会对对联,小孩回答说会。于是乾隆皇帝出了个上联:"冰冷酒一点两点三点"。小孩想了一会儿,对道:"丁香花百头千头万头"。乾隆皇帝夸奖小孩说:"小小年纪就这么聪明,可真是状元之才。"谁知小孩听后立即下跪,还说:"谢皇上赐状元之恩。"乾隆皇帝很是惊奇,忙问小孩:"你怎么知道我是皇上?"小孩回答说:"天底下谁可点状元?只有当今皇上才有资格。"乾隆皇帝喜出望外,觉得小孩的话有理,就封这个小孩为"童状元"。原来,小孩是一个丁香花的粉丝,丁香花给了他灵感。

我喜欢丁香花,那一树树的紫,一树树的白,一树树的繁荣,一树树的生机盎然,朝气蓬勃。那一朵朵娇小清纯的花,美丽而不奢华,精致又简洁,开得欢快热烈,如火如荼,灿若云霞。那细碎、饱满而又娇嫩的花瓣,散发出馥郁清香,引得成群的蜜蜂忙上忙下,嗅着花香,嗡嗡歌唱,漫天飞舞,令人心情舒畅,不知拽住了多少游客的脚步。

我喜欢雨中的丁香花。清明时节雨纷纷,那一丝丝柔细的雨,无声无息地创造着美好的世界,使土地充满生机,使植物绽开笑容,使空气更加清新。雨中的丁香树经过雨水的冲洗,可谓是别有一番风情,越发显得绿意盎然,如同淳朴的乡间少女优雅端庄地立在江南的细雨中。细雨中的丁香花,花色朦胧,香气甜甜的,淡淡的,纯纯的,幽幽的,柔柔糯糯,层层香雾,弥漫在空气里,笼罩在一片白茫茫的雨雾中,浪漫的色彩宛如仙女在散花。

我喜欢雨后的丁香花。雨过天晴,阳光明媚,在那四周高大挺拔,绿荫如盖的树林和湛蓝清澈的湖水之间,这些舒展着绿色的树冠,繁茂的枝叶上荡漾着密密麻麻,清新玉洁,芳姿素雅,热情奔放的丁香花是那样突兀、夺目,湖水平静地流淌着,仿佛不忍心惊扰湖边的丁香花盛会,让人沉醉,让人激动。

我喜欢丁香花的纯朴、丰盈、美丽。我更赞美丁香花的恬静、温婉、芬芳。丁香树耐得住严寒,耐得住干旱,耐得住风吹雨打,青翠依然,绽放着神韵。而一旦开花,便爆满枝头,给人颇有些"忽如一夜春风来,千树万树梨花开"的意味,一树一树是锦,一簇一簇是云,一片一片是霞,总是那么端庄,那么雅致,那么深情。

一阵清风微微吹来,丁香树摆动着优美的身姿,丁香花儿在轻轻地颤动着,夹带着缕缕醉人的花香在空气中弥漫开来,赏心悦目,沁人心脾。沐浴在温婉而绵长的清香中,思绪在春风里飘忽。

绝色俊逸郁金香

春天,适逢欣赏郁金香季中,来到鲜花港景区内,绿树绽新绿,处处溢芬芳。鲜花港又称郁金香公园,位于上海浦东原东海农场振东路2号,东临东海之滨,南临滴水湖,占地面积约为10平方千米。沿着观赏步道走去,两侧的花坛、景点、小径遍植各种郁金香,且采取混播种植的方式,不同品种开花时间不同,早花、中花、晚花陆续开放,并点缀园艺景观小品,可谓是一枝一花一绰约,呈现出五彩缤纷,光彩夺目,喜气祥和的"花韵春色"氛围,成为春天里一道特有的彩虹。

郁金香,从荷兰引进,品种繁多,有红色、紫色、黄色、粉色、白色、双色等。郁金香是百合科,属草本植物。郁金香世界各地均有种植,是荷兰、新西兰、伊朗、土耳其、土库曼斯坦等国的国花,被称为世界花后,成为代表时尚和国际化的一个符号。新品种国泰郁金香,由荷兰人杨·卡罗于1999年发现,该花整体呈深紫色、羽毛状、鹦鹉形。2014年3月24日,彭丽媛女士受荷兰皇室邀请，将这新品紫色鹦鹉形郁金香命名为"国泰"。"国泰"赋予这款紫色郁金香以世界和平、国家昌盛、人民安康的全新内涵。现已成为国家外事活动、大型庆典、中外花展、高档殿堂场所装点陈列，以及高规格礼仪馈赠用花。

郁金香，花色繁多，不同颜色也代表着不同含义。红色的典雅大气，粉色的娇俏可爱，紫色的神秘高贵，白色的纯洁动人、黄色的明媚活泼、双色的更是象征浓情蜜意。种植在鲜花港的300万株500多个品种的郁金香，犹如穿着彩裙的婀娜女子，在风中"起舞"，在蓝天白云的映衬下，显得妩媚妖娆，美不胜收。春天的阳光柔弱而优雅，给郁金香花儿平添了一丝朦胧，一抹灵秀。置身于色彩斑斓的花海中，清新高雅，幽芳迷人，好像在绿色茫茫波涛中飘来一片彩云，让人忍不住与之共留靓影。

郁金香，花姿俏丽，风情绰约，千姿百态，错落有致，花团锦簇，满目含笑，开出了热情质朴，开出了高雅清丽，开出了纯洁美丽的本色。郁金香，酒杯状的花朵又大又艳，多种色彩热情奔放，充满生机活力。郁金香，泼泼洒洒，楚楚动人，宛如天空打翻了调色盘，是诗情画意般的春日美好。

如今，随着城市的发展，人们生活水平的提高，郁金香遍植申城的公园、街巷、绿地、行道，随处可见。每当春夏之交，正值多雨季节，雨后清晨，我步入小区附近的公园里，那铺满路旁的郁金香，看到花间蜂拥蝶舞，闻到阵阵沁人花香，放眼望去，鲜花烂漫，颇为壮观，呈现出唯美春色，怡然自得地置身其中，仿佛感受到风花雪月般的景象，令人心旷神怡。

夕阳残照,彩霞满天,那旖旎的彩色和着夕霞,荡漾出一片斑斓,好一幅妖娆奔放的水彩画定格在春风中。远远望去,那绝色俊逸的郁金香如同浪花似的连绵不断,在微风中整齐地摇来荡去,似在和我们挥手致意。此时此刻,我的思绪随着金浪一起飘荡,飘荡在眼中,飘进了我的心间,脑海里浮现出无限的希望和憧憬。

　　清风拂面,郁金香花盛开,在这一情景中,真希望花香伴我,我能化作清风,清风能融我。

滨江菊花飘香来

秋日的一天,来到虹口北外滩滨江绿地公园散步,忽然间,一股浓郁的花香随风飘来,闻香望去,那是一片五彩缤纷的菊花,一团团、一簇簇、一蓬蓬,红的热烈,粉的娇柔,黄的明快,在瑟瑟的秋风中竞相绽放,摇曳着纤细的身姿,紧密相拥,铺展在植绿间。凑近细看,那饱满浓艳的花瓣卷曲,宛如女人头上刚刚烫过的卷发,热情奔放,让人心醉。

菊花,菊科、菊属的多年生宿根草本植物。按栽培形式分为多头菊、独本菊、大立菊、悬崖菊、艺菊、案头菊等类型;按花瓣外观形态分为圆抱、退抱、反抱、乱抱、露心抱、飞舞抱等类型。菊花是中国十大名花之一,花中四君子之一,也是中国四大切花之一,与兰花、水仙、菖蒲并称为"花草四雅",即兰花淡雅,水仙素雅,菖蒲清雅,菊花高雅。菊花不仅馨香优雅,而且还有美好寓意,在古神话传说中,菊花被赋予吉祥、长寿的含义。

菊花是申城公园内或行道绿植间常见的花。我对于菊花的喜欢,倒也不是因为它花香醉人,而是因为它虽娇小,但朴实、生而不择环境,默默无闻地生长和顽强生命力的缘故吧。正如唐代诗人司空图《诗品二十四则》中"人如淡菊"的崇高境界。

每到金秋时节,正是菊花开得最旺盛、最丰盈、最鲜亮的季节。菊花不仅有飘逸的高雅,风姿神采的外貌和幽幽袭人的清香,而且具有平凡恬静地绽放,如诗如画、情真意切那"擢颖凌寒飙""秋霜不改条"的内质。屈原用"春兰兮秋菊,长无绝兮终古"来诠释,于是菊花便成了秋天的典型代表和独特风景。

对于菊,因具有清寒傲雪的品格,才有了东晋大诗人陶渊明以菊为邻,不仅常以到山野赏菊、观菊为乐,而且还在房前屋后遍栽菊花。正是爱菊之深,才让他在"采菊东篱下,悠然见南山"之后,豁然开朗,在宁静淡泊中尽享诗意人生,此等爱菊的境界,不愧为一代"菊痴"了。

史书记载,黄巢生活在盐商家庭,自小习书善射,但他为什么要冲破束缚,毅然举起抗争权贵的大旗呢?"冲天香阵透长安,满城尽带黄金甲"。诗虽只有短短几句,却写出了菊花的傲骨斗志,气魄宏伟,充满振奋与鼓舞。

金秋时节,菊花是重阳节俗的重要组成部分,民间有无菊不成节的说法,千年前苏东坡便有诗句:"菊花开处乃重阳,凉天佳月即中秋"。此时,在江南也正是蟹肥的最佳季节。因此,在中秋及重阳节,有品蟹、赏月、赏菊和饮菊花酒的传统习俗,让一家人欢聚一堂,共享眼福的同时,共饱新鲜大闸蟹的口福,其乐融融。

菊花是秋天的使者,菊花是秋天的色彩,菊花为大地带来一抹美丽的芬芳,菊花给人们带来愉悦和舒爽。每当秋季到来时刻,来到申城的绿地公园,沿途满是发黄或红的秋叶,以及星星点点散布着各种鲜艳的奇花异草,而此时的菊花被叠翠的绿叶簇拥着,舒展着绸缎般质感的花,还有那鲜艳而霸气的花色,仿佛镶嵌在碧绿背景上的七彩宝石,每时每刻都在不知疲倦、自由自在静静地生长、绽放、流光溢彩,看起来真是一幅色彩斑斓的美丽画卷,在蓝天白云的映衬下,显得纯朴宁静,妩媚妖娆,美不胜收。

人淡如菊,品高如菊。让我们在这个美好的季节里,感受菊花的醉人气息,体会生活的幸福快乐。细品菊花的幽香,温暖人们的心房,让我们的生活充满美好和希望。

槐花馨香漫心田

又是一年槐花飘香的季节,行走在小区附近的街心花园,遇见几棵槐树槐花盛开,花香四溢。那久违的槐花香,把我的思绪拉回了当年在部队服役期间,驻地在槐花之乡——滨城旅顺。联想到1979年初随军后分配的住房,坐落在旅顺口区的繁华地段和平街,整条街的行道树全是有着60年以上树龄,高大粗壮,盘根错节,如苍龙盘踞,树冠如大伞,遮荫蔽日的槐树。如今,虽已离开部队整整30年,但是回想起那槐树沁人心脾的槐花香,心底总升腾起一股化解不开的情愫。

暮春时节,槐花随着几场春雨和暖暖的春风,悄悄地发芽,默默地开花,微微地飘香。每当槐花盛开之时,密密麻麻、层层叠叠的槐花在枝头绽放吐艳,飘散出一股股幽香,带着甜味儿,让人不由想起"雨过前山日未斜,清蝉嘒嘒落槐花",令人神怡心醉。

槐花品种不同,开花时间也不同,有的4至5月为花期,有的6至8月为花期,从春到夏,持续数月。槐花初开时,花蕾娇小而柔嫩,绿苞中带白。槐花盛开时,花色白中带黄,这些洁白丰硕的花,毫不吝惜,更无保留,争相吐艳,垂满在碧绿槐叶间,相映成趣。槐花还善于用浓郁的香气增添自身魅力。街巷里不乏月季、丁香等的身影,可一旦槐花盛开,其他的花香似乎就黯淡了。常见一群群蜜蜂、彩蝶来赶趟儿,围着艳而不俗、丽而不媚的槐花翩翩而舞,轻偎低傍,风姿千状。彩色的蝶、忙碌的蜂、白里带黄的花,间或有纺织娘的吟唱和蝉的聒噪,只有大自然画师才能绘就这样有声有色有动感的立体画卷。

　　槐花,它是取之不尽的特产和财富。刚开花时,把它当作水果吃,味道甜香可口。还能以炒槐花、蜜槐花、醋槐花或蒸槐花,以及槐花馅饼、槐花水饺等方法将其做成佳肴美食,吃起来有一种沁人心脾的甜香感。在南方,有的用鲜槐花和糯米粉调和,油锅里煎炸至熟,饼上撒一点白糖,又脆又香又甜。盛开后的槐花,把它采下来晾干,然后同茶叶一起泡着喝,唇齿留香。晒干后的槐花,可做枕头、床垫的芯,柔软舒适,据说还对头痛脑热或腰酸背痛等小毛病有一定的疗效。其实,槐树一身都是宝,除了槐花可以食用和制成中药外,树干也是非常好的材料,用它制成的家具,既光泽美观,又结实耐用,常常使用上百年都不会损坏。

　　槐树高大挺拔,枝叶茂密,每当夏日来临,圆形的枝盖荫翳蔽日,或罩住房顶,或覆被街巷,日头只能漏网似的从树叶间筛下花花斑斑的光点;槐花一阵阵清香,或透过窗前,或弥漫院子,使人忘却夏日的炎热;到了晚上,即使你不打开窗子,也隔不住满屋的暗香,沐浴着清风明月,恍若置身仙境。槐花开败之后,如同落雨纷纷的花瓣争先恐后地飘下来,形成了一幕盛大的槐花雨。到了秋天,槐树墨绿墨绿,在细密的叶子中间,垂下了一条条念珠一样的豆荚果。那豆荚果儿的果实鼓鼓的,像是一条条软体的绿色虫子挂在叶间。转眼,秋风裹挟着寒气,把槐叶吹得满地都是,剩下的槐豆荚在阳光下鼓胀开来,站在槐树下还可以听到噼啪爆裂声,一群群不知疲倦的小鸟也参与盛大的秋日狂欢,它们将豆荚啄得哗响,啄得槐枝支撑的那片天空也跟着颤动,充满着更多的美感和诗意。

槐树,华盖如伞,分外迷人。那一树树恰似翡翠琢成的叶子,白玉雕成的花朵,素雅、清淡、娇羞,既有外美,又有内秀,生机盎然,让人不忍挪目,也不忍移步。此时,你可以美美地采撷一大把槐花,带回家插在瓶中,让满屋生香,怡情悦性。

如今,随着时间的流逝,有许多记忆渐渐淡忘了,而我的第二故乡旅顺的槐花却始终深深地埋在我心中。槐花盛开时节,总是梦回故乡,那记忆里的馨香,便成了一份美丽而遥远的遐想。我时常觉得,旅顺这座城市有了芬芳和明艳的槐花,并且保持着它的蓬勃和豪放,定会迎来更加繁盛和灿烂的明天。

芳香四溢玫瑰花

春末初夏时节,最美的花卉中,除牡丹、樱花、紫藤花外,还有一种可以与之媲美的花,那就是玫瑰花。暮春的一天,我来到长兴岛郊野公园的"梦幻花海"园区内,这里种植着一大片食用玫瑰"墨红",正值盛花期,花儿无所忌惮地争相绽放,满树娇红,浓艳欲滴,芳香四溢,将景区装点得生机盎然,也成了人们怡情悦目的时令花卉,闲暇时间纷纷前来赏花游玩。

玫瑰花品种繁多,易于种植,既可嫁接,也可插种,早春时节,剪一段枝条插在地里,就能成活。然而,种植在长兴岛郊野公园的"墨红"玫瑰花,不但有较好的观赏价值,而且还是食用和养生的佳品,玫瑰花可制作花酱、玫瑰酒、玫瑰花饼等食品。还有玫瑰花泡茶可补气益脾,帮助保持娇美红颜。玫瑰花与沙枣花、薄荷等搭配,更富有营养,令人清心养神,又齿颊芬芳。

玫瑰、月季、蔷薇这三种花被称为"蔷薇三姐妹",它们都是蔷薇科植物,形态非常相似。但它们的花期、花朵、叶片有所不同,月季为"月月红",每月都能开花,花期是每年晚春到深秋。而蔷薇花一般春季盛开后,其余时间开花零零散散或是不怎么开花。玫瑰花则每年在春季和秋季各开一次,但是玫瑰花的最大特点就是它的花朵重瓣肥大,花香也比蔷薇和月季都要浓郁很多,所以刚摘下来的时候就会被制成各种各样的精油、纯露,甚至是养生花茶和玫瑰味的点心等。

沿着园区的曲径通道,迎着绿荫蔽日的行道树,散发着林木野花的幽幽浓香,清清的溪水在林间时隐时现,送来阵阵清香。一路上伴随着忘忧的野鸟,鼓起美丽的歌喉,吟唱着动听的山歌。走着走着,一股幽幽的花香扑鼻而来,不是若有若无,断断续续,而是源源不绝,无处不在,像甘冽的山泉,悠长而绵软。越往前走,香味越浓,不用深呼吸,就已直入心肺,让人如饮琼浆,身心俱醉,这便是来到了玫瑰花园。

眼下正值暮春时节,玫瑰花在春风中静静绽放,紫绿相间的叶片间,色彩鲜艳的玫瑰花一朵朵一簇簇,盛开着的花瓣娇艳欲滴,半开着的花蕾含蓄妖媚,层次丰富,从花蕊开始,一层层从里到外地舒展,花色渐渐地由浅变深,竞相绽放,花朵渐渐地变大变厚,随风摇曳,犹如一张张笑盈盈的红色小脸点缀在枝头,为乡野增添了一抹动人的色彩。

徜徉在唯美梦幻的花海里,呼吸着花儿芬芳的香气,驻足观赏那花间飞舞的蜜蜂和蝴蝶,听着清风吹动树叶发出婆娑的声音,无比惬意,让人有如置身于"奇丽花海"之中,心情也跟着舒畅起来。

万紫千红总是春。我喜欢玫瑰花,它花开繁茂,红艳美丽,亭亭玉立,它的清新芳香更是别样于其他花卉。我喜欢玫瑰花,它花开端庄,大气,热情奔放,红的热烈,紫的高贵,粉的娇艳,它们交织在一起,共同编织出四野的绚丽。

口袋公园暖人心

日前,国家住建部在关于推动"口袋公园"建设的通知中指出,将"推进2022年全国建设不少于1 000个城市口袋公园"的目标任务。

口袋公园也称袖珍公园,是规模较小的城市开放空间,面积多在1万平方米以下,常呈斑块状散落或隐藏在城市结构中,为当地居民营造美好生活。

近年来,上海通过结合道路、小区、街巷周边环境特点,建造成一批以小游园、小微绿地、街心花园、社区小型运动场所等为特色和植物品种多样,四季成景、四季有色以及小而美、微而全的"口袋公园"。这些口袋公园,虽仅有几千平方米,最小的只有几百平方米,但注重景观结构色彩,小巧玲珑,深受人们喜爱。截至目前,全市共有100多座口袋公园,今年将新建改建60座,并被纳入市政府为民办实事项目。另据计划,到2025年,全市口袋公园数量将达到300座以上,让广大市民拥有"推窗见绿、移门入园、四季见花"的幸福生活。

我居住在虹口区北外滩附近,每当我早晚出门到北外滩滨江绿地散步时,就会经过附近的童梦园、下海庙花园、新建路绿地公园等颇具庭院、江南风格的口袋公园,令人赏心悦目,成为人们休闲和赏景的好去处。

清晨,这里的口袋公园是老年人活动的最佳选择场所,他们早早起来,伴着阵阵微风,来到这里,有散步晨练的,有打拳的,有习舞的,有拉二胡的……更多的人动情地观赏着。朝阳映照在塑胶步道上,映照在高大挺拔的行道树上,映照在老人们充满喜悦的笑脸上,欣赏着周围的四季花草和典雅瑰美的雕塑以及景观小品,呼吸着清新的空气,仿佛置身于徐徐展开的水彩画中。

到了上午七八点钟时,大多是上班族的人们,他们步履匆匆,神清气爽地走在周边绿植和花草环绕的口袋公园健身步道上,开始了新的一天工作。一些路过的行人或游客,也会放慢脚步,或在座椅上歇歇脚,或举起手机随手一拍都是美景。

傍晚,夜幕降临,这里的口袋公园内隐隐有彩灯闪烁,成了人们休闲娱乐和赏景的享受乐园。其中,不乏手挽手的情侣,携带儿女的夫妻,往来奔跑的孩童,还有三两老人或知己,静坐长椅,边赏美景边闲话家常,谈笑风生,享受着其乐融融的悠闲生活,处处荡漾着溢至心底的笑容和矫健的身姿,给美丽的城市增添了无形的魅力和色彩。

在寸土寸金的上海大都市,大规模地建造多姿多彩的"口袋公园",充分反映了政府在城市建设与管理方面的理念转变,是城市建设与治理能力提升的有效体现,更是切切实实地满足人们生活的幸福感和获得感。

口袋公园的建设,那园区内品种多样的生态种植和丰富多彩的自然景观艺术的融合,不仅在完善城市生态环境方面发挥了重要作用,更是给生活在钢铁森林城市里的人们提供了放松身心、亲近自然的休憩场所,从而拉近了邻里之间相互交往和交流的距离,为大家铺设了一条愉悦心情和强身健体的幸福之道。

秋风吹来芦花白

秋天,晴空万里,天高云淡,古往今来都被文人骚客融入笔端,那篇篇首首以旅途见闻、客邸秋声、探访胜景、登临题咏等为内容的秋之诗文,读来动人心魄。

但是到了暮秋初冬时节,天气渐凉,满地枯黄的落叶,充满凉意的秋风,一场比一场寒的秋雨,处处一片衰残萧瑟的景象,便也让人不由地伤感起来。正如宋玉《九辩》中第一句便是:"悲哉,秋之为气也!"秋天一来,连它的气息,都让人感到悲伤!有关悲秋的诗文也不胜枚举。由此可见,秋天悲伤还是快乐,不在于季节,而在于对待生活与人生的态度。然而,我却认为,秋天是最美的,甚至胜过百花争艳的春天。

秋天是一年中最为绚丽多彩的季节,有艳若红云的枫叶,金黄细润的桂花,多姿多色的月季,红艳夺目的茶花……不过,在我的心目中,最漂亮的要数故乡的芦花。芦苇是禾本科多年生草本植物,临水而生,在没有开花之前,称之为芦苇。春天,从泥里长出芦芽,几场春雨后,便茁壮成长。夏天,芦苇枝繁叶茂,碧翠葱郁,一望无垠则称为芦苇荡。当秋风萧瑟时,芦苇便开始长出穗成花,称为芦苇花。初冬时节,渐渐地变白,吐出洁白的芦花。暮秋初冬的一天,来到阔别多年的家乡崇明老宅南面的长江边,放眼望去,天水一色,空蒙辽阔,那绵延的芦苇荡,芦波起伏,密密匝匝的芦苇,吐絮出的一蓬蓬,一簇簇,一片片洁白的芦花,婀娜多姿,随风而舞,宛若白色的潮涌浪卷,清雅飘逸。沐浴在蓝天碧水和白茫茫的芦塘之间,我的心也无边无际的辽阔起来。

暮秋的芦塘与夏季所见叶绿枝杆挺拔的景色相比,那是另一番情景。那一望无际的芦苇荡,白白的芦花,像一朵朵洁白的祥云,飘浮在悠悠的波涛之上。在风轻云淡时,雪白一片,疑是瑞雪平铺,或是层层白絮,在五彩斑斓的秋色中显得格外清纯;起风时,成片芦花随风涌动,哗哗作响,四处一片寂静,只有空中偶尔传来雁鸭的阵阵鸣叫。徜徉在白色的芦花波涛中,真是"风翻白浪点千片,雁点青天字一行",似乎超俗绝尘,心灵在大自然中得到涤荡。忽然一阵寒风袭来,枝叶随风颤动,我的心弥漫着清幽和纯净。

我站在岸边凝视着这片芦塘,这里的水面没有活泼的游鱼、蛙声和碧绿的水草,那些芦苇枯枝与它们的倒影在碧如镜面的江水中,构成了各种几何图形,像一幅幅由简洁线条构成的木刻画,白花枯枝黄叶的芦苇在微风中摇摆,像一首抒情的诗在吟唱,那跳动的音符,悦耳动听,令人痴醉。

清晨,太阳还未升起,蓝蓝的天边,飘过来几片淡淡的云彩,如同央视春晚的豪华无比的舞台远景。那一丛丛芦花,落满霜花,每一穗都如羽毛般绒白,在色彩斑斓的背景烘托下,透亮丝丝,温馨而妖娆。太阳冉冉升起,在暖阳的照耀下,芦塘透出绚丽的光芒,心情豁然开朗。我陶醉地漫步在江边,呼吸着清新的空气,打量着眼前的美。湛蓝的江面漾着波纹,将太阳颠簸成金子般的碎片,闪闪烁烁;海鸥洁白的翅膀,在阳光下闪着银光,看得眼花缭乱。

"春去芦苇青,秋来芦花白。"一眼望不到边的芦苇丛,蔚为壮观,那白色的芦花,金色的芦叶,紧紧地依附在枝杆上,在碧水蓝天的交相辉映下,闪烁着不同的色彩,显得格外轻盈、动人,赏心悦目。眺望远处的悠悠长江水,呈现出的是一幅意境悠远的图画。游走在这广阔无垠的芦苇中,那一丛丛翩翩起舞的芦苇花,柔弱里蕴含着刚毅,朴实中透着灵性,情意绵绵,惹人怜爱,用心抚摸每一处风景,无边的温润,充盈了全身。

面对此情此景,让我想起了当年在夕阳下观赏冬日芦花的情景。日暮晚霞,染红天际,只见天色在海鸥的一声声鸣叫中渐渐变暗,随着丝丝轻风,落日那迷人的玫瑰红穿过云缝洒在羽毛般洁白的芦花上,染成一片金黄,从远处望去,好像芦塘铺上了暖暖的绒毯,把冬日的寒冷瞬间驱散得无影无踪,宁静的滩涂显得更加博大和安详,绽放的芦花显得那么柔和和唯美,令人陶醉。

此刻,我还想起了诗人刘禹锡的《秋词二首》,其一曰:"自古逢秋悲寂寥,我言秋日胜春朝。晴空一鹤排上云,便引诗情到碧霄。"其二曰:"山明水净夜来霜,数树浅红出浅黄。试上高楼清入骨,岂如春色嗾人狂。"传说,清乾隆曾与纪昀合作过咏雪诗:"一片二片三四片,五六七八九十片。千片万片无数片,飞入芦花皆不见。"可见,古人在欣赏秋天明净的山水和斑斓的颜色中,以及将雪中的芦花描绘得淋漓尽致,活灵活现,并流露出高雅闲淡的情韵,仍然有文质彬彬的君子风度,令人敬肃与敬仰。

家乡崇明冬日的芦花,可谓是冬日里的一帧木刻画,一首柔情的诗,更是一道靓丽的风景线。每每秋风起,芦花好似美人般舞动纤细的身姿,迎风悠然起舞,自成一道盛景。尤其是到了下雪天,来到岸边观赏芦花,那一朵朵像蒲公英一样的雪花,纷纷扬扬地从天上飘落下来,带着朦胧的诗意,在苍茫的芦塘上空颤动、沉浮、飘荡,那柔美与富有韵味的线条,多像含羞婀娜的少女;那多姿多彩的形态,又如漫山遍野的春花,处处飘荡着芳香,让人沉醉在这天上的落雪和江滩上洁白的芦花之中,如同置身于梦境中的天堂,别具一格,你会收获到寒冷海岛冬日里一抹生机和意想不到的舒适悠然。

当我观赏完芦花美景后,带着喜悦离开堤岸走在回程的路上,品味着那自然的芦苇,似雪的芦花,还有那微微的秋风、秋凉和秋日的暖阳,那首悠扬曼妙的《芦花》歌萦绕在脑际:"芦花白,芦花美,花絮满天飞,千丝万缕意绵绵,路上彩云追,追过山,追过水,花飞为了谁……"

芦苇苍苍,芦花茫茫,置身其间,让人就此抛开一切浮躁,心绪随洁白、轻盈、柔美的芦花在风中婆娑飘扬,如梦,如诗,如画……

丝瓜花儿开又开

夏秋时节,走进家乡崇明的农户人家,院墙或棚架上爬满了丝瓜藤,开着黄灿灿的丝瓜花,绿绿的、嫩嫩的丝瓜荡秋千似的吊在花丛中,别有一番景致。

丝瓜,也称吊瓜。丝瓜花,花开春夏秋,一茁接一茁,耐得住寂寞,抗得住风雨,宛如乡村的爱情故事,播放着电视连续剧,看不完、看不够。

丝瓜花,怡淡雅朴,挤挤挨挨,粉粉嫩嫩,从叶海里探出了笑脸。伴随微风送出阵阵清香,引来蜂儿嘤嗡,蝶儿翩跹,恋恋不愿离去。

丝瓜花,那鲜艳夺目的黄色,总能把夏日储存;丝瓜花,花瓣大大落落,娇艳欲滴,浮满了翠绿的丝瓜棚,如璀璨的星星缀满枝头,渗透生命的热烈,绽放生命的期望;丝瓜花,嫣然盛开时,像一只只黄色小喇叭,吹出一阵阵醉人的乐曲。半开着的花蕾,含蓄娇媚,向人们展示着迷人的魅力。

丝瓜花,开了又开,密密匝匝,摇曳在绿如翡翠的密叶间,其貌娇艳,其状婀娜,其骨非凡,清新脱俗,犹如一朵朵静静飘浮着的云彩,又像花的瀑布奔泻而下,给人呈上夏日最美的视觉清凉盛宴。

丝瓜花,阳光下颜色艳丽,在细雨中,花朵依然灿然开放,精彩纷呈;雨水顺着绿茎点点滴滴,花瓣上挂满晶莹的露珠,恰似睡梦中的美人,楚楚动人;棚架下,落下的花瓣,带着无尽的温馨,躺在养育它的大地母亲的怀抱,"化作春泥更护花"了。

丝瓜花,晨曦初照,花瓣自花蕊旋转开来,徐徐而展,妩媚地浮动在枝头,宛若一只只振翅欲飞的蝴蝶。在那略略西斜的阳光下,一片片金黄色的花瓣在斑斓的丝瓜叶海中跳跶着,如同火苗在微风里飘动。走在丝瓜棚下,便会听得见那风吹丝瓜藤叶的沙沙声,伴着花香和缤纷的绿叶舞出时浓时淡的韵律。

丝瓜花,微风吹拂,一股熟悉的清香扑鼻而来,那香气甜甜的、淡淡的、纯纯的、幽幽的,使人忍不住要深深地吸上几口。每当盛夏,置身其间,带来一抹夏日的清凉和浪漫;夜晚,繁星满天,明月当空,蝉鸣切切,蛙鸣婉转,流萤飞舞,丝瓜藤下,人们一条板凳,一把蒲扇,伴随着丝瓜花散发出的阵阵淡雅清香,清夜闲话,沉思醉想,欢乐多彩,一幅人与自然和谐共融的风情画卷。

记得那年春天,在后院的灰堆旁,我发现了一棵丝瓜秧,就小心翼翼地将它用树枝围起来,没多久,丝瓜藤便顺着树枝爬上了旁边的一棵合欢树。这株丝瓜藤不停地勾搭缠绕树枝越爬越高,一天又一天,整个树冠爬满了藤蔓,丝瓜花开满枝头,与合欢花竞相争艳,组成了一道意境优美,令人陶醉的亮丽风景,远远望去,格外养眼,美不胜收。

丝瓜是宝,它从开花结果,其最终是把自己的一生全部奉献。丝瓜花不仅赏心悦目,丝瓜还具有美食和较高的药用价值。丝瓜色泽青绿,瓜肉清嫩,能做出清淡翠绿的千般美味。丝瓜中含有丰富的蛋白质、碳水化合物、钙、磷、铁和维生素等多种营养元素,且有着抗过敏症和排毒养颜之功效。盛夏时节,适当多吃些丝瓜,可去暑清心,醒脾开胃,免除苦夏之烦恼。待到丝瓜长老后,倒出种子后,丝瓜络还可用以洗锅刷碗,擦灶台和抽油烟机,吸油去污,既经济又卫生。

丝瓜,在普普通通的土地上,静静地生,默默地长,年复一年地与村民为伴,做着经春到秋的梦;丝瓜,挤满枝头,丰腴芬芳,那是呈给乡亲们的美食;丝瓜,它奉献,它无私,枝枝叶叶间都是与人为善的诚意。

丝瓜花,摇曳在风雨中,摇曳着灿烂夺目的婀娜身姿和那芬芳宜人的清香,久久地在我心间缭绕……

蚕豆花赛过黑牡丹

春风丝丝,春雨淅淅,那田野里的蚕豆花羞怯怯地睁开了小眼睛,凝望着这个世界,在热闹的人生中扮演着自己的角色,坚守着自己对农人的承诺。

蚕豆花,悄悄地来,悠悠地开,缓缓地落。蚕豆花,每一朵花上都有两个黑点,眨呀眨的活像多情恋人的一对眼睛。蚕豆花,直到蚕豆弯刀似豆壳变黑变老时,枝叶上的花还在睁大眼睛撒着娇呢。

小时候,最爱吟这样一首儿歌:"什么花开黑墨心?蚕豆花开黑墨心;什么花开赛黄金?油菜花开赛黄金;什么花开白如银?萝卜花开白如银……"花,往往以黑为贵,黑牡丹,乃是牡丹至尊,蚕豆花在儿歌中居首,在情理之中。

蚕豆是人类最早栽培的豆类之一,其名称的来历,元代农学家王祯在《农书》中说:"蚕时始熟,故名。"而明代医学家李时珍在《食物本草》中认为:"豆荚状如老蚕,故名。"

蚕豆生命力极强,它播种于冬天里,孕育于冰雪中,春天萌发生长,紧接着一簇簇地开出银灰色的花,到了暮春时节,蚕豆像孕妇隆起腰身的豆荚里裹满脆嫩的米粒,很低调地结着果实。

我还想起一句乡间俗语叫作:"小满,蚕豆饱满。"即小满时节,正是蚕豆成熟时。但由于近年来气候变暖的原因,成熟时间提前到立夏前后,比以往早熟近半个月左右。"蚕豆易老,尝鲜趁早。"俗语称:"炒青蚕豆十八顿。"即时鲜的蚕豆从上市到老,只能吃十八顿,仅有半个月时间,半个月后,蚕豆就会老了,其鲜味就会大打折扣。正如清代诗人、散文家袁枚在《随园食单》里说:"新蚕豆之嫩者,以腔芥菜炒之,甚妙。随采随食方佳。"南宋杨万里更是认为蚕豆比梅子还好吃,并用"翠荚中排浅碧珠,甘欺崖蜜软欺酥"的诗句来诱人品尝蚕豆。

目前市面上蚕豆,大多来自暖棚,而地产的时令蚕豆生长时间长,需要6个月,比暖棚的多2个月,成熟时间晚,味道更鲜美。只需清炒,热锅爆香葱后倒入蚕豆轻炒。蚕豆最鲜嫩时可以不加水,不盖锅盖,全神贯注地炒,不可生不可焦。一碗碧绿生青刚出锅的蚕豆,嫩嫩的、软软的、清香微甜,便温婉地依偎在你的口中,那是满满的暮春初夏的味道,宛如青春的气息。

蚕豆新鲜时是时令素鲜,待到长老后,可以剥开吃豆瓣,可以做五香豆,还可以做成兰花豆,同样是一道唇齿留香的美食。尤其是用豆瓣和咸菜(乡间俗称"盐齑")烹调成咸菜豆瓣汤,那可谓是一道百吃不厌的美味佳肴。故有"三天不吃盐齑豆瓣汤,脚股跟里酥汪汪"之说。

蚕豆含有蛋白质和膳食纤维等丰富营养以及有益气健脑之功效,大人孩子都喜欢吃,可谓是蔬菜中的佳肴。

四时皆景新建路

近年来,随着城市更新的推进和北外滩改造建设,街区面貌焕然一新。我家小区附近的新建路,以独具匠心的设计和巧妙合理的布局,建成了典雅别致、简洁恬静、自然清新的景观路,成为一道集生态、人文、智慧与匠心的艺术作品和韵味独特的靓丽风景线,是一年四季可以欣赏不一样美景的天然氧吧,放松心情、休闲漫步健身的一方天地。

新建路,位于虹口区北外滩,全长不足1公里,道路中间的隔离带栽种了樱花树和成排的月季等观赏植物连成长长的栅栏。每到春季,樱花盛开,抬头望去,朵朵繁花簇拥在一起,一串串,一丛丛,亭亭玉立地在枝头绽放,柔情地在蓝天下舞动,蔚为壮观,宛若云霞,满道飘香,沁人心脾。月季花和其他观赏植物更是四季葱茏,鲜花常开,色彩斑斓,争相夺艳,可谓是日娇月媚,晴好雨奇,时时迷人,远远望去,如飘落的彩带连贯呼应,与北外滩景观交相辉映,美不胜收,令人陶醉。

新建路两侧的人行道路旁,栽植了梧桐、香樟、玉兰、银杏、合欢、桂花、红枫、茶花等行道树,枝繁叶茂,满目葱翠,清风徐来,清香四溢,使人神清气爽。行道两侧的景观花园里,东侧为高低错落的梯田形花坛,西侧为起伏有致的草坡与缤纷花景组成绚烂多姿的"小而美"路口景观,大大小小的花坛别致有序,星罗棋布,花团锦簇,五彩缤纷,宛若盆景,在绿茵如毯的草坪映衬下,风姿绰约,如诗如画,似梦似幻,愉悦了眼眸,沉醉了心灵,成为人们驻足近赏的亮点植物景观和休憩放松的"打卡地"。

清晨的空气格外清新,蝉鸣如笛,晨露中早起的鸟儿在绿化带的树丛中唧唧喳喳彼此问候。这里有三三两两的人群晨练的,跑步的……健康气息扑面而来。晚饭后,金色的晚霞洒下万丈光芒,人们享受着大自然给予的神奇和力量,有男男女女散步的,孩子们互相追逐、喜悦欢笑的,老人们坐在木凳上谈天说地的……他们的脸上无不露出愉悦的心情和灿烂的笑容。

新建路也是地铁 12 号线国际客运中心站的出入口,来来往往的人们路经新建路时,也会投来赞美的目光,或放慢脚步或停下脚步打量一下这精致秀美的小花园,欣赏一番如此不同凡响的温馨烂漫风情,心情也随之欢欣。

多姿多彩新建路,迷人风光一望中。眼下,正值夏末初秋时节,走在新建路的行道上,吹吹风,乘乘凉,聊聊天,赏赏美景,其乐融融。环顾四周,映入眼帘的是:景观园内众多植物都处于花开季节,与各种精致的雕塑相映成趣,使整个道路增添多种色彩,充满生机活力,展现群芳争艳之怡人美景。

美哉,新建路路道景观,浸润四季芬芳,扮靓城市容颜,提升城市品位,彰显城市生态魅力,观之赏心悦目,闻之神清气爽,一种淡雅之美,悄然融入心田,使人瞬间感到心情舒畅。

故乡路上赏美景

家乡崇明地处东海之滨,长江入海口,土地肥沃,生态环境优越,资源丰富,水域丰茂,空气清新,让人心旷神怡。错落有致的田间小路,修缮一新的河道沟渠,精心装扮的秀美田园,空气中弥漫着沁人心脾的幽香,一片片红瓦白墙崭新靓丽的民居掩映在花草树丛中,令人目醉神迷。

近年来,崇明秉承生态观赏、休闲养生的理念,大力推进"一镇一树"的景观廊道建设,不同乡镇都有不同的树种,以使岛上的居民推开家门,宅前屋后便是一个大花园。从而,形成了"四季有花、常年有绿"的产业链条,着力打造"旅游观光+鲜果采摘+休闲度假+农家养生"的生态种养基地。

春风徐来,桃花、梨花、橘花、樱花等,各种花色,在和煦的阳光中,竞相绽放,争妍斗艳,芳香四溢。晨光暮色里,乡村大地洒满红日的万丈金光,在乡道上行走,看树观花,那深深浅浅的绿植,五颜六色的花朵,乐莫乐兮!置身其间,心情顿觉舒畅,胸怀倍感开阔。那绽放的花朵惊艳得耀眼,如仙子迎风,如惊鸿照影,格外令人赏心悦目,花海深处的农家乐,更是让人流连忘返。这里的家花、野花,静静地开,默默地谢,原生外来,林林总总,复杂多元。这里有楝树、榆树、桑树、柿树等土里土气的树,也有银杏、广玉兰、香樟、樱花、合欢、桂花、枫树等耳目一新的外来客,简直是树的海洋,花的世界,鸟的天堂。

开春阳气上升,经过了一整个冬天的大地,冰化雪融,蒸腾的热气,远看像浩瀚清澈的江水,近看像刚开笼的馒头蒸气,缭绕在整个林间的雾,曼妙地移动着,自然村落点缀其间,绿树和村庄交相辉映,此情此景,宛如置身在世外桃源般的诗情画意里。

盛夏时节的清晨,清新的空气伴着花香鸟语。河沟两岸芦苇丛生,垂柳飘拂,成片树林,郁郁葱葱,遮荫蔽日,阵阵南风轻轻吹拂,树叶和枝干发出清爽喜悦的和声,好像每一棵树都在交谈它们立足在朝晖、晨露、南风、田野中的欢喜,明媚风华。正午时分的骄阳下,热浪扑面,景观廊道留下斑驳树影,令人心醉。一阵阵来自长江的江风,把炎热与干燥赶走,呼吸着芬芳的花香,顿感"天然空调"般的惬意。此时,鸟鸣虫语和蝉鸣相呼应,此起彼伏,人们可以尽情欣赏那些大自然派来的热闹使者。到了深夜那浪漫的星空下,凝神静气地演奏着这一支主歌外,村庄里的公鸡喔喔地打鸣,远处传来家犬有一腔没一调的吠声,姑姑鸟在荒野里姑姑地叫,蝈蝈、蛐蛐、青蛙、纺织娘在唱着悦耳动听的歌,灰喜鹊呀呀地向林荫道俯冲下来,布谷鸟急促地叫着发出"快快做活"的号令,果然刚刚到东方发白时,便将村庄里的人们催促出来,在早饭之前,他们忙着上镇赶集的、到田间干活的,顷刻间,这些副歌与主歌交会在一起,成为一首交响乐,那是一首多声部的混声大合唱,唱响了宁静的村庄。

深秋时节,一夜秋风,从浓荫如盖的树叶间瑟瑟荡过来,吹落树叶如雨,簌簌落下,铺满一地,满目金黄,头顶上,一群小巧玲珑的麻雀活跃于树枝上,唧唧喳喳地叫个不停,从一棵树飞向另一棵树,唱着歌,跳着舞。田野里,秋色浓浓,到处弥漫着庄稼成熟的气味,三三两两的白鹭在田间地头时而低头觅食、时而闲庭信步,时而展翅飞翔,潇洒自在,其乐融融。河岸边,一群鹅鸭,在水中嬉水,时而在河面上扑腾,纷纷溅起白色水花,河面如同沸腾的锅。阳光从西边斜洒下来,晚霞涂满天际,乡间小路洒满林荫,无边的金色笼罩着整个村庄,温暖、柔和、静谧。霜浸的银杏叶或紫或黄,彩带般铺开在秋天的田野里,装点炊烟缭绕的村庄,宛如一幅清新淡雅、风景独特的移动油画铺展在故乡的大地上。

此时,我置身其间,怀着一分向往,一分依恋。回首间,夕阳渐下,暮霭轻起,一个小村渐渐模糊,一个向往明天的梦在渐渐浮起……

美丽乡村银杏园

那片银杏园,种植在家乡崇明四滧村的西北一隅,紧挨在那棵植于明万历初年,人称"瀛洲第一树""崇明树王"的古银杏树周围,面积50亩,园内种植着1000余棵银杏树。

初夏的一天,来到这里,放眼望去,满目青翠。那棵历经460余年沧桑岁月的古银杏树(上海市一级保护古树),其根植沃土,依然巍峨挺拔,老干弥壮,绿荫如盖,昂首云天,生机勃发。古树周围的那片银杏园,郁郁葱葱,长势喜人,满树绿油油的嫩叶,层层密密,在微风中轻轻舞动,显现出"天然氧吧"的无限生机和活力。它们与江南水乡风格的瀛杏湾农庄内的石拱桥、假山、水塘、古色古香的屋舍和五彩缤纷的花树融合在一起,相映成趣,引得喜鹊喳喳,绕枝不离,不时还有鹭鸟翩翩起舞,构成一幅生动而美妙,自然、人文、生态为一体的完美画卷。

近年来,崇明在打造世界级生态岛和美丽乡村建设中,以"一镇一树""一村一品"来提升海岛特色的绿色生态品位。于是,堡镇借助四浽村那棵古银杏树而命名为银杏之镇,四浽村为银杏之村。经过几年的不懈努力,银杏树遍布堡镇地区的大街小巷,乡村道路,河沟田野,尤其是我的家乡四浽村,更是抬头可见,随处可遇,翠绿碧纯,心迷神醉。行走其间,好似穿行于舒适宁静的绿色长廊,顿觉清幽凉爽,阳光斑驳,洒落身上,恍然有时空交错之感,别具一番韵致。

银杏树,将随着时间、空间变化,以不同的姿态呈现在人们面前。若是到了金秋时节,这里将是金黄一片,呈现出蔚为壮观、妩媚迷人的景色。冬天的银杏树,其叶便如雪花般纷纷飘落;光秃秃的枝干,挺拔硕壮,恰似一座座有生命的雕塑,又如一条条强壮的臂膀,精神抖擞,威风凛凛地拥抱着属于自己的那片天空。一年四季,无论何时,久居闹市的人们来到这里,便能领略银杏的自然美景,感受银杏的浓浓风情,体味银杏的文化风韵,让疲惫的心灵得到放松、净化和升华。

自古以来,银杏树作为世界上十分珍贵的树种之一,有"活化石""老寿星"的美称,并以其高雅、华贵、端庄、大气,被作为幸福、富贵、吉祥、爱情的象征,深受人们的喜爱。家乡的银杏园,浸润四季芬芳,扮靓乡村容颜,提升乡村品位,为家乡创造财富,为新农村建设增添勃勃生机。家乡的银杏树作为镇树、村树,实乃当之无愧,众望所归。

曼舞轻歌玉米地

夏日里回家乡崇明,我时常被田野里一片片绿油油的玉米所吸引。远远望去,那葱郁的玉米如茵茵的草地,又像水墨泼就的画儿,尤其是枝叶上滴落的露珠,在晨曦的映照下,一闪一闪的,煞是好看。

玉米地是我儿时娱乐玩耍的场所,玉米也是滋养我健康成长必不可少的食物。据史料记载,种植玉米,在我的家乡崇明,有着悠久的历史,早在1604年(明万历三十二年)已经栽种。玉米可谓是农家生活中的主要食粮。

玉米,亦称"玉蜀黍""包谷""包米""棒子""珍珠米"等,它与水稻、小麦并称为世界三大农作物,是世界公认的"黄金作物"。崇明早年的玉米品种主要有小金黄、阔板大金黄、青鱼牙、秤砣黄、麻团及糯性白玉米等近30个种类。20世纪60年代起,逐渐被杂交玉米和引进品种所替代。

清明前后,是播种玉米的季节。乡间有句农谚称:"清明前

10天不早,清明后10天不晚。"人们将种子和着底肥播入土地,几天后就拱出嫩绿的秧苗。种植玉米不需特别呵护,在阳光和水分的滋润下,用不了两个月,玉米苗已是伸枝展叶,层层叠叠,铺天盖地,茁壮成长。

到了夏天,玉米秆子日长夜大,快到一人高,整个玉米地碧波无垠。日头高照,夏风习习,轻轻托起玉米叶的细腰,尽情地曼舞,叶片闪着油亮的光泽,舞出十足的风韵和节奏。根根枝秆腰间开始孕育出小巧的玉米棒子,一般一根枝秆长两个,也有枝秆强壮的能长三四个的,农人们看在眼里,喜在心头。此时的玉米地像是一个大乐园,蝉和各类昆虫在唱着欢快的歌;飞鸟整天在上面盘旋,饿了,就撕开壳叶啄食嫩嫩的玉米。田鼠和黄鼠狼在夜间经常出没,啃食着不成熟的玉米,肆无忌惮,任意糟蹋。

玉米地也是当年乡村的那些正在热恋中的青年男女谈情说爱约会的最佳场所,在那云淡风轻的日子里,或是繁星点点的夜色中,借那茂密绿叶的遮蔽,尽情地畅叙着心中的爱意。因此在乡间也时常能听到一些有关谈论这方面的话题和花边新闻。这大概也是乡里人的爱情源于土地,源于庄稼,土生土长的缘故吧。

随着两三场透雨过后,一棵棵比人还要高的玉米齐刷刷地排列在田间,绿油油的枝株亭亭玉立,像士兵接到命令一样,接受人们的检阅。头顶的花穗随风摇曳,发出"沙沙"的响声,像在演奏一首丰收的交响曲。腰间一个个颗粒饱满的玉米棒子,打扮得像活泼可爱的胖娃娃似的深藏于绿色的帏帐中,争先恐后地在那缕缕棕红色的缨子间探出那小脑袋来,仿佛在对着人们微笑呢!此时,掰下鲜嫩的青玉米,把棒子皮一层层剥掉,放在锅里,倒上适量的水,开始煮,不一会儿工夫,便满屋子热气腾腾,玉米味充盈其间,那滋味,嚼在嘴里,慢慢品味,直入肺腑。

入秋,是人们最快乐最幸福的时刻,家家户户窗台下的墙根就会堆满一行行金黄金黄、通体饱满壮硬的玉米,排列得颇为壮观,成为宅院里一道和谐美好、安居乐业的靓丽风景。此时,收获的人们满脸多是丰收的喜悦。

如今,物换星移,我们这一代人当年吃厌了的玉米不再是低贱之物,它不但成为人们餐桌上鲜美的佳肴,而且还具有调中开胃、益肺宁心、清湿热、利肝胆、延缓衰老和美容亮眼等功能。据科学研究证实,发现老玉米里含有大量的卵磷脂、亚油酸、谷物醇、维生素 E,所以常吃玉米不容易发生高血压和动脉硬化,对健康长寿有好处。

家乡一片片枝繁叶茂、郁郁葱葱的玉米,令我痴迷,期待明年夏日里,再次走进那绿色的田野,重逢那曼舞轻风的身影……

第三辑

乡野情怀

徜徉夏日的乡野

夏日里,回了趟多日未回的老家崇明,走在故乡的路上,轻松愉快。道路两旁庄稼绽新绿,处处溢芬芳,宛如一幅美丽的生态画卷;漫步阡陌,绿荫碧水,和风送爽,闻花香、听鸟语,一派诗情画意。

农人们是大地的美容师,他们用一双勤劳的手,每时每刻把大地打扮得郁郁葱葱,多姿多彩。每到夏天,江南大地正笼罩在梅雨季节的闷热难耐之中,而在家乡崇明却是一年中最华丽的时刻,各种作物尽显风姿,茄子、西红柿、豆角、金瓜等蔬菜相继登场,西瓜、香瓜、桃子等瓜果,或簇满枝头,或铺满田间地头,天空、村庄、河水被斑斓的夏色簇拥着,温馨而生动。

晨曦下,宁静、祥和的乡村呈现出夏味最浓的动人画卷,薄雾轻荡,光影交织,眼前的一切仿佛被披上一层霞红,美得轻盈,美得缥缈,也许这是最能代表夏天的色彩。恍惚间,耳边传来一声声犬吠和鸡鸭鹅羊的叫声,时而还有鸟鸣从空中掠过,时而又见扑哧着翅膀或在树枝上跳跃,或在河沟边嬉戏,瞬间便唤醒了沉寂的思绪,温存且脉脉含情,让人沉醉其间。

　　走在乡间的田埂上,驻足观望,乡村风景无限,感动良久。这里原先的土路,都已变成了宽敞平坦的水泥路,但那千回百折,蜿蜒延伸的田埂依然在田间舞动着妩媚的身影,像一组组五线谱,咏唱着充满诗香的田园交响曲。那田野上青枝绿叶的农作物,以及那些野生的花花草草把故乡大地点缀得愈发绚烂。

　　夏风吹拂刚刚播种的稻苗,草叶翩翩,散发出醉人的清香,我置身于此,伫立在缓缓吹来的风中,像似融入了嫩绿的稻秧浪波里,仿佛坐在悠悠的小船上随风摇晃,那种无与伦比的惬意,那种愉悦的情操,那份纷飞的思绪,一起追逐着风的方向,飘然而去……

　　如果说,故乡的秋色醉人,那么故乡的夏色同样迷人,那一排排绿油油的是玉米,它们像卫兵一样精神抖擞地矗立在田间,一穗穗玉米棒正吐着红须,等待着主人的"检阅";那一块块芋艿田,芋艿叶如一把把撑开的绿伞,又似层层绿浪,把一方田地荡漾得绿绿的,芋艿梗亭亭玉立,婀娜多姿,摇曳于缕缕清风之中,煞是好看;那成熟的西瓜、香瓜、金瓜,在层层叠叠的绿叶下静静地躺着,阵阵清香飘荡在瓜地上空;果园里,红嘟嘟的桃子害羞地隐在压弯了枝的绿叶丛中,色泽鲜艳而凝重,十分诱人;农家院子里的丝瓜和扁豆挂满了棚架,黄灿灿的丝瓜花迎着阳光恰似一只只小喇叭咧开了嘴。紫色的、粉色的扁豆花如无数只彩蝶在翩翩起舞,与在花叶间舞之蹈之、飞飞停停的蜂蝶相映成趣,成为夏日乡村的一道靓丽风景。

　　傍晚,绚丽的晚霞将整个村庄笼罩上一片金黄,以使夏日那浓烈的热浪变得迷人、温馨、柔和、静谧,农宅上空飘荡着缕缕炊烟,袅袅地、沁入人心。夜幕渐渐降临,天暗了下来,那晚归的人们,在自家院里,吹着电扇,看着电视,喝着自酿的米酒,吃着自种的土菜,悠然自得;晚饭过后,他们三五成群地在村路上散步,谈笑风生;更多的是在健身场地随着欢快的乐曲声,轻松地起舞健身,将浪漫、妩媚呈现得淋漓尽致。

　　徜徉夏日的乡野,只要你愿意静下心来聆听和欣赏,别有一番滋味在心头。唐代诗人白居易诗曰:"人人避暑走如狂,独有禅师不出房。非是禅房无热到,但能心静即自凉。"意为神清气静,心静人自凉,可达到养生的目的。那么,夏日的乡野,是静心养生的好去处。烦夏莫如赏夏,夏日的乡野,夏色无涯,没有遗忘的角落,它们就如春天、秋天一般,在你不经意间,千姿百态的美景,神清气爽的清凉,便会来到你的身边,来到你的心间。

鹭影相随情依依

时下,正值农耕季节,在家乡崇明,到处可见成群的白鹭聚集在刚翻耕的农田里嬉戏觅食的生动场景。农人们在翻耕农田,成群的白鹭相随,和谐共处,相映成趣,宛如一幅人与自然美丽的生态画卷。

白鹭是一种亲近人类的鸟类,种类有大白鹭、中白鹭、小白鹭和雪鹭四种,种类不同,体形大小各有差异,但体羽全是白色,故统称为白鹭。

白鹭是传统的吉祥鸟,深受人们的喜爱。无数文人墨客赞赏有加,"两个黄鹂鸣翠柳,一行白鹭上青天"的千古名句,朗朗上口,流传至今。

白鹭是非常有灵性的鸟类,它那优雅从容的姿态,一身洁白的倩影格外的招人喜爱。白鹭通常每年春天会从南方迁到北方繁殖地,10月初又迁回到南方越冬,一般栖息和活动于河流、湖泊、海边及稻田、水塘浅滩上,主要以鱼、虾、蛙、蝗虫、蝼蛄等水生和陆生昆虫为食。

然而，在家乡崇明，处于亚热带地区，气候温和，环境优越，加之近年来生态环境治理及珍稀鸟类保护力度的加大，以及生态环境不断改善，引来越来越多的白鹭来岛上安家落户，繁衍生息，传宗接代，以使崇明岛成为它们理想的栖息天堂。

白鹭是崇明故乡的亲密朋友，一年四季悠扬婉转鸣声不断，田间地头，处处可见白鹭飞翔的身影。尤其是从初夏到深秋时节，崇明岛上林木葱郁，浓荫蔽日，鸟语花香，人们徜徉在绿的海洋中，陶醉在花的意境里，只要留意，常常是成群结队的白鹭到田间、河沟边去觅食，有时无数只白鹭在蓝天白云间盘旋，与田野、河沟共舞，时而同在一片水域中寻找食物，时而为争夺河里的鱼虾而相互打斗，时而又在水中嬉戏逐欢，友好相处，时而还会在蓝天跳起空中芭蕾，场面宏大壮观，一饱眼福，美不胜收。

冬天的乡野，天寒地冻，银装素裹，白鹭们飞进树林，飞进竹林，飞进芦苇丛中。要是遇上阳光明媚的好天气，它们又三三两两结伴来到田间地头，整齐地排成一排，旁若无人地晒太阳，好不自在；或是三五成群地在河边散步，姿态优美，憨态可掬，构成了一幅和谐优雅的冬日生态美景图画。

若是在晨光和晚霞中的白鹭更是迷人。晨曦微露时，天空呈现出一种沁人心脾的透心蓝，不带一点杂质，如蓝莹莹的丝绸轻盈缥缈在田野上空，恍惚间，一群白鹭掠过天空，似画一般的自然美景；夕阳斜照，余晖渐盛，炊烟袅袅，四野景色如梦如幻，一群白鹭悠闲地在五彩缤纷的霞光中莺歌燕舞，如诗一般的迷人风情，让人沉醉其间。

故乡秋韵润心田

秋天,意味着勤劳,代表着高尚,象征着成熟。秋天,寄托着人们的殷切期待和给人们带来满满的收获和希望。

秋天的风,秋天的雨,秋天的云,秋天的果实,恰似五线谱上的音符,跳跃在故乡崇明的大地上。

天高云淡,风清气爽。秋风驱走了暑热,送来了凉爽。田野上,一片片稻田,沉甸甸、金灿灿的稻穗,在秋风的吹拂下,翻卷着此起彼伏的波浪,连接着远处苍翠的树林。在绿树掩映中,一排排别致的农家小楼错落有致,一条条碧水清亮的河流在静静地流淌。来到村庄,农家院墙或架子上爬满了恋秋的藤秧,棚顶上热闹地开放着红的、粉的和灿黄的花,嫩嫩绿绿的丝瓜和一串串或绿或紫的扁豆垂挂满枝头。恋秋的野草闲花争奇斗艳,各色喇叭花竞相怒放,那花万头攒动,那花从春开到秋天,就像乡村里的爱情故事,有着看不完的电视连续剧。晨明暮暗时分,漫步乡间小路,清风、美景,醉人心怀。

秋雨淅淅沥沥下个不停,像勤劳的母亲编织着一片片绸缎,装点着故乡大地。飘飞的雨丝,密密麻麻地斜织着,轻轻地抚摸着万物。行走在秋日的雨中,细细品味,缠缠绵绵,凉意扑面,秋意弥漫,富有诗意。

故乡的秋色格外迷人。太阳初升,天空蔚蓝,有薄雾缠绕村庄,如玉带,朦胧仙气绕,水墨丹青入画来。各色的树叶,庄稼尽显风姿,一簇簇,一片片浸染了河畔、田野。小路、村舍,被斑斓的秋色簇拥着,温暖而生动。

有人说,秋天有一种特殊的气息,好像一杯醇香的酒,又厚又重。秋雨过后,清新的泥土气息,谷物、瓜果的香味扑鼻而来,人们的心情格外舒畅。田野里的稻谷成熟了,换上了秋姑娘精心为它们准备的黄衣裳。玉米黄了,一簇簇红缨抽了出来,金黄金黄的玉米,通体饱满壮硕,一行行,排列得颇为壮观。还有那稻田边纤纤细细,亭亭玉立,迎风摇摆,碧绿青翠的甜芦粟,眼下正是成熟季节,一股纯天然、原生态,淡淡的清香直钻肺腑,滋润心田。

果园里的柿子、橘子像一盏盏小红灯笼,渐次点亮这个季节,炫耀在灿灿的秋阳下。藤架上的葡萄已经被秋这个小画家涂上了紫莹莹的颜色,好像一颗颗紫色宝石在阳光照耀下闪闪发亮,随风摇曳,别具风情。

秋天的夜晚,是农人们最快乐的时刻。晚霞开始漂染天空,许多农舍升起袅袅炊烟,忙碌了一天的村民伴随着鸟儿们各唱各调的快活喉音,陆续从田间归来,屋檐下的灯也显得格外亮,照着院里的谷物瓜果,照着孩子们来回嬉戏的身影,照着一个充满温馨快乐的农家宅院……

秋天的故乡,碧蓝碧蓝的天空,就像一块蓝宝石一样,清朗纯洁,让我着迷。秋天的故乡,柔柔的轻风,暖暖的秋阳,超然的心幸福至极。秋天的故乡,那红红黄黄紫紫的多彩织锦,构成了一道生机勃勃、绚丽迷人的立体风景线。秋天的故乡,云洁天蓝,碧空湛湛,处处是满眼的绿、满眼的景、满眼的美,在我的视线中闪过,我的心头不禁升腾起一股热流,这股热流伴随我人生记忆的音符和理念所铸就的感动,在我心中激荡。

秋天的故乡,静静的秋韵,静静地聆听,静静地感受,秋色一点一点浓烈……

恬静温馨故乡夜

故乡崇明的夜,有着生态岛特有的灵秀,异常的恬静、安谧和温馨,给人一种神秘、深幽而美丽的韵味。

夕阳渐渐褪去,天幕无声轻垂,在西天边漏下一缕暗红的余晖,透过绿叶婆娑的树隙漂染天空,许多农舍升起袅袅炊烟,深蓝的天幕上开始映现几颗星星,静悄悄的,像从水里捞起,疏疏朗朗地闪着不可捉摸的青光,使人如进梦幻之境。

苍茫的暮色中,墨灰色枝叶蔓披的树林间扑闪着上下翻飞的蝙蝠黑影。四周沉寂、幽静,没有了闹市的喧嚣,没有了人流的嘈杂,只有悠悠流淌的小河水发出有节奏的淙淙细语,更衬托出"黄昏到寺蝙蝠飞"的独特夜景,这也是我喜欢常回故乡的缘由之一。

夜阑人静,漫步在盘桓纡曲、洒满月色的小径上,万籁俱寂,天空中玉盘似的圆月在幽蓝苍穹中显得格外皎洁,周围繁星点点,闪动着布满天空,似乎在眨着狡黠的眼睛,窃窃私语,窥察人间,无言地触动着心弦。一路走来,伴随的是步履的嚓嚓声,风吹树叶的飒飒声。小径两边黑巍巍的树丛阴影,能使人产生一种迷幻莫测的感觉。或是竹影,或是水杉树影,或是樟树影,或是银杏树影,重重叠叠,深沉扶疏,有墨黑、浓墨、浅黑、淡黑,还有泛着微光的黑灰色,好一幅浓淡相宜、意境深远的丹青图画,令我遐想,沉思"画"里。

这里有我当年住过的小土屋,村边的小河沟,路边的行道树,更有曾经朝夕相处的乡亲们,以及当年他们送我从军的那条小土路。我伫立在风中,看着树丛掩映的农舍里透出黄色的暖光,窗纱上人影盈盈晃动,情不自禁地恍如注入一泓清泉,洗却我所有烦愁。

浓幕开始漫起,银色的月亮爬上树梢,清辉的月影洒在田野,斑斑点点,绰绰约约,似暗犹明的天空构造出一个童话世界。沉静的夜幕又为这片大地添了几分朦胧、几分幽意。房屋、草垛、牲舍、树丛……全都隐在一望无际的轻纱薄绡里,显得那么缥缈,村庄在夜空的背景下,如酒、如诗,格外迷人。

天幕更深沉了,墨蓝墨蓝、怡静深幽,田野、树木、竹林、农家小楼萦绕在静谧温馨、澄澈安宁的酣梦之中。恍惚间,依稀看到将要到来的曙光,故乡诗意与韵味的气息,瞬时漫溢开来,如同融进了气势恢宏的巨幅天然水墨画卷,心醉陶然……

多彩神韵故乡云

久居繁华喧嚣的大都市,生活在车水马龙楼林疯长的缝隙里,天总如井口似的狭小,有种雾里看花的感觉,怎么看也看不透。穿行在钢筋水泥高楼林立的丛林之中,常常面对灰蒙蒙的天空,难得一见清朗的云彩,让我向往着故乡崇明蔚蓝的天空,洁白的云朵,葱绿的竹子,浓绿的树木,古朴的村庄,碧绿的田野,清澈的河水,向往着心中那片悠然自得、清新静谧的田园美景。

清晨,驻足在故乡崇明的江堤上,迎接太阳冉冉升起的时候,朝晖映红了东方,薄薄的云雾托出了一轮红日,染了红晕,镀了金色,如飘逸的绸缎,无遮无拦地洒落在江面上,像滤过似的纯净,透着醇正的原始味道,若将这自然静美的云雾与波光潋滟的江水和岸边踮脚曼舞的白鹭以及天空的飞鸟勾勒在纸上,就是一幅极具原生态古朴风貌的精美油画。

当夕阳冲破云层坠西的时候,那云头如狮如虎如豹如熊,倏而又如山如树如水如浪,变幻无穷,恰似哪位大师给绝美的风景添上了神来之笔,令人神往。此时此刻,仰望浩渺的苍穹,随着那形态万千的火烧云倒映在我的双眸里,心静神凝,脑海中充满遐想。

春天,蔚蓝色的天空,和煦的阳光,春风吹拂,浮云飘溢,轻盈柔美,似水袖长舞,似轻步曼舞,优哉游哉。春催梨花洁白如雪,桃花争艳,油菜花绽放,那白色的花,粉色的花,金黄色的花,在悠悠的蓝天白云下鲜艳夺目,交相辉映,轻轻浮动,如水在微微地荡漾,恍若仙境,滋润心田。

夏天,浪漫的流云,时而像一团团轻薄而透明的棉絮,连绵不断;时而似大海波涛,汹涌翻滚,千姿百态。刹那间,绰绰约约的云雾从四处环绕,笼罩了树,笼罩了屋舍,笼罩了原野。云越聚越多,越积越重,顿时酿成一场雨,或小或大或暴雨,那是一场爽快的雨,一场清凉的雨,一场绿色的雨。紧接着,骤雨后的天空,便是一道艳丽的彩虹,瞬间让你沉浸在一个绚烂多姿的感官世界。

秋天,茫茫无际的天空,洁白的云朵随风飘荡,一群群候鸟当空盘旋,舞姿翩然,恰似海面行舟一般,空灵洒脱,自由自在。秋天是宜人的季节,秋高气爽,桂花飘香,菊花盛开,秋染硕果嫣红,鸟翔鱼戏,万物各得其乐,漫天的云霞自然地写意在广袤的天幕上,红蓝浸染的绚丽下是一片无边无际的水稻田,它们红黄绿交接着,宛如通向城堡的彩道,呈现着无限的画境和诗情。

冬天,宁静的天空,吐着白云,向着暖阳飘浮,轻轻舒展,缓缓移动,淡妆素抹,别有一番风情。白云飘在天际,幻化成雪样的芦花浮在那苇荡上,于风中摇曳生姿。一群群从远方迁徙而来的姿态优雅的候鸟们列了长长的队伍追着白云展示着矫健的身姿，撒下阵阵委婉动听的歌声，在那寒风凛冽的冬日里，像一群群跳动的音符，编织着动感的旋律，呈现着一幅壮阔的画，一首美丽的诗，一曲动听的歌，让人如进梦幻之境。

  得天独厚的大自然赐予故乡崇明一片美丽而宁静的土地，故乡崇明把无际天空的云变得神韵而多彩。故乡崇明的天总是那么高、那么蓝，像大海一样广袤无垠。故乡崇明的天总是那么宽阔、辽远、圣洁，宛如一幅优美的画卷正在徐徐展开，那是一幅不断幻化着的画，一幅永远画不完的画。

沧海倾盆盛夏雨

梅雨天过后,真正意义上的盛夏,如约而至。盛夏三伏天,最难忘的是夏雨。

夏天的雨,尤其是暴雨,在强对流天气的作用下,总是那么神出鬼没,突如其来,像是一个喜欢恶作剧的孩子,它不给任何人留有准备的时间,刚刚还是碧空如洗的天空,便浓云飞舞,风起云涌,如黑浪,如怒潮,汹涌澎湃,霎时间,天空积云随风移动,像一口黑魆魆的铁锅倒翻过来,黑压压地盖过了田野,盖过了村庄,盖过了江河,盖过了大树,盖过了竹林,仿佛吞没了整个天地。

忽然间,闪电撕开半边天空,劈开茫茫云海,斩断漫天波涛,在黑云缝中闪出一道金光,寒人胆肝,迫人心魄。紧接着,惊雷四起,一个带着一串火光的霹雳在人的头顶爆炸,气势汹汹,如同五岳崩塌,好像大地巨震,吓得人心收紧,掩耳蹙额。此时,连那不知疲倦的知了,鸟儿们也忙着收起它们粗犷的嗓音,乖乖地躲进林间深处,不敢作声。

顿时,急雨随狂风铺天盖地袭来,滂沱的大雨从天而降,像天漏了窟窿,如银河倒泻,似沧海倾盆,更是如千军万马奔涌而至,仿佛把天上的水都倾泻人间。刹那间,天上的雨,地上的水,相互交融,水汽氤氲,烟雨迷蒙,超大的雨量使原野一下子变成水的世界,沦为汪洋泽国。

夏天的暴雨,来去匆匆,毫无定式,自由自在,随心所欲,千变万化。须臾,急雨过后,天际露出一线亮色,黑云边上镶着白云,渐渐散去,透出一片阳光投射下来,满地呈现金黄色彩。原野、屋宇、庄稼,青一块、紫一块、绿一块,一切都似水洗过,空气里没有灰尘,一切都清新、透彻,弥散着清馨湿润的草木和泥土香气。庄稼、树叶、竹叶、芦叶等绿得特别可爱,一点一点很有韵律地滴着晶莹的水珠。鸟儿、知了又开始此唱彼和,跳荡的旋律轻盈活泼,如同一支清朗的晨曲。人的视线开阔,能清晰地看到很远,温度也降了许多,吸一口雨后的清新空气,别样甘甜,滋润心田。

夏天,她没有春天的稚嫩,秋天的萧瑟,冬天的凛冽。夏天,她使黑暗缩短,使光明延长。夏天,更是给人们精心演奏着一幕幕优美、动听的交响曲:夏风,带来清凉;夏雾,带来朦胧;夏日,带来热情;夏月,带来温馨;而夏天的雨,带来清秀和清香,带来妖娆和神秘,更是带来勇气和力量。

深情凝望故乡大地

相信在每个人的梦里,都有一个刻骨铭心的地方,那就是故乡。正如歌曲《我热恋的故乡》中唱道:"亲不够的故乡土,恋不够的故乡水……"而我的家乡崇明地处长江入海口,四季分明,土地肥沃,五谷丰登,六畜兴旺,鱼肥虾壮,美不胜收。那湛蓝的天空,洁白的云彩,明媚的阳光,蜿蜒的江河,碧绿的大地,清新的空气,泥土的芳香,富饶的沃土,是哺育我生命的摇篮,滋润我心灵的家园,总是让我时刻魂牵梦萦。

有着 1 400 多年历史的家乡崇明,悠久的文化底蕴遇上了优美的自然风光,孕育出了清丽容颜和悠然气质,宛如一幅水墨画卷。车在绿树掩映、鸟语花香、宽敞整洁的乡路上行驶,人就像在满是大色块的油画中穿行,眼前浮现出一片宁静祥和的世外仙境,在绚丽的阳光下显得格外鲜活。放眼四望,辽阔无际的大地上,长长的垅亩,一条挨着一条,一片连着一片,整齐而富有韵律,像宁静壮美的诗行,似滔滔不尽的江河向远方奔流,形成一道道独特的风景线。

这里的河沟,清澈见底,碧波粼粼,鹭鸟戏水。河岸边绿树繁花,芳草萋萋,芦苇青青,随风摇曳,野趣浓浓,在阳光的照射下,河光水色,上下辉映,景色明丽,宛若一条条柔美的彩带,营造出浪漫的气息。整洁干净的村舍环境,幽静自然的乡间小道,随处都能感受到最美乡村小家碧玉式的美丽家园和美好生活。广阔的田地间,庄稼茂密,籽粒丰盈,似列阵等待检阅的士兵,个个挺拔,精神饱满,随着微风起伏荡漾,营造出迷人的画卷。漫步在无边丰收景色的田野上,心中充盈着无比的欣慰和喜悦。

面对此情此景,让我回想起童年、青少年在家乡和父老乡亲、孩童伙伴一起的美好时光。童年时,我常和伙伴们去河里摸鱼、钓蟹和打水仗,无忧无虑地在田野上奔跑着、欢笑着,尽情地享受着清风、花香,故乡的泥土有着我小脚丫留下的足印。在那物资匮乏的年代,沾染着我孩时的无穷乐趣,收获着孩时的无比幸福。长大后,与乡亲们一起在田间劳作,春天,我们迎着暖阳,携着暖风,挖沟渠、平田地、撒种子;夏天,我们早出晚归,光着脚,走进水田,将一株株秧苗插在了大地上,灌水、拔草、施肥、喷药,我们在这片土地上辛勤地劳作;秋天,瓜果飘香,金灿灿、沉甸甸的稻穗压弯了腰,乐弯了村民的眉梢;冬天,风光旖旎,野韵悠悠,水欢鱼跃,收获满满,乡情浓浓,乡亲们的脸上露出了幸福的笑容。那时候,再苦再累,大家心里都感到甜滋滋。在劳动间隙自找乐趣,田埂上画一个图,就地取材,找来砖块、石子,便下起五子棋;或进行摔跤、斗鸡、掰手腕之类的游戏,逗人发笑,叫人欢呼,引得喝彩,更多的是讲讲田乱话、嚼嚼笑话、谈谈山海经,说说笑笑,其乐融融。那时候,乡间的小河沟,得天独厚的自然环境使我的泳技无师自通地从狗爬式到侧泳、自由泳、仰泳全学会了。那时候,当我贪婪地嗅着田间的稻香时,看到金色的秋日风轻云淡,所有一切疲惫困难也都烟消云散。那段在最青春的年华里让我的身体和灵魂能并行在有诗情画意的田野上,是那么的实在。泥土的芳香,辛勤的汗水,饱满的果实,时时印在脑海,怎能不让我常常想起。

为什么我的眼里常含泪水,因为我对这片土地爱得深沉。如今,我虽离开家乡住进城里已50多年过去了,但在我心里,故乡是我灵魂的栖息地,是我精神的归宿。我时常想起那故乡的田野,眷恋那片厚重深情的土地。我也时常想起,那时候的乡村,虽物资贫乏,条件艰苦,但人们质朴、踏实、简单,心地善良,人与人之间坦诚相处,说话办事讲信用,社员们无论大事小事都不出队,找生产队就能解决,从不推诿或敷衍搪塞,遇到难事急事,只要队长、支书一出面,就能拍板解决。尽管他们只是微官卑职,没有任何特殊待遇和报酬,与社员群众同样记工分,但他们为群众办事公道正派,在群众中威望高、信誉好。我更是时常想起,自从我参加生产队劳动后,才告别了多年来到了年底分红时,因人口多,劳动力少,拖欠生产队粮款,而粮食被扣押在仓库不能领回家的历史。每当回故乡,我总会到田间走走、看看,满怀深情地凝望着,贪婪地去呼吸泥土的清香。因为那里是生我养我的地方,那里是我人生道路上最初的驿站,是生命旅途中最温馨的港湾,那里珍藏着我心驰神往的梦朵,那里承载着我心灵的乐土,承载着我的青春、奋斗和家庭。那里有我喝过的水,那里有我走过的路,那里有熟悉的鸡鸣狗吠和鸟儿欢歌。那里更是有纯净的阳光,清新的空气,纯朴的民风,怡静的乡野,温馨的村落,以及神采飞扬,充满自信和向往的父老乡亲,还有那袅袅升起的炊烟、敞开心扉的乡情、暖人心房的乡音和大自然慷慨馈赠赐予的原汁原味农家土菜……

故乡大地,如今已旧貌换新颜。那宽敞整洁的乡路,林立的农家别墅小楼,到处的繁荣景象都浸透着父老乡亲的辛勤汗水。在党的改革开放的方针指引下,故乡大地成为农村的美丽家园,农业的绿色田园,农民的幸福乐园。人们可以到这里赏花、拍照、休闲,可以在移步换景中呼吸新鲜空气。

故乡大地的一砖一瓦,一草一木,都是活着的民俗民情,是无形的文化遗存,寄托着人类对久远过去的追忆和想象,慰藉着迷茫的都市心灵,成为现代社会人们的精神家园。

故乡是一种记忆,更是一种气势、一种境界、一种胸怀。故乡让我动情,让我迷恋,我迷恋它风姿绰约,迷恋它美轮美奂,迷恋它自然风光,迷恋它人文多彩,更是迷恋它妩媚动人。故乡就像一本记叙书籍,打开全是故事,合起来全是回忆。

故乡大地,恰似震撼我心灵的琴弦,哺育我生命的长歌,带来浓浓的乡愁和满满的回忆,以及太多太多的欢乐和美好时光,与故乡大地一样,那些留在记忆里的音符都凝聚于此。就算再离开20年、30年,走过千万里,我还依然会是那样的深情、温暖、亲切,故乡在我心中永远充满梦想和希望……

　　住在水泥钢筋浇筑的城市里，故乡月亮的清辉在这儿被璀璨耀眼的霓虹灯掩盖。我站在窗前，打开窗户，看着林立的高楼大厦和车水马龙的景色，勾起我无尽的遐想，那轻轻吹起的微风，仿佛吹来了故乡泥土的清香和青草的芬芳；那流光溢彩的灯光像火花一样照亮我回乡的路。

乐游春满乡野时

春天,天渐暖,日渐长。春天的乡野,阳光明媚,春色浓浓,五彩斑斓的花儿绽开美丽的笑容,恣意怒放,艳如朝霞的早樱,鲜红夺目的海棠、月季和红叶石楠,金黄灿烂的油菜花,粉色娇柔的桃花,白如瑞雪的梨花……迎春怒放,迎风而舞,满目绚丽,鸟语花香,心迷神醉。花是自然界最美的精灵,也是幸福生活的使者,喜盈盈地等着你的到来。它们或在田野里随风摇曳,或在庭院中争奇斗艳,浓浓淡淡的馨香,散发在春天的空气里,深深地吸上一口,清爽而沁人心脾。

春天的早晨,爽爽的。微风滴露的晨曦里,耳边不时传来公鸡的引吭高歌和鸟儿的轻声细语。不远处,两只喜鹊炫耀着美丽的翅膀在地面上打量周遭,我猜想它们在表达喜悦的心情。春雾弥漫,缥缈的景色如梦如幻,使蓝天白云映衬下的故乡,被爽爽的春风和纯净的空气包围着,呈现出别有一番风情和无与伦比的风采。置身其间,有种如梦似幻,飘飘欲仙之感,让人陶醉。

春天的阳光,暖暖的。太阳缓缓从地平线上升起,开始了新一天的巡游。温柔斑驳的阳光透过树隙刚爬上村中那一排高高的水杉树顶,就与农家村落缕缕飘散的炊烟不期而遇,明明暗暗,闪闪烁烁,相映成趣,人间烟火的味道弥散在柔光倩影的阳光里,让乡村平添了几许宁静和祥和。春阳让田野泛青,让树木葱郁,让鸟儿飞翔。在绸缎般温煦的阳光下,和风拂面,她用无言的温暖,染绿希望的田野,慰藉乡人的心灵。

春天的河水,清清的。那条通向横运河,清凌凌、绿绸般的小河,明亮如镜,潺潺的水如青春舞女腰间的一根白绸带,扭动着腰肢,唱着清脆的歌,不停地向前流淌着。温柔的春风吹来,河面荡起粼粼涟漪,偶有鱼虾悠游和水鸟穿梭其间,让人遐想。尤其是夜晚,小河将月送来,或静影沉璧,或波光粼粼,诗情画意。那平静柔和的小河,顺渠欢流的清水,依人所愿穿过村庄,滋润故乡的土地嘉禾。

春天的河岸,绿绿的。河岸两边水杉树新叶绽放,青枝绿叶似翡翠,嫩绿肥大的野菜,车前子、婆婆丁、野荠菜、马兰头等,它们在春风的抚摸下昂首挺胸、争先恐后地钻出地皮,急切地沐浴着柔和温暖的春光,伸展着平淡而安静、素雅而美丽的风姿。在潺潺流淌的河旁边,芦苇草轻轻摇曳,那排树干粗壮,高大挺拔的水杉,满目葱翠,在阳光照耀下,蔚然可观,宛如一幅怡静优美的水墨画。几棵婆娑的杨柳舒展着细长的枝叶,一起临风起舞的还有它们映在水中的倒影,令人赏心悦目。

春天的雨丝,细细的。好雨知时节,当春乃发生。春天的故乡,被淅淅沥沥、悠悠而下的春雨唤醒,天气有点冷,春雨倒春寒。春雨是春天的宝,晶莹的雨珠,温润、清甜、和美。一场春雨一场暖,转眼间,气温回升,此时的麦苗长得正疯,密密满满的,像少女的青发,迎风飘拂,妩媚动人。又如卷起的一朵朵浪花,生机勃勃。还有那花朵、果园、菜园,在绵绵春雨的滋润下,在微微春风的吹拂下,吸吮着自然的灵气,充满生机,显示出了生命活力。

春天的夜晚,静静的。傍晚,彩霞满天,一片火红,霞光洒在乡村的田野上,照射在人们的脸庞上,也温暖了人们的心窝,让人心潮澎湃,激荡不已。喧嚣的乡村渐渐地安静下来,村路上的节能路灯点亮了乡村的夜色。明月初上,月色妩媚而优雅,清朗而温馨,细腻而明亮。月光下的农舍宁静安逸,精美如画,农人们的梦境从窗口飞出,与月色融合,温馨而美好。

沐浴着明媚的暖阳,乐游在春天的乡野,听流水潺潺,看繁花烂漫,睹游人如织,思美好向往。乐游在春天的乡野,无边的春色正向我们走来,心灵充满温馨,让游子在尽情品味中感念绵绵乡情。乐游在春天的乡野,春光满枝头,桃花伴春风,梨花千树雪,柳叶万条烟,花儿含羞笑,河畔芳草绿,摇曳一江水,美意满乡野,入我乡野梦。

丰姿绰约故乡河

有着1 400多年历史的家乡崇明,是东临东海,南、西、北三面环长江的世界上最大的河口冲积岛,岛内河网交织,水系发达,水脉旺盛。哺育着世世代代崇明人的东海和长江水,连着岛上的大河、小河、民沟、宅沟。静静地流淌着清澈的河沟水,碧波荡漾,密布全岛,别有风情。

家乡的小河,它是我心中最美的小河,流淌在老宅前,从东到西,穿过村庄,连通大河,汇入长江,它是一条温顺优雅的小河,它是一位忠诚的卫士,守护着家乡的这块土地。家乡的小河,它像一块碧玉,镶嵌在清幽寂静的绿荫间,又像一根系在青春舞女腰间的绸带,既飘逸洒脱又文静优雅。家乡的小河,那盈盈一河水,有时静静的,温情脉脉;有时微波荡漾,动人心弦。家乡的小河,生长着芦苇、水烛、菖蒲、茭白、浮萍、苔草等水生植物,岸坡四周树木葱郁,庄稼亭亭玉立,放眼望去,绿树繁花倒映其中,薄雾冥冥,随着风儿,条条缕缕,贴着水儿,飘飘悠悠,时见白鹭、野鸭和各种水鸟出没其中,掠过河面,留下灵动的曲线,树碧河翠,水雾蒙蒙,缥缈间,恍若仙境。

家乡的小河,一年四季草木葱茏,五彩缤纷,花香鸟语,空气清新,美不胜收。春天,在春雨阳光的滋润下,万物复苏,百花争艳。河岸边,桃红柳绿,花木扶摇,满岸满坡,鲜嫩翠绿的植被间开着白色、黄色、紫色的小野花,举着一张张清芬的小脸,俊美娇柔,风姿绰约。那一片灿烂金黄的油菜花,好似一袭望不到尽头的金色地毯,格外养眼。清风徐来,河面在阳光的照耀下,闪烁着七色彩虹,水中树影随之摇摆,牵动那错落有致、临水民居小楼的倒影也舞蹈翩翩,如幻境般荡漾……置身其间,水波潋滟,天光云影,风过处,一股沁人肺腑的淡淡清香扑面而来,疑似桃花园中行,让人心旷神怡。

夏天,小河里芦苇葳蕤,密密匝匝,苍绿一片,轻风吹拂,芦叶摇曳,岸边的稻田也翻滚着稻浪,满目秀翠。夏季是个多雨的季节,小河涨满了水,水面宽得让小河名副其实神气起来,偶见鱼虾悄悄游来,尾巴一甩,倏而游去,不见了踪影。河岸边参差种植的水杉、银杏、玉兰、朴树、樟树、栾树、桂花、合欢等,枝繁叶茂,遮荫如盖,绿意盎然,生机勃勃。夜幕降临,漫步河畔,阵阵凉风伴着悠扬欢快的蛙鸣声和潺潺的流水声从河面吹来,沁人心脾。抬头看月上枝头,望星儿闪亮,心随夏动,如痴如醉。

秋高气爽之时,小河四周处处色彩浓醇,满目秋意。稻谷遍地,簇簇金黄,柿树橘树硕果累累,红满枝头,压弯树梢,与河之碧绿相映成趣。那一群群雀儿飞来,鸣声啁啾,婉转而多韵地在河岸边的树上,或在稻田埂沿处,汇集着、吵闹着,如旋风陡起,如飙风卷起了漫天秋叶,又如一片乌云映入了水中,场面壮观,转眼又消失得无影无踪。河岸边,银杏树上硕果累累,像串串玛瑙垂挂枝头,摇曳在瑟瑟秋风中。随着深秋时节的到来,那金黄色的叶子,一片片地随风飘落,坠入河中,与秀枝挺拔的水杉紫色和刚刚蜕去绿妆,换上黄裳的苇叶,以及远处庄稼地朦朦胧胧的绿,星星点点的红,相互衬映,点缀了丝丝荡漾的水波,宛若画家精心描绘的山水长卷,无论从哪个侧面剪裁,都可成为一幅令人神往的浓烈秋色图。

冬天的小河,虽是一年中最荒芜,最寂寞,最无生机的季节,但也是最明净,最澄澈的时节。冬天的早晨,小河,树木,田野被浓霜笼罩着,那一层晶莹剔透的白霜,絮絮茸茸,靓丽润滑,摄人心魄。到了隆冬三九天,河水结冰,光滑水润的小河像一条洁白的玉带缠绕着村庄。此时,偶下飘飘洒洒的小雪,看小河皑皑白雪素裹之下,格外柔和静幽。还有河岸边的梅花苍凉刚劲,高傲倔强,凌雪而绽,馨香四溢,表现着它的灿烂和不屈,迎着刺骨的寒风向那远方挺起胸膛,热烈开放,别具一格,分外妖娆。

家乡的小河,"在你的身边长大,多少次吻过你的浪花,在你的怀抱里奔跑,多少次听过你依恋的情话"。家乡的小河,承载着家乡人的几多梦想,几多憧憬,几多向往;家乡的小河,成长着我的乡思,渗透着我的乡情;家乡的小河,萤火虫陪我数星星,蛙鸣声伴我入梦乡;家乡的小河,悠悠碧水,袅袅炊烟,在我梦里生动起来,魂牵梦绕,情愫绵绵。

家乡的小河,自然、生态,是天生的大氧吧,有着看不完的美景,道不尽的故事,忆不完的乡愁;家乡的小河,质朴、清纯,为家乡人民编织着更迷人,更璀璨的水乡远景;家乡的小河,丰沃、富饶,让家乡人民的生活更加多姿多彩。

故乡的小河是没有脾气的,她宛若闺中秀女,优雅而又矜持,向世人表现出亲切和包容;故乡的小河是一幅淡淡的水墨画,不张扬、不喧嚣。老人、小孩,还有活力奔放的年轻人,都成了画中人。

故乡河畔秋意浓

回故乡,我喜欢漫步河畔,尤其是秋天的河畔,在沉醉的秋风里,她被装扮得那样的艳丽,窈窕,惹人怜爱。

秋意渐浓,秋景无限。故乡宅前那条小河,连着引河,通向长江,潮来潮落,保持河水流通鲜活。一眼望去,仿佛一条宽长的绸缎,在微风中轻轻荡漾,在明媚阳光下闪着温柔的光,缓缓地流向村庄、流向农田,养育着这一方百姓,滋润着这片土地。

秋日早晨的河畔,清凉的风夹裹着富氧的分子从河道上吹散开来,深深地呼吸一口,空气透明而清冽。鸟儿们的啁啾声,仿佛身处"春眠不觉晓,处处闻啼鸟"的诗意里。清波荡漾的小河上,几只白鹭轻松惬意地贴着水面自由飞翔,迈着悠闲的步子在水边觅食。小河两岸绿树成荫,绿影婆娑,风景旖旎,常有红色或蓝色房顶的民居映入眼帘。民居宅院前的河边,还种植着橘树、柿子树等果树,眼下已硕果累累,红满枝头,鲜艳夺目,与满眼的绿色和清澈的碧水组成一幅优美的画卷。岸边的芦苇间,不时有水鸟跃出,发出清清脆脆的鸣叫,它们时而飞来飞去,时而从河边腾空而起,向远处飞去。路上,时有三三两两晨练的人们,他们有散步的,有跑步的,有在一起闲聊的,也有骑着助动车或脚步匆匆赶集的,欢声笑语洒满河岸的每个角落。

秋日午间的河畔,柔和的金色阳光铺天盖地洒落下来,河面上,水光潋滟,如梦如幻,调皮的鱼虾不停地穿梭跳跃着。岸边成群的蝴蝶与蜻蜓忽高忽低上下翻飞,多了几许恬淡和灵动。这里时常有人在钓鱼,坐在小板凳上,旁边放着水桶和钓饵鱼食之物,一根鱼竿静静地支在那里,悠闲自得。快意的风拂面吹着,河岸上或黄,或绿,间或点缀点红,它沉静敦厚,色彩浓艳,如同节日天空的烟花般绚烂多姿。黄灿灿的稻浪飘逸在清凌凌的河水,郁郁葱葱的杂树和星星点点的农舍间,恰似一幅绚丽至极的油画。

秋日暮色的河畔,刚才还是呼朋唤友,嬉戏逐欢,唧唧喳喳的鸟儿欢快地收拢了双翅躲进了茂密的树叶里。喧闹了一天的河道两岸渐渐地归于寂然。那白天还五彩缤纷的花儿、草儿、树儿,都被西天的晚霞染成了红色,静静地伫立在微风中。晚饭后的人们,三三两两结伴而来,流连于河畔闲适恬静,笑声低语,直到日头渐渐消融于西天的夜色。

夜色更加沉重起来,那些知名的和不知名的虫儿和蛙儿们试着放开了嗓子,它们都是大自然最高明的乐手,唱歌的精灵,瞬间从河道两旁鼓动开来,像开始了一场晚间的音乐盛宴,这是一首描述家乡崇明自然生态之美的合奏曲,从静谧的河道上弥漫开来……

渐浓的秋意里,徜徉在这柔情的河畔,是那样的宁静、质朴、温馨,是那样的秀美、清幽、多彩,每每经过这里时平添自豪,令我久久驻足,不想离开。故乡小河,我对她总是一见钟情,她的韵味,她的魅力,她的印记,如潺潺河水流过我的心坎,醉人心怀。故乡小河,她像一条柔美的彩带,在村舍阡陌之间,留下许多美景。故乡小河,你将载着家乡人的梦想,载着家乡儿女新的希望,走向未来,迎接更绚丽的阳光,更美好的明天!

鲜美醇香鲚鱼饼

崇明的民俗风情多姿多彩,令人目不暇接;崇明的生态环境自然优美,令人陶醉其中;崇明的特色产品种类繁多,令人爱不释手。

形如春蚕的崇明岛地处东海与长江交汇处,是一个江生海生、淡水海水,野生养殖水产品丰富、水资源丰沛的富饶之地,是得天独厚的一方宝地,自古是鱼米之乡、蟹的天堂,更是鲚鱼、刀鱼、凤尾鱼等特有水产的发源地。在这里出产的海产品肉质细腻,味道特别,比深海里的鱼清淡,又比江鲜鲜美。在这里,一年四季都有不同的特色水产品。

鲚(崇明方言读"净",与净衣裳的"净"同音)鱼,俗称麦叶鲚鱼,又称小鲚鱼,是长江口水域浅水里一种特有的鱼类,它与刀鱼、凤尾鱼、梅子鱼等同为一个家族,是一种洄游鱼类。每年春季,鲚鱼与刀鱼、凤尾鱼、梅子鱼等成群结队,溯江而上,形成鱼汛。同时,鲚鱼的适应环境广泛,崇明岛的长江南支与北支均有分散，不过早春长江南支的鯽鱼骨软味鲜，因为长江南支(除 4—11 月份长江上游枯水期，遇有东海咸水倒流外)基本是淡水，而长江北支基本是咸水，所以那咸水里的鯽鱼骨硬味道不如淡水里的鲜美。

其次，鯽鱼还在崇明岛的横运河等主要河流、长兴岛青草沙水库等也很适应生长，且一年四季均可捕捉到，味道还较鲜美。对此，不由感慨，水清、岸绿、生态、环境优美也是鯽鱼生长的有利条件。

鯽鱼的体形与刀鱼、凤尾鱼等相似，狭长侧薄，颇似尖刀，银白色，在水中异常灵活，游速快如飞燕，肉质细嫩、柔软，肉味鲜美，肥而不腻，而且含有较高的蛋白质、脂肪、卵磷脂和维生素 A、B 等丰富的营养，而且价廉物美，深受人们的喜爱。

鯽鱼系雄性居多，个头要比雌性居多的刀鱼、凤尾鱼小一半之多，是众多水产品中一种极不起眼、上不了台面的小杂鱼，其价格也低廉，仅几元至十几元钱一斤，远比几百元，甚至千元以上一斤的刀鱼便宜得多。但在崇明岛上，农家将鯽鱼做成鱼饼，其风味鲜美独特，加之鱼刺骨剁碎后，吃时不用担心鱼刺卡喉咙，而且鱼刺骨有补钙作用，鱼骨同吃营养更丰富，可谓是崇明岛上稀有的价廉物美的鱼之珍品，更是成为人们餐桌上的一道亮丽风景，老少皆宜的美味佳肴。

鯽鱼饼虽味道鲜美，但制作方法烦琐，工序复杂。首先，将新鲜的鯽鱼洗净后，去除内脏，再用菜刀背轻轻将鱼打碎，再将打碎的鱼肉用刀剁成烂泥，加入葱、姜、盐、淀粉、蛋清等各种调料，搅拌均匀,并做成一个个米团大小的鱼丸圆子,再压扁为饼状,而后在锅中加食油,用文火煎,数分钟后煎成锃光油亮之鲚鱼饼。鲚鱼无论清蒸、红烧、煮汤,均鲜嫩醇香,百吃不厌。但在过去,崇明岛上的一般农户平时都把鲚鱼同咸菜、茄子等蔬菜混烧,鲚鱼不管与什么菜搭配都味鲜好吃。另外,农民整天忙于干活,哪有这个闲情雅趣加工鱼饼,只是在农闲时或招待客人时才会有这个口福。

然而,由于长江鲚鱼、刀鱼资源稀缺,国家出台了禁捕令,但市场上的鲚鱼、刀鱼从何而来?据称现在市场上销售的鲚鱼、刀鱼都是海鱼,或是人工养殖的。但经验丰富的家乡人,对海鱼和养殖鱼,都用传统工艺进行一番加工,从而使这一毫不起眼、上不了台面的小杂鱼,保持了它们的特殊鲜味和细腻口感。尤其是鲚鱼饼的制作工艺复杂,整个过程全凭手工操作,费时费力,不适应成批生产,只能是农家自做自足。如今崇明岛上的一些饭店及农家乐,也有少量供应的,但有的图方便省力,往往用绞肉机加工,其味道远不如手工的鲜美。另外,鲚鱼的时令特色特别明显,仅限于春季鱼肉鲜嫩,过了清明时节,肉质渐渐变老,鱼骨变硬,其味道也远不如当季的鲜美。因此,若要感受带有浓郁乡土气息的烹调艺术和品尝正宗美味的鲚鱼饼,可别错过这短暂的好时机。

春天味道迷人醉

家乡崇明,长江之门户,东海之明珠。它曾经是历史的孤岛,如今,这片历史悠久、文化深厚的土地,环境优美,空气清新,气候宜人,物产丰盛,景色秀丽。

"草长莺飞二月天"。随着春天的到来,纠缠着冬天的寒意已渐渐挣脱,春天的味道便随着气温的回升而渐浓渐烈起来。

春天味道,春风送来。春天是春的行者,春风所到之处,大地焕然一新。春风吹绿了田野,吹醒了树木,吹化了结冰的河水,吹回了春的信息,吹来了春的味道,生机勃勃,弥漫着淡淡清香。春风和煦,明媚的春光普照大地,树枝吐新芽,小草生绿叶,鸟儿成群飞,叠印在安逸的农舍村景之间,形成一幅大自然描绘的秀美春光图。

春天味道,春雨唤来。眼下正是"草色遥看"的季节,倚在窗前静静地远望,那长长的雨丝牵动着我的情思,"好雨知时节,当春乃发生"。春雨是春的使者,是万物生长的甘露,"春雨贵如油,滴滴润沃土"。雨姑娘悄无声息地赶来滋润着大地。在如丝如绒的雨点抚摸下,唤醒了春天的所有面容,唤醒了春天的绵绵韵味,唤醒了春天的一切美好。

春天味道,土里生来。清晨,清风拂面,鹊鸟飞鸣,一股清新空气伴着袅袅炊烟的味道扑面而来,弥漫着沁人的芳香。随着太阳的渐渐升高,村边刚刚翻过的土地,涌起了层层泥浪,泥土散发着那咸的、酸的、腥的,以及清新浓郁的气息,伴随着一缕缕飘飘欲仙游动的水汽在田野上空升腾、扩散,这也正是五谷百花万物更需要更痴迷的味道。

春天味道,花里喷出。春天来了,万物相继增彩。一处桃花、一处梨花、一处月季花、一处梅花、一处油菜花,悄然开放,姹紫嫣红,五彩缤纷,争奇斗艳,迷人眼球,香弥宅院、河畔、路旁。清风徐来,那散发着清香、甜香、浓香、酱香的花,沁人肺腑,不觉往日都市的尘嚣已被抛到了九霄云外,田园生态美景让人陶醉。

春天味道,河里涌来。春来了,穿村而过的小河从沉眠中醒来,清澈靓丽,宛如少女的明眸脉脉含情。春风徐来,河水发出欢快的吟唱,但最先带来春天信息的,还是河岸边的芦苇,那吐出尖尖的、红扑扑的嫩芽,浸入河水中,清浅荡漾,幽幽灵动,发出层层涟漪和阵阵清香。放眼望去,河边的芦芽是红的,岸边的树是绿的,河中的水是清的,与五彩的阳光交织在一起,组成一道独特的风景。此时,河岸边几只白鹭在悠闲自在地散步、嬉戏、觅食,时不时地伸展着翅膀,秀一把精彩的舞姿,轻盈曼妙的倩影倒映在明净的水中,惹人喜爱。河水中的小鱼、小虾也凑着趣儿,在芦芽间穿梭游弋,荡起一道道圆形的波纹,好不灵动。

春天味道,笑声绽放。行走村镇集市街巷,铺满路口、行道旁的地摊上,都是当地村民在卖着自己生产的土特产品和碧绿生青、水灵灵的时令蔬菜,他们的脸上也都洋溢着灿烂的笑容,欢迎着每一位到此的顾客。我想,或许正是因为有了这些当地人的叫卖声,才让人们在这里体会到浓厚的人间烟火和那春天里独特的风土人情味。

是啊!春天来了,什么都新鲜,新鲜的天和云,新鲜的水和土,新鲜的树和草,还有那新鲜的花儿。春天来了,春天的风爽爽的、春天的阳光暖暖的、春天的小雨细细的、春天的河水清清的、春天的夜晚静静的。春天的味道如乡亲们自酿的老白酒,渐浓渐香,令人迷醉。

游弋在故乡的春天里

春天给大自然带来了无穷魅力,也给故乡增添了无限生机。迎着袅袅春风,沐着纤纤细雨,来到故乡崇明,是踏青赏花的好时节。

"春风又绿江南岸",春风吹绿了小草,吹醒了小河,吹开了百花。故乡人喜欢亲近自然,几乎每户人家的庭院里都栽种着花木,有月季、桂花、竹子,也有柿树、橘树、枇杷等,春日里,一院青绿,间以嫣红姹紫。清晨,朝霞伴着春风映照在碧波荡漾的小河上,白鹭优雅地贴着水面飞翔,迈着悠闲的步子在水边觅食、嬉戏,成为乡村一幅绝妙的风景画。

"江南二月多芳草,春在蒙蒙细雨中。"那忽稀忽密的春雨像扯不完的银线,如掉线珍珠豪放抛洒,洒在哪里,哪里就是一片生机;洒在花上,各色花就像张开了甜蜜的笑脸,飘荡着芳香;洒在树上,树枝就爆开了嫩绿的芽儿;洒在地上,翠绿的小草就好奇而又欣喜地探出头来,渐渐地摇曳成一片耀眼的景致;洒在小溪,水面便泛起了阵阵涟漪，诱发鱼儿跃出水面，泛起小小波澜……

走在春天的田野里，弯弯的小河被暖暖的阳光洒着，水面波光粼粼，小鱼小虾在水里欢快地游戏、追逐；一群刚孵化的小蝌蚪游来游去，就像一颗颗闪烁的黑宝石；密密匝匝的芦苇中到处都是小螃蟹，河滩上遍布着密密麻麻的洞穴，那些在洞穴旁的小螃蟹，只要稍有一点响声，转眼间荡然无存，便钻进洞穴中躲了起来，其速度之快，令人惊叹。

柳，是江南的符号，是轻舞江南的一角裙袂，是荡漾在水墨画卷里的一点飞墨。河岸边的柳树长出了嫩芽，小鸟鸣啭，喜鹊喳喳，成双成对的小燕子挥舞着长长的尾巴，站在随风摇摆的柳枝上欢快地传唱着春天的信息。

走在春天的花园里，林木葱翠，修竹掩映，花草葱郁，芳菲斗艳，五彩缤纷的鲜花竞相开放，景色醉人。你瞧：金黄色的迎春花，火红的一串红，粉红的梅花，它们在阳光的沐浴下，鲜艳迷人，引得那蜂儿鸣着琴，恋在其间，不愿离去。还有那开满枝头的樱花，一丛丛，一簇簇，有大有小，有浓有淡，如云似霞，堆云叠雪，多姿多彩，亭亭玉立，微风吹来，花瓣缓缓地撒落在空中，如同一片花的海洋。

走在春天的乡路上，一排排黄杨、水杉树、香樟树、银杏树经过一场春雨后，长得更高，更绿，更壮了。道路两旁的麦田和油菜田翻卷着两种不同颜色的绿波和金浪，巧妙地缝合成一块块彩色锦缎，那扑面而来的壮观景色令人心旷神怡。

春天里，"春雨贵如油"，每颗雨珠都是种子，落在地上，生出花叶;春雨,润泽着农作物,也润泽了农人们的心;"随风潜入夜,润物细无声",春风吹来,庄稼拔节,鸟儿飞翔;春风吹来,更是唤醒乡愁,唤醒记忆。

游弋在春日的烟雨中,游弋在诗意的春风里,就这样走着,将故乡装在心中……

故乡冬日醉人心

有一首歌唱得好,在冬日,我们对自己说:冬天快乐!这个快乐的季节,或许没有春天的百花盛开,没有夏月的热情奔放,没有秋日的硕果累累,但是在季节深处的沉淀,也是一种美,一种绚烂而极致的美。对于家乡崇明来说,冬天像一幅色彩素雅的水墨画,它是我乡居时日里最喜欢的季节。

冬日里,天清气朗,阳光清新、温暖而和润,走在家乡广袤的田野里,展望万木萧瑟,然而,野草依然挺拔,密密高于膝,随风摇曳。造物主从来灵慧,诚如唐代诗人李白所云:"万物兴歇皆自然。"宅前的小河,波光粼粼,河边芦苇枝叶已是枯黄,苇秆却青青有生气,苇梢上飘荡着洁白如雪的芦花,阵阵寒风吹散芦花,在阳光下轻盈地飘荡,金灿灿地漫天飞舞,欣欣然传递着冬天的消息。

冬天的小河平静如镜,清澈可鉴,岸边水杉的黄叶飞落水面,漂游如浮萍;银杏树叶像金色蝴蝶一样翩翩起舞,以特有的情怀,展示着自己最美的身姿；冬天的风吹开了岸边的梅花和枇杷花，以无私无畏的精神，飘逸着沁人心脾的幽香；河岸边时有水鸟出没，啼啭欢鸣，偶有几只白鹭在此或休憩觅食，或闲庭信步，或自由翱翔，组成一幅优美恬静，又蕴含着无限生机的冬景图。

冬天的早晨有着宁静、质朴、清纯、安谧之美。眺望薄雾笼罩的大地，晶莹洁白的霜花如一层玉屑铺成的绒毯，涂白了蔬果、青菜，涂白了枯草和落叶，显得格外美丽。在清冷的寒风中，这披上白衣的田野，跟那天边五彩缤纷的朝霞相映成趣，天宇如同鲜艳而秀美的刺绣一般，冬天变得不再是毫无生气的年关终点。是的，在这里不是生命链环中新旧交换的关节点，而是情感四季开始新的循环的另一个起点。

冬日的暖阳渐渐升起，我来到宅前小河的桥上，驻足抬头向远处眺望，蓝蓝的天边，在微风的吹拂下飘过来几片淡淡的缠着轻纱般晨雾的云彩，在初升的曙光照耀下，透出绚丽的光芒，似梦似醒，宛若仙境，美不胜收，令人心旷神怡。回头往近处看去，农家宅院种植的银杏、栾树、枫树、玉兰树等，组成一幅幅色彩斑斓的油画。那一棵棵柿子树，叶子飘零后，还剩下不少没有采摘的柿子，就像一个个大红的灯笼，挂在树上，演绎着别样的季节风情。那冬天的田野里，原先倒伞状的大白菜被菜叶严严实实地包裹着，恰似戴上了青灰色的羽绒帽，在阳光下格外耀眼夺目。芋艿垄上裂开四进八开的泥缝，向人们显耀，向耕者致意，向主人绽放着美丽的笑颜……

这是一个最令乡里人心宽体舒的季节，在那村头巷尾到处可见三三两两的老者,甜蜜地团聚在一起,家长里短地聊着乡情,聊着炊烟,聊着田地,聊着庄稼,以及村那边的黄昏和未来的早春。此时,喜气洋洋的场院凝聚了村庄所有的目光,人们尤其要期望那生息蕃庶的土地,寄寓款款深情的生态岛建设远景。

野火烧不尽,春风吹又生。新的生命正在冬日里积蓄力量,以求来年的生命之树生机盎然更茂盛。此刻,我这个远离故土的游子也回到了生我养我的乡土,有诉不尽的思乡之情——我一路上踩着祖先的足迹,捡拾着在寒风中飘扬的花絮,寻找这片生命得以寄托的家园,眼前尽绽一派美好风光。

在我的眼中,家乡冬日的美,充满恬静,充满温馨,蕴真其中,不染俗韵。这是一种让人沉醉,让人感慨,又让人期待的美,是一种充满特有的生机活力的生态之美。愿我与乡亲们在故乡崇明这片充满希望的田野上一起永远守望……

崇明菜瓜脆又甜

昔日的家乡崇明岛,菜瓜是最普遍的果蔬,几乎家家户户都种植。

崇明菜瓜,又称甜瓜,品种多,体形美,有卵圆形、扁圆形、长圆形、长圆筒形、牛角形不等。表皮有黄白色、青黑色、金黄色、黄绿色等。光鲜夺目,多姿多彩,并带有天然的气质,朴实而鲜艳,素朴而华美。

崇明菜瓜还有着十分有趣的名字,有十蒿瓜,瓜的身上分布着多条纹路,有水梨菜瓜——水梨般脆嫩,有牛角瓜——牛角形状,有黄金瓜——金黄色,还有青皮青肉瓜、小麦瓜、老来胡瓜,等等。

菜瓜有着悠久的历史,据《食物草木》称:"菜瓜,主涤胃、消暑、益气。"而生长在崇明岛的菜瓜,又不同于其他地区,它得益于海岛得天独厚的自然环境和优质的走沙泥土壤,使生长在这里的菜瓜香甜、脆嫩、多汁而深受人们的青睐。但是,即使是好瓜也得要挑选,恰好成熟的才是最佳之瓜。岛上有经验的老农挑瓜,总是观其色——纹路清晰;听其音——用手指弹瓜,声音清脆;闻其香——味道清香,色、音、香俱佳才是好瓜。在乡间,人们称熟透的"歪瓜"最好吃,虽有点难看,但味道纯正,特别鲜美,因而,乡间有"歪瓜蛀桃子最佳"的说法。这些瓜果,大多曾经遭到虫子的侵蚀,看来,虫子对香甜味更敏感。

崇明岛的菜瓜,每年三四月播种,四五月移栽,七八月收获。其间,它们静静地生长,悄悄地开花,默默地结果。到了夏秋时节,家家户户的房前屋后、田间地头的菜地里滚得满地菜瓜。小时候的我,放学回家,便拎着竹篮,采摘几个熟透的菜瓜洗净,用刀就着瓜形削皮,大的切块,小的整个儿啃着吃,浓香粘稠的瓜汁就从嘴角直滴,甜到了心里,那可算是小时候最美的零食。然而,这美味的菜瓜一茬接一茬地成熟,人们一茬一茬的采摘,持续一个多月,一直可享受到藤蔓干枯。

在公社化时期,各家各户的土地归集体所有并统一管理,生产队仍然拿出一部分土地种植菜瓜、芦穄、西瓜等果蔬,到了成熟的季节,堆在社场上待分配给社员的菜瓜像小山似的,不亚于当今的水果批发市场,各家各户都能分配到数量不等的菜瓜。到了晚上,人们边乘凉、边聊天、边吃菜瓜,其乐融融,洗去一天的疲劳之余,顿觉神清气爽,给暑热难耐的夏夜增添了一份透心的惬意。

如今,市场上各种各样的水果琳琅满目,比比皆是。但是,在乡间很少见到有农户家种植菜瓜等果蔬,即使在农贸市场,偶然见到一两个摊位销售菜瓜,也是品种单一,而且味道也远不如当年那些原生态、无污染、纯绿色的香甜可口。

炎炎夏日里,那特别甜、异常香、分外脆的菜瓜,悄然走进了千家万户和广袤无垠的原野。昔日家乡的菜瓜,给我留下了挥之不去的浓情记忆。

乡野春光惹人爱

春风唤醒了大地，熏醉了芬芳的泥土。每到深春时节，我都被和风牵拽着脚步，来到家乡崇明这方净土上，品味乡野纯真、素雅的自然景色，体味乡野纯洁、善良的人间真情，感受乡野温馨、浪漫的诗情画意。

然而，由于今年适逢疫情，阻隔了去路，但家乡春天的情景却时时在眼前浮现。

春到庄户，房前屋后，杨树、柳树、桃树、梨树、玉兰树、樱花树、樟树、水杉，争先恐后分享明媚的暖阳与和谐的春风，那红的、白的、黄的、紫的、绿的，竞相生发，有如略带野性、初脱稚气的村姑们正在轻盈地舞衫歌咏。在这柳美花明的春光，满眼可见勤劳朴实的乡亲们的开朗欢欣的笑脸，频频传来充溢乡音的话语，不由得把你带回原始且纯朴的童年梦境。

春到田野，地皮开始脱去枯黄的外套，沉睡的植物从冬眠中苏醒过来，极力钻出解冻的土壤，吐出青翠的嫩芽，尽情享受春风的宠爱,换上新装,悠悠地晃着自己的纯真,惹人爱怜。对春意反应最敏锐的农作物要数油菜花,在暖阳"照应"下,一大片、一大片绿叶黄花,云锦似的满地铺去,在春风吹拂下,泛起层层波澜,飘起馥郁芬芳。这时,也忙坏了小蜜蜂,时而上,时而下,从早到晚,嗡嗡飞舞,尝着花,酿着蜜,天趣盎然,宛如一幅意境优美,令人陶醉的山水油画。

春到河沟,细流潺潺,清纯透彻,风一吹,水面荡漾起轻柔的涟漪,宛若抖动着翠绿绸子,透露出春天的信息。河沟边、田埂上,全是绿茸茸的新草,草里面夹着一些野花,大小不一,色彩斑驳,淡淡的倒影与水面春光交相辉映,透露出生命的律动,好一派绿色生态美的景观。

春到园圃,怡静优美的村舍周围,东一片、西一片,各家各户的菜园里,绿油油的小青菜,红艳艳的西红柿,水灵灵的黄瓜,尖尖的辣椒,圆球状的包菜,品种丰富,它们虽是共处一园,无种族之歧视,却有竞争之乐趣,每一棵都铆足了劲,拼命汲取养分,争得一片阳光,茁壮成长,耀眼夺目,好一派艳阳天的春色,眼前春意盎然的园圃,正是中国农家乐的真实写照。

春天也是多雨的季节,千万条如丝如缕的雨线从轻悠悠的微风中降临,飘曳在村落、田野、河沟的上空,正是元人张可久写下的"湿冥冥柳烟花雾"春上时节。

春雨淅淅沥沥,下着,下着,天地间一片迷蒙,万物被笼罩着,尽情吮吸着春天的甘露。灰蒙蒙的雨雾,灰蒙蒙的屋宇,灰蒙蒙的乡路。走进村子,时而一条又一条水线沿着瓦槽、屋檐渐渐流下,像点点鼓与轻消音奏着春的交响乐,给小村带来生机和活力。

　　不知不觉,雨停了,天空一碧如洗,清新的空气,便迎面而来,顾盼环视,浮漾着一片流光,温柔而醒神。踏着洁净的水泥路面向前走去,四处弥漫着一股沁人心脾的馨香。草儿的清香,花儿的甜香,泥土的淡香,交织在一起,让人特别坦然和舒畅。

　　家乡人正是伴随着这"春风进行曲"的旋律,投进大自然的怀抱,饱览大自然的风光,接受大自然的沐浴,拥抱大自然的恩赐,感受大自然的力量,奔向建设世界级生态岛的新的征途!

　　朝霞映天,春风醉人,满眼清透,心头晴朗。

艾草青青盈盈香

端午时节,艾草和菖蒲的香味是浓郁的,这浓香总是被人们记挂着。

到了端午那天,艾草和菖蒲被人们悬挂在门楣上,驱邪祈福,草木之香在人们美好的愿望里是有灵气的。

艾草也称艾蒿,为菊科草本植物,叶片毛茸茸的,呈淡绿色,家乡崇明人也称香草,是乡野常见的多年生野生植物,它不择土壤肥瘠,凡有泥土和阳光的河边地头,都可以见到它青翠勃发的身姿。

江南五月,常见细雨,那些雨珠儿在艾草的叶茎上打着滚,撒着欢,逢了雨水的艾草,一个劲地疯长。初夏时节,它们亭亭玉立地扬起了身躯,羽状般的叶,夹杂着一种灰绿色,密密匝匝,挤挤挨挨,一阵风吹来,翻转出艾草背面的灰白,在变幻的浓绿与灰白之间,向远方铺展开去,在阳光下闪闪发光,甚是壮观。

艾草的香味,在春天里是最浓烈的,那些新萌的嫩叶,沉默而不张扬,却有着惹人的淡香。民谚称:"清明插柳,端午插艾。"南宋诗人陆游在诗中写道,"千门万户悬菖蒲,出城十里闻艾香"。然而在乡间,每逢端午时节,家家户户都要将艾草、菖蒲插于门楣,悬于堂中。艾叶是一味芳香化浊的中药,有较强的清瘟解毒作用。

民间有插艾避邪的传说。相传在远古中原大地,居住着一个姬姓部落,常常受到瘟疫的攻击,每次瘟疫流行,部落都会病死很多人。部落人恐慌不已,以为是妖魔鬼怪邪气来侵。后来有人发现,每次瘟疫发生时,部落有一户人家总能躲避灾难,安然无恙,这户就是部落里掌管火种的人家。部落里以艾绒取火,这家人的墙上挂满了艾叶,晾干之后以备取火之用,于是每到春末初夏瘟疫最易发生的季节,家家户户纷纷效仿,插艾避邪。

艾叶具有悠久的用药历史,古代已形成很多含艾叶的复方。东汉张仲景《伤寒杂病论》中就有记载胺艾汤和柏叶汤。明代大医药家李时珍,将艾叶草列为治病良药,用于针灸能透诸经而除百病。

艾草又被称为百草之王。现代研究表明,悬挂艾叶及燃烧艾叶的确有杀菌消毒,预防瘟疫流行的作用。艾叶、菖蒲还有驱蚊的作用。入夏以后,江南地区空气潮湿,细菌繁殖,蚊蝇猖獗,正是病疫流行时,用艾叶、菖蒲慢慢燃烧,烟熏驱蚊蝇效果更佳。过去在崇明岛乡间,到了夏天的晚上,人们在院子里熏上艾草驱蚊虫,一家人围坐在木桌旁,摇着蒲扇乘风凉,谈笑风生,其乐融融。

菖蒲是我国传统文化中可防疫、驱邪的灵草,与兰花、水仙、菊花并称为"花草四雅"。文震亨《长物志》载:"花有四雅,兰花淡雅,菊花高雅,水仙素雅,菖蒲清雅。"四雅当中,唯有菖蒲小隐于野、大隐于市,故被骚人墨客誉为"天下第一雅"。

艾草和菖蒲,从春天初萌时的嫩绿,夏天的深绿,到了秋冬时的枯黄,可谓是一岁一枯荣,春风吹又生。

开花的草木是有香味的,或浓或淡,无花的艾草和菖蒲也是暗香盈盈的。正是端午时节,艾草菖蒲避邪驱虫,感受传统文化习俗,确保人们安康顺遂。

走在乡间小路上

每次回乡下,行走在通往老家门前那条曲径通幽,韵味飘逸,被绿色紧紧拥抱的乡路时,心里就一阵一阵地激动,那熟悉的村庄,熟悉的宅院,熟悉的身影,熟悉的乡音,还有那熟悉的农田、菜地……目之所及,浓烈的乡愁味道扑面而来,让人顿生怀旧之心。

老家门前的那乡路,沿着村子连着公路的小河水伸向远方。随着乡路与原来那段泥泞不堪的土路被光洁平整的水泥路取代,乡路如同陈年旧事般在人们的记忆中日渐模糊了。但在我心中,有着传统之美的乡路是一根古朴的琴弦,弹着我那绵绵不尽的思乡之曲。

老家门前的那乡路,承载着无数的精彩和满满的回忆。乡路两旁那鳞次栉比的民居和房前屋后错落有致的竹子、树林、阡陌良田以及自然生态的宜人环境,是世代家乡人赖以生活和繁衍的天赐福祉之地。我从小就徒步在这条乡路上,在这条乡路上度过了童年和青少年时期,写下了一段苦乐年华和天真烂漫的时光,少年趣事更深深地镌刻着我成长的足痕。长大后,我在这条乡路上挑过担、推过车、拉过货,吃力地一步一个脚印地前行,体验农人的艰辛,锻炼吃苦的耐力。在这条乡路上,村庄人家烟囱里袅袅升起的炊烟裹着稻草和饭菜的特有味道,越过田野,越过树梢,或浓或淡,缓缓聚集成乳白色的纱幕飘向天边,构成一幅诗意般的画卷。在这条乡路上,更让我难以忘怀的是当年乡亲们送我走出田野,走向光荣与梦想的从军之路时的叮咛和期望,那历历在目的往事情景,成了我终身的美好回忆、美好纪念和美好财富,时常在我的脑海里浮现。

老家门前的那乡路,粗糙却温暖,是人们出工、收工、赶集、访友,来来去去的必经之路。乡路充盈着满满的亲切感和自豪感,乡路每季每日都有独特的韵味。清晨,我在户外公鸡的引吭高歌声和小鸟的轻声细语里还夹杂着零星的狗叫声以及赶路人的脚步声和自行车的铃声中醒来。一些挑着自家种的时令蔬菜的菜农和手拎竹篮上镇的人们,朝着集市方向走去,此时,还会遇见鸡鸭们悠闲地在乡路边上踱着四方步和觅食的情景,成为乡路上一道独特唯美的风景。

白天,阳光浅浅的、嫩嫩的、柔柔的,穿过树的缝隙,洗亮着乡路。田间劳作的乡亲们挑着担子从这条乡路上走过,不时传来粗厚的号子声,这声音伴随着农人的脚步,他们的脚步走到哪里,声音就跟到哪里,好像是农人的影子。

夕阳西下,原野透明清爽,充满趣味。忙碌了一整天的乡民,扛着铁锹、锄头、扁担,他们的身影走在乡路上显得十分悠闲,淡淡的劳动的汗味诉说着劳作后的愉悦。到了晚上,乡路四面蛙声鼎沸,虫鸣悠扬,流萤飞舞,忽明忽暗,甚是壮观,与满天繁星相映成趣,童话般的画卷。习习微风中飘来了路边花草的幽香和淡雅的禾香,温雅宜人,如一曲莫扎特的小夜曲,又像双双情人喁喁絮语,轻轻的,柔柔的,甜甜的,真似仙境一般。

乡路上最热闹的时刻是村上放露天电影,算得上是当时乡村最有生气的文化夜生活。那时的电影都是黑白片,记忆深刻的有《渡江侦察记》《铁道游击队》《三进山城》《古刹钟声》等,有的铁杆影迷,一部电影要看上两三个场次,等到电影结束已是深夜时分,但大家还沉浸在电影的故事情节中,一路上热烈讨论着、争论着,时而笑声一片,时而尖叫连连,飞扬的激情打破了寂静的夜空。

如今,尽管乡路清静少人,并将继续荒芜,逐渐被人们淡忘,但发生在乡路上那些珍珠般的往事会令我终生难忘。每次回乡下,也是我与乡路亲近的好机会。乡路就像我童年的伙伴,尽管原先的土路早已成了水泥路,但模样还能认出来,依旧散发出岁月的味道,还能想象出当年的场景,行走其间,仿佛穿越时光隧道,走进悠悠的历史深处。

最是家乡美,这是漂泊的游子对生养之地的希冀和怀想。老家门前那乡路,虽是一条既狭窄又没路名的普普通通的路,但在我心中,她是一首诗,一幅画,她是一条最美的路,她有一种熟悉,一种优雅,一种怀念,一种你一回到家乡就想去品味的魅力,仿佛那远去的无尽欢乐的朗朗童音又在耳边响起……这里的一幕幕如老歌一样萦绕在我心中,在我的记忆里铺展开来,是如此的清新和美好。

　　弹指一挥间,岁月带走了故乡的许多风韵,带不走的是故乡的情怀。离开家乡50多年,透过时间隧道,回望童年片刻,已经滤去所有的苦难、青涩和不如意,呈现在眼前的只有美丽和怀想,以往那种最朴素最纯真的亲情,充满人伦色彩的点点滴滴永远在我心脉间萦绕。

　　乡路,是连接四方的纽带,是连接着乡亲们美好的情感,是人气旺盛的标志,是家乡发展的见证。乡路又像一位宽厚慈祥的母亲,总是用自己无私的胸怀和慷慨包容着每一位漂泊的游子,沉默地目送他们远去,又沉默地迎接他们归来。走在那条充满温馨和浓浓乡愁的乡路上,看到人们过着自由自在,无拘无束,平静而安详的生活,让我想起那首"走在乡间的小路上,牧归的老牛是我同伴……"的校园歌曲,多少落寞惆怅都随晚风飘散,遗忘在乡间的小路上……

尖沙鱼汤春最鲜

尖沙鱼,是家乡崇明岛的特产;尖沙鱼汤,则是崇明岛上一道别具风味的名菜。尖沙鱼,头大,身小,尾巴尖,生长在长江边的沙滩上或岸边的小沟内,由此而得名。

尖沙鱼,肉质细嫩,富有营养,尤其适合老年人及小孩食用;因其骨软,吃时不用担心被鱼刺卡住喉咙。尖沙鱼汤是一道味道鲜美、色泽诱人的佳肴,是崇明人招待宾客的一道鲜腴独特的名菜,令人百吃不厌。

尖沙鱼,岛上人也称"尖缩鱼"。长江水,天天两次涨潮和退潮,每次退潮后,沙滩露出水面,随潮水涌上沙滩的尖沙鱼,退潮时却来不及游回长江里。滞留在沙滩上的尖沙鱼就会将整个身子钻缩进沙滩的泥水中躲避,而脑袋支露在外面,便成为人们的囊中之物。由此可见,称"尖沙鱼"是根据其栖息的地域和环境取的名,而称"尖缩鱼"是根据栖息的形态和习性取的名,加上"沙"和"缩"两字的音相近,故两种叫法都在情理之中。

尖沙鱼,一年四季都能捕捉到,但最鲜美是在初春。每年的春节前后至清明节前后,正是尖沙鱼体肥、肉嫩、子满的最佳时节。清明后,肉质渐渐变老。民间有"正月尖沙赛河豚"之说,此时的尖沙鱼堪称"开春第一鲜"。

小时候,每到初春时节,利用星期天和节假日,我会约上几个小伙伴到长江边的沙滩上抓尖沙鱼。此时,只要耐心又细心地在沙滩上搜索,眼疾手快,每次总会收获满满,一会儿工夫,就能抓到好多。

每次将抓到的尖沙鱼拿回家后,母亲便麻利地将鱼洗净,去腮、清肚、改刀,准备烹制。那时候,岛上人家都砌有土灶,用柴草烧菜煮饭。我始终觉得那柴火铁锅做的饭菜更贴近自然,也更有味道。

尖沙鱼汤的制作虽简单,但也要讲究方法和步骤,马虎不得。只见母亲在锅里放油,等油烧热,再用事先备好的葱、姜、糖、料酒等佐料爆锅煸香,然后放入适量的水,盖上锅盖待水烧开后,将尖沙鱼(不需油煸)直接放进滚烫的水中,再次盖上锅盖烧至鱼熟,放入调好的鸡蛋花或青盐齑花,再放食盐(食盐必须待出锅时放,要是放得过早会使鱼肉破碎),一锅色香味俱佳的尖沙鱼汤就大功告成了。顿时,那银色的鱼、金黄色的鸡蛋花、青色的盐齑花、翠绿色的香葱花,构成了一幅色彩鲜明的美食写真;鱼香、蛋香、葱香、盐齑香,融为一体;视觉、嗅觉、味觉的刺激齐头并进,让我们尽享无比美妙的滋味。

其实在乡间,尖沙鱼还是一道提鲜的百搭食材。人们还将尖沙鱼(无论是新鲜的或晒干的)与黄瓜、白菜、茄子、毛豆等时令蔬菜混合在一起烧着吃,能起到增鲜效果,使平淡的蔬菜鲜美可口,让人胃口大开,越吃越有滋味。

如今,集市上常年销售的尖沙鱼,虽个头大、品相看着不错,但大都是人工养殖的,味道无法与野生的相比。优良的生态环境和优质的水源为尖沙鱼的生长提供了良好的条件,用生长在家乡江滩上的原生态尖沙鱼所做的鱼汤,观之色泽艳丽,闻之芳香扑鼻,食之鲜嫩爽滑,味道特别鲜,回味绵长。

炊烟升处是吾乡

每次回故乡,望见那萦绕在村子上空的炊烟,总有一股乡恋之情自心底升腾。对久居城市的我来说,炊烟那绚丽的色彩和独特的味道,会让心潮涌动,引起无尽的遐想。

那一缕缕炊烟,似姑娘扭动着杨柳细腰翩翩起舞,浪漫潇洒,串联起乡村的一个个日子。清晨,当朝霞染红了天幕时,炊烟从各家各户的烟囱里冒出,有风时轻盈婉转,无风时直往上蹿,终与周围的空气融为一体。这小小的炊烟,袅袅缕缕,自由自在,没有吵闹,没有纷争,只有香甜的氤氲在整个村子里缱绻,展示着世俗寻常的静美生活,那是童年和少年时,烙印在我生命中一幅诗意画卷。

如今,这乡间的炊烟,随着城市化进程而逐渐淡出了人们的视野,许多农家用上了液化气、电饭锅、电磁炉等,烧土灶的越来越少了。然而,在我看来,炊烟里有情,有爱,有温馨和梦境。少了土灶烟火气息,就少了乡间生活气息。用柴灶烧出来的饭菜远比用液化气的更香更有味,这种饭菜现在成了稀罕物,只有在少数农户家能品尝到了。

炊烟里富有人气。古人走向文明之一的例证,便是蜗居垒灶。"民以食为天",有灶才有食,有灶才有人气,灶在老百姓的眼里是神圣的。因此,民间多数地方都有"祭灶"的风俗。过去,在家乡崇明岛,按照传统的农家观念,灶头是家中最重要的部分,"灶好看,柴火旺,住着才称心"。那时,人们把房子盖好后,都要在厨房(乡间称"灶屋")砌一副灶头。新灶落成后,还要在灶头前画上各种祈福图案,当地人称之为"灶花"或"灶头画"。灶按其朝向分类有"靠壁灶""盯山灶"之别。灶的眼数依家庭人口多少而定,有一只锅的"一眼头灶",两只锅的"两眼头灶",三只锅的"三眼头灶";两锅之间置一只鼓形铁罐,叫汤罐,利用余热烧水。这种灶都拿稻草、玉米秆、豆秸秆、麦秸秆等作为生火做饭的柴草。烟囱通过灶墙烟道引到后半间屋顶,有些人家的烟囱还建成卧于屋顶的"爬藤烟囱",它既避风又遮雨,烧起火来不偏烟不潮湿,有利于抵御沿江靠海的劲风。

炊烟里充满生机。俗话说"树大分叉,儿长分家",过去在乡间,谁家子女结婚了,分家立业第一件事是新建一个厨房,砌起一个新灶,伸出一个烟囱。那新的烟囱里冒出炊烟,意味着新婚夫妻成家立业,承担起一个门户的责任了。从此以后,无论日子过得富裕还是清贫,热气腾腾的生活就这样写意地进行下去。于是,炊烟在我的脑海中留下了这般印象:有炊烟的地方,就有村庄,就有人家,就有生机,就有活力,就有生命和希望。

炊烟里倍感温馨。旧时的家乡,流传着这样一句话,"望烟囱吃饭"。那时候的乡村贫穷落后,粮食产量低,人们经常吃不饱肚子。于是,在放学的路上,迫切希望看到自家屋顶上的烟囱里冒着炊烟。那炊烟,混杂着浓浓的柴草香、饭菜香,再远,也能点亮我们的眼睛。父母勤劳的身影、呼唤孩子们回家吃饭的声音,和炊烟融合在一起,在乡里小儿或是游子们的心底激发出一股浓浓的亲情和暖暖的温馨。

炊烟入梦,吐纳乡魂。柴火的气息从屋顶上方的烟道里蹿出,袅袅炊烟,似缭绕的云雾,在晨曦或暮色的光晕里起伏飘荡,舞动向上,渐渐升腾,散成了白霭。有时,炊烟也像孙悟空手中直指云霄的金箍棒,一阵风吹过,"金箍棒"忽然幻化成千奇百怪的刀枪剑戟,顺着风向各显神通,或妖娆多姿,或气势磅礴,如在画纸上,如在仙境中。这样的情景,无数次地出现在我的梦中,永远不会遗忘。

炊烟里蕴含情怀。对于从小在农村长大的我来说,这炊烟好似乡里的一部连续剧,一集又一集的乡村故事,被炊烟分段列出,淋漓尽致地演绎了一个又一个香飘万里的情节。炊烟袅袅升起,那是家的呼唤,也是乡愁的味道。烟火的气息弥漫在村庄,那是生活的气息,也是家的气息。

炊烟是一道美丽的风景线,它在空中舞动,如同一幅流动的画卷,一直飘向天边。炊烟是一盏引路的明灯,指明了游子回家的方向,照亮了游子回家的路。炊烟是一首柔情的歌,一首唱响在家乡土地上的恋歌。如今,那缥缥缈缈的炊烟在我心中是永不凋零的"香火",深深地尘封在我的记忆深处,回忆无边,思念缠绵。蓦然间,我想起一首歌:"又见炊烟升起,暮色罩大地,想问阵阵炊烟,你要去哪里……"

第四辑

见闻情思

动物的道德境界

我自幼在崇明岛长大,在那里度过了童年、少年和部分青春岁月。成长经历让我深知动物是怎么爱它们的后代的。

在乡间,最常见的是猫狗等动物,生下幼崽后,它们对幼崽可谓是百般呵护、精心抚养、慎之又慎。首先是幼崽的窝,那是任何人都不能随意动的,即使是主人也不能动,动了也会翻脸的。猫妈、狗妈们只要发现自己幼崽的窝被人移动过,就会立即搬家,另找安全隐蔽的地方把幼崽藏起来,以防止意外和不测。其次,如有人当着狗妈、猫妈的面抱走它们的幼崽,妈妈们会不顾一切地争夺自己的幼崽,急了,还会将生死置之度外,做出舍命拼杀和绝命方休的极端举动。

那时候,在乡间,家家户户都养鸡、鸭、羊等家禽或家畜,可以说它们是乡间百姓最为亲密的朋友,它们与农家的日常生活息息相关,也是贴补家庭开支的小银行。我家也不例外。因而我对它们的生活习性了如指掌。如母鸡、母鸭,当看到它们的幼崽遭受猫狗等动物欺负时,它们会奋不顾身地扑上前去加以保护,并极力将猫狗赶走。常常也会看到鸡和鸭们在争斗过程中被猫狗抓伤的场景。但它们毫不在惜,继续战斗,直至战胜后摆出一副趾高气扬,洋洋得意的神态。

那时候,每当母羊生崽后,母子总是形影不离,直到小羊羔长大可以自己食草断奶时,人们才将它们母子分开。每当此时,离别的情景让人感动,羊妈和羊羔之间难舍难分的惨叫声是那样的撕心裂肺,几天下来,各自都消瘦许多,仿佛遇上了一场灾难,看了让人心痛。

同样,鸟类也不例外。记得上小学四年级时,在春暖花开季节的某一天,放学后我与几个同学到学校附近的竹林里掏鸟窝。一位同学爬到竹竿顶端,去掏筑在那里的鸟窝,被鸟妈发现,鸟妈便拼命地加以制止并保护自己的幼鸟。先是发出尖叫声,示意掏鸟者赶紧离开;再是拉屎,对掏鸟者表示抗议;最后是攻击,此时的鸟妈已经不是温情脉脉,而是不顾一切地来回扑到这位同学的身上又啄又抓,直至把人赶走方休,以致这位同学不但掏鸟不成,反而脸上、手上多处被鸟妈抓伤。

还听过一种说法,白天鹅不仅体态优雅,对爱情也是忠贞不渝,堪称永结同心的爱情楷模。如果一对白天鹅伴侣中的一只不幸去世,另一只就会一直陪在伴侣身边悲鸣,甚至以身殉情,追随伴侣而去,演绎出动物界最忠贞最浪漫的爱情神话。

那些更巨型的动物呢?比如母象,它们在哺育幼象过程中,幼象经常会遭到狮子们的攻击,当温顺的母象忍无可忍之时,就会变得骁勇善战,跟可恶的狮子决一死战。此外,母象还有着超常的记忆力,寻找机会对吃掉幼象的狮子的后代进行疯狂的攻击和报复。也同样看到那些牛、马、羊等食草动物,当它们的幼子受到老虎、狮子等威胁攻击时,总会不惜一切代价,拼个鱼死网破,甚至舍去宝贵生命,也要尽力夺回自己的亲生骨肉。连有的尽管不是自己亲生的幼子,在这危难之际,也会本能地伸出援助之手,与来犯者展开殊死搏斗,保护自己族群幼小的生命。

中国有句谚语叫"虎毒不食子"。说的是在动物界,最凶猛且残酷无情的老虎、狮子等,尽管它们对待弱势动物的捕杀过程如此的野性和残暴,但它们对待自己的幼子不会去伤害,而是百依百顺、关爱有加,并历经千辛万苦和千难万险的呵护,以使幼子们健康成长,这种责任和担当,令人感动。

它们没有语言功能,但可以发声。它们一代一代好传统是通过什么遗传下来的?想想很有意思。

"乌鸦反哺"也是一个熟知的成语,道出了动物的道德境界。还有"狡兔三窟""狐假虎威""狗仗人势""狗急跳墙"是说动物智慧的。它们也有主旋律,那就是骨肉亲情。

喜鹊登枝报吉祥

崇明岛独特的沿海沿江地貌和丰盈的绿色自然环境,给人们带来种种欢欣的同时,也给鸟儿创造了良好的生存环境,吸引着众多的鸟类在这里安家落户,尤其成为喜鹊栖息的天堂。

前不久,我们一家回了一次崇明老家,坐在车上,从长江大桥陈家镇收费口至堡镇老家,不到20公里的路,我和孙女一起数陈海公路两旁树上的喜鹊窝就有100多个,到了乡村更是随处可见。有的一棵树上有两个窝。喜鹊们成群结队地出没在乡间,觅食嬉戏。

在喜鹊的王国里畅游,会不知不觉地被喜鹊们高贵优雅的身姿形态所感染,黑白分明的喜鹊孤高、圣洁,或立或翔,在树枝上交颈摩挲,在田间鼓翼欢歌,与天地融为一体。

喜鹊登枝是这些欢欣中最生动的景象。喜鹊们翘着长长的尾巴,以一身黑的鲜明装扮亮着歌喉,在树枝间跳上跳下,在树林里来回穿行,给海岛人民带来吉祥和喜气。

夏日里,天刚亮,宅院里的公鸡引吭高歌,绿荫如盖的树上,喜鹊喳喳,清脆悦耳。行走在田埂上,面迎田野吹来的风,稻棵长得正疯,已看不到插秧时的行了,密密麻麻的,像少女的青丝。几只喜鹊在田边行道的树枝上,边跳跃边鸣叫,即使你停下来仰头观望,它们依旧站在那里,神态自如,旁若无人地唱着属于它们自己的歌谣,好不快活。

到了秋天,秋风萧瑟,树叶落尽,喜鹊窝暴露在树枝上,此时的喜鹊们进进出出,千辛万苦地运送着它们过冬的物资,建造自己的家园,忙得不亦乐乎。

鹊是传统的吉祥鸟,鹊鸣兆喜的观念自古以来便积淀成中国人的传统情结,深受人们的喜爱。在某一天早晨,喜鹊们突然亢奋起来,争先恐后,七嘴八舌地鸣叫,如女中音般纯净动听。听到的人便会说"哪家又要来客人了",或是有什么喜事要传来,那意思是说,"喜鹊叫,客人到","喜鹊叫,喜讯来"。因此,在崇明岛上,按乡间迭代相传的习俗,喜鹊窝是不可随意掏的,即使是淘气的孩子也能自觉地遵循习俗不会去碰的。

然而,喜鹊是有情有灵性的。记得我上小学时,有一天,父亲在田间干活时,发现一只受了伤的喜鹊,一条腿和翅膀还流着鲜血,便小心翼翼地将它抱回家,并找来香炉灰(乡间用来止血的土办法)敷在伤口处,用布条包扎好,又到稻田里挖些泥鳅和小虫子给它营养滋补。晚上让它睡在铺有稻草的屋檐下。几天后,受伤的喜鹊便康复,可以从地上飞到屋顶了。它那腹白背黑、尖嘴长尾的形态,招人喜爱。这只喜鹊经我们一家人悉心照料,换来了它的真情。白天,无论父亲走到哪里干活,这只喜鹊总是跟在他后头,形影不离。傍晚,收工回家,飞到我家的屋顶,如同站岗放哨的卫兵。到了晚上,便飞进我家屋檐下睡觉。从此,这只聪明、灵性的喜鹊成了我们一家人生活中的亲密伙伴,带来了一份祥和与生机,更是个开心果,增添了不少乐趣。后来,时间一长,尽管我们一家人都喜欢它,但它毕竟是野生的,应让它回归大自然。于是我们一家人费尽周折,几次把它送到偏僻的庄稼地,或是几里外的江边放飞,可到了傍晚,总会按时飞回。看到此番情景,我们一家人的心也就软了,又继续把它留下,这样,落户近半年时间。可是有一天,早饭刚过,这只喜鹊不知是不是有什么心事,或是通人性,看到当时我们家境贫困,没有什么东西喂养的缘故,突然间有些心神不定起来,它沉默不语,不吃不喝,在院子里飞来飞去,从我家屋檐下飞到屋顶,并不时地回头看看,也许因为不能说话,只能用这种方式铭记主人的救助。最后欢叫一阵后,高飞在天空,从此一去不复返。这只喜鹊远去了,它带走了我们一家给它的爱,却给我们留下诸多的思念。

　　散漫的日子彰显着闲逸优雅,自如的节奏舒张着轻松祥和。如今,在乡间有了众多喜鹊登枝的陪伴,享受"人与自然"的乐趣,撩人心魄,让人陶醉!

芦青是蛇的娘舅

家乡崇明岛,地处东海和长江交汇处,岛内平坦开阔,土壤肥沃,河网密布,植被丰茂,空气清新,四季分明,气候适宜,环境优越,适应各类野生动物栖息生长。

旧时家乡海岛上,野生动物种类繁多,常见的有蛇、黄鼠狼、野兔、田鼠、刺猬、青蛙等走兽动物几十种,飞禽动物更是数不胜数。在众多的走兽动物中,最常见的要数蛇类,据不完全统计,崇明岛上的蛇有黄鳝蛇、赤眼蛇、小青蛇、四脚蛇、壁虎、蜈蚣等。每到春末初夏至秋季,田边地头,河沟边,房前屋后的草丛间,都能见到蛇出没。加之那时候的海岛人家大都住茅草屋,到了秋天,收割后的稻草等柴草堆放在房舍旁,更是成了蛇的藏身之地。

那时候,走在乡间的路上,尤其是夜间,因蛇的特征习性,黄昏及夜间觅食活动;食物为蛙类、鼠类和小型鸟类等。在长满杂草的田间小道上行走,时常会踩到蛇,但好在这些蛇大都是无毒的,即使是小青蛇或赤眼蛇也是轻微的毒,只要处理及时得当,不会危及生命。而且蛇是不会主动攻击人的,除非你碰到它。因此,很少有被蛇咬伤或咬后中毒的情况发生,但每当遇到蛇时,总是充满恐惧,全身毛发竖起,吓出一身冷汗。

由于蛇的出没,乡间就出现不少有关防治蛇咬的方法和驱蛇的故事传说,其中最为流传的是"芦苇(乡间称芦青)是蛇的娘舅"的故事传说,意为,蛇见芦青如外甥见娘舅一样乖乖听话。那时候,无论大人小孩,夜间走路时,只要手持一根芦苇,就不会遭到蛇的袭击,因为有蛇的娘舅陪伴身边保护着。其实,"芦苇是蛇的娘舅"可追溯到蛇的生活习性。蛇到冬天冬眠时,河沟边朝阳一面的芦苇根处是它们安营扎寨的一方宝地,是它们在过冬时恰似遇到了"娘舅"一样,有依靠的温馨港湾,这也是"芦青是蛇的娘舅"故事来历的依据。

其次,在乡间还有"蛇见雄黄酥到骨"之说,意为雄黄是蛇的天敌,蛇碰到雄黄就会全身酥软,不能动弹。因此,每到夏季来临的端午节,孩子们的额头都要涂上一些雄黄,以防蛇咬虫叮。其实,蛇、虫之类的动物闻到雄黄的气味,就会远远离开。再有一种蛇,就是宅蛇,乡间称"看宅蛇",它是生长在宅院里的蛇,经常在宅院周围出没,这种蛇都是无毒的黄鳝蛇,而且习性温和,人们看到后不会伤害它。据称,它是宅院的守护神,会给全家带来吉祥平安。

另据有关资料记载,蛇全身都是宝,蛇肉能清热解毒;蛇壳有祛风解毒、明目、杀虫之功效;蛇皮还可做皮革或乐器的鼓面,是上等佳品。

然而,由于前些年,田间农作物过度地使用有毒农药,以使蛇之类的动物受到严重伤害,加之人为地捕杀,当作餐桌上的美味佳肴,让蛇之类的动物无藏身之地,甚至到了濒临灭绝的境地,就连地上爬行的青蛙、田鼠等也很难见到。

近年来,随着生态岛和人与自然和谐共生的美丽家园建设的推进,环境得到了极大改善,野生动物得到有效保护,使蛇之类的动物又重获新生。前不久,我回崇明老家时,由于我家老屋长期空置,清扫房屋时,在自来水道的水表箱里发现一条足有 1 米长的大黄蛇,便叫来邻居将它捉起送到宅前的小河里放生,凝望着它随心欢快地游向远方的身影,对我这个生于乡村的城里人,心中油然生出许多感慨和愉悦之情。

福禄寿黄杨木雕

一次偶然的机会,在上海青浦建材市场的艺鹏木业有限公司的木雕专柜内,在摆放的诸工艺品中看到了一尊福禄寿三星黄杨木雕,这尊佛像虽仅有10厘米高,直径5厘米,但做工考究,精微细致,刀法清澈,光滑圆转,层次丰富,深受喜爱,便将其征得并收藏。

该尊木雕经店主吕先生介绍后得知,产地为浙江东阳,选用百年以上的老黄杨并用纯传统手工雕刻而成。另据称,东阳黄杨木雕有三种类型,一是传统手工类,以单一的人物造型为主,也有群雕或拼雕;二是根雕类,以天然黄杨木根块为材料,利用树根造型;三是劈雕类,将无法用作人物雕刻的木块劈开,取其劈裂后的自然纹理立意雕刻,一切顺乎自然,不作精雕细刻。

我收藏的这尊福禄寿黄杨木雕属传统手工类,采用整根老黄杨材料,用专用切片机切成三块后,将福禄寿三星分开雕刻,刻成后再用合页固定,既可拼装成一体排列展示,又可折叠合成圆柱状存放，收放自如，任其选择。

黄杨木是珍贵的树材，质地细腻光洁，柔中有韧，色泽亮丽，生长周期缓慢，有"千年难长黄杨木"之说，并享有"木中象牙"的美誉。其东阳木雕刻充分展现了民间工匠的智慧和汗水，在历史的发展过程中呈现出多种不同的风格，创造出具有独特艺术魅力的手工木雕艺术而名扬海内外。

传统手工黄杨木雕工艺流程复杂，每道工序的细腻程度及工艺要求都是其他雕刻难以比拟的，也无法以现代技术加以替代。因此，要想成为一名雕刻匠人，从学徒到工艺师，至少得花 10 年时间。时至今日，东阳黄杨木雕所需百年以上的材料来源十分稀缺，面临危机，同时，由于工艺繁杂、手工成本过高，难以维持，导致专业的民间艺人流失严重，新人难以为继，这些状况都影响着东阳木雕技艺的发展和传承，迫切需要加以抢救和保护。让这一非物质文化遗产的传统手工艺术得以发扬光大。

我收藏的这尊福禄寿三星黄杨木雕，将人物勾勒得疏密得体，栩栩如生，既有观赏价值，又有寓意，内涵丰富，慈祥中透露出仙风道骨的儒雅之态，给我的家居增添了几分雅致，给我的生活带来了许多乐趣。

黄浦江畔观舰船

2020年的7月11日是我国第16个航海日,也是"世界海事日"在我国的实施日。航海日是中国伟大的航海家郑和下西洋的纪念日。2005年4月25日经国务院批准,将每年7月11日作为国家的重要节日固定下来,本次举办的舰船开放日活动在上海举行。

上午9点,络绎不绝的人们冒着蒙蒙细雨,伴随着船舶的鸣笛声,从四面八方汇集到主办地——虹口北外滩滨江国际客运中心码头。这里彩旗飘扬,人头攒动,热闹非凡。从虹口港至公平路码头的黄浦江面上,依次排列着"海巡01"轮、"雪龙2号"极地科考破冰船、"东海救204"轮、"海巡166"轮等救助、测量、科考船舶,它们高光亮相,与江面上穿梭来回的帆船共同泛起一阵阵涟漪。粼粼的波光与浦江两岸如画的风景,遥相呼应,相映成趣,美不胜收。

这里的所有船只都悬挂着"2020航海日""携手同行,维护国际物流畅通"的巨幅标语和五彩缤纷的彩旗,迎风招展,十分壮观。据称,船只挂彩旗也称为挂满旗,在通常情况下,每逢国庆节等重大节日,或是国家元首来访时才悬挂的。今天作为国家的重要节日——航海日,所有舰船挂满旗,是值得庆贺的日子。

在这次开放日亮相的舰船中,最受人们关注的"明星船只"是"雪龙2号"极地科考破冰船。据介绍,该船是我国自主建造的,2019年7月交付使用的第一艘采用船艏船艉双向破冰技术的极地科考破冰船,并搭载一架莱奥纳多AW169型直升机,具备出色的应急及保障支撑能力。2019年10月,该船从深圳出发,开启南极首航。另据称,这次参展后,将执行由自然资源部组织的中国第11次北极科学考察任务。那高高的船体足有五六层楼高,威武壮观。引来众多游客驻足观看。

尽管今天天公不作美,雨时下时停,时大时小,但参观者依然兴致盎然,热情高涨,不时地传来阵阵欢笑声和惊叹声,纷纷举起手中的相机、手机,咔嚓咔嚓声响个不停,争先恐后地记录下这难得的美好瞬间。

这次参观,虽然短暂,却让我深切地感受到了我国航海事业发展取得的丰硕成果和拼搏进取的航海精神,更是让我看到了我国航海科技发展的宏伟蓝图和建设海洋强国的美好前景,它将深深地留在我的记忆中。

面对庄严的国旗

2024年元旦前夕,我应邀参加中国共产党"四大"纪念馆举行的升国旗仪式。只见那国旗仪仗队员迈着矫健的步伐,走向国旗广场,手持国旗的旗手挥动手臂,国旗便"唰"地展开,徐徐升到旗杆顶,在寒风中猎猎作响,高高飘扬在广场上空。面对庄严的国旗,心灵得到一次洗礼,让人激动和感怀。

上海市虹口区与国旗有着深厚的情谊和渊源,这里是国旗设计者曾联松长期居住和生活的地方。曾联松,1917年出生于浙江瑞安,1936年考入中央大学经济系。1938年5月,21岁的曾联松在校期间加入中国共产党,担任中央大学学生地下党支部书记。1947年5月来上海,任"上海现代经济通讯社"秘书。1949年7月,党中央征集国旗设计稿件时,怀有爱国之心的曾联松便跃跃欲试,参与其中。全国政协收到全国各地和国外应征图案共3 012幅,随后从中筛选出38幅作为候选图案,并编辑成《国旗图案参考资料》进行评选。结果,时年32岁的曾联松所设计的五星红旗图案,经反复比选和毛主席的亲自审定被选中,当时曾联松设计的图案编号为32号,正好与他的年龄相同,真可谓历史不乏奇妙的巧合。

曾联松从小爱好书法字画,曾在瑞安中学教历史课程3年半,为当年设计五星红旗打下了良好基础。然而,在国旗的设计过程中,他当时设计了多幅图案,一直不太满意。一次偶然听到那首"盼星星,盼月亮,盼来了救星共产党"的歌曲,又想起自己参加革命后,在那战火纷飞的年代里从事地下工作,常有战友牺牲,他们的鲜血染红了黄土大地,于是他受到启发,促成最终图案以庄严热烈的鲜红底色和灿烂耀眼的黄色五星构成。

1950年9月,曾联松受邀赴京参加新中国成立一周年庆典,荣幸地登上了天安门城楼。建国三十周年时他再次受邀赴京参加庆典活动。曾联松1983年离休,享受正厅级待遇,时任上海市政协常委。1999年10月19日在上海市虹口区山阴路145弄6号家中病逝,享年82岁。曾联松以那句"一得之愚献祖国,五星旗海壮山河"概括了自己的一生,这一表达了对国旗的挚爱和情怀的诗句,连同他的功绩,多年来一直被人们传颂着,他的精神永远激励着后人不忘初心,牢记使命,奋力前行。

在中国共产党成立100周年之际,虹口区充分挖掘和利用好国旗文化资源,着力建设以国旗为主题的国旗教育展示厅和国旗广场,打造成为新时代爱国主义教育的传播高地,这是我国在浙江瑞安曾联松家乡建立首个国旗纪念馆之后,又一个以国旗为主题的纪念广场和展示馆。

国旗教育展示厅和国旗广场,坐落在虹口区四川北路1468号的中共"四大"会址右侧,于2021年落成并正式对外开放,接待来自国内外的宾客。整体展陈面积1 500平方米,由序厅、主展厅、副厅和互动区域4大展区组成。这里的展览以庄重大气的红色为风格主基调,以珍贵档案、历史文献、重要场景的串联进行叙述。

透过这一幅幅生动感人的图片、一篇篇弥足珍贵的资料、一件件凝聚深情的实物,通过对国旗设计者曾联松住所的实景还原,再加上先进的声光电技术手段、名人名家艺术创作、仿真雕塑模型等,翔实地展现了国旗从征集方案、筛选到最后审定的历史背景,传播了国旗文化,普及了国旗相关法规等,每一个情景都耐人寻味。同时,大块液晶屏上滚动播放着1949年10月1日开国大典时,毛泽东主席亲自按动电钮升起第一面五星红旗,这感人的影像资料真实地记录了中国人民从此站起来了的历史时刻和荣耀瞬间。

国歌的创作和国徽的制作源自上海,对此早有耳闻。然而,对于国旗设计也源于上海的历史,却知之甚少。前几年,曾联松的侄子、原上海市住房保障和房屋管理局副总工程师、"市历保办"秘书长曾浙一讲述了他的伯父曾联松有关国旗设计的经历,我这才有所了解。据曾浙一同志讲,早年,曾联松的长子曾一冲是高级工程师、原上海金星电视机总厂的总工程师,为彩色电视机的引进、消化、吸收和国产化,在技术上做出了突出贡献。曾一冲常应全国各地邀请讲述他的父亲曾联松与共和国国旗的故事,因支援兄弟城市彩色电视机生产线的建设和投产,曾一冲劳累过度,过早病逝,讲述国旗故事的接力棒于是传到了曾联松侄子曾浙一的手中。30多年来,曾浙一为上海优秀历史建筑的保护、管理、利用和传承也做出了重要贡献。他从小就经常听伯父讲国旗的故事,对国旗有着深厚的情感。近年来,他还在工作之余收集了大量有关国旗的资料,秉承家国情怀,传承红色基因,传播国旗文化。为此,曾浙一多次应邀为上海市委党校、中共"四大"纪念馆、上海武警总队、市检察院、同济大学、虹桥商务区、中建八局、上海中心大厦、金桥街道、小昆山镇、北横通道工地、张园工地、七宝古镇、新疆喀什等单位讲述中华人民共和国国旗设计中的经典故事,讲述不忘初心、牢记使命、五星红旗激励我们奋勇前进的生动感人的党课。他呼吁社会各界爱国旗、护国旗,传播国旗文化,普及国旗知识和法规的爱国情怀,深受大家的好评。

  国旗是中华人民共和国的象征和标志,经历了70多年的风雨沧桑,国旗早已融入了中国人民的血液,化为中华民族的灵魂。正如援外医疗队成员说的那样:"每当在工作中遇到困难时,看看胸前佩戴的五星红旗胸章,心中就会涌起使命感。"电影《开国大典》《五星红旗》和歌曲《红旗飘飘》等都为世人所熟知,特别是巴基斯坦钱币上也印有中巴两国的国旗图案,实属罕见。国旗班的战士们,更是把"护卫国旗,重于生命"当作实践的诺言,他们练就了一身特殊的本领,满怀深情地倾注在神圣的岗位上。另据称,2000年初,在世界最美国旗的评选中,中国国旗排名为前十名之首。

国旗伴随着中国人民赢得了国家独立、民族解放，建立了新中国，取得了社会主义建设特别是改革开放的伟大成就。在新世纪的征途中，国旗将永远鼓舞和激励着中华儿女坚定的民族自信心，增强公民的国家意识和爱国情怀，助力培育民族复兴时代新人的历史使命感和责任感，为鲜艳的国旗增光添彩，让这面旗帜永远高高飘扬，把伟大祖国建设得更加繁荣富强，让中华民族永远屹立于世界民族之林。

当我参观完国旗教育展示厅后，徜徉在国旗广场，仰望着那面高高耸立的五星红旗，在阳光的照耀和蓝天白云的映衬下，那红色的旗面、黄色的五星，多美的颜色组合，如灿烂的火焰，显得格外光鲜夺目，让人心潮澎湃，无比自豪。

此刻，洞开心灵的窗户，那高高飘扬的五星红旗是最令人流连忘返的风景。五星红旗五朵花，金色的花，圣洁的花，那是从烈焰里盛开的花，那是血火中盛开的花，在中华大地，在中国人所能到达的地方灿烂开放，光芒四射，熠熠生辉。

蓦然间，我想起了《红旗飘飘》那首歌词，"五星红旗，你是我的骄傲，五星红旗，我为你自豪，为你欢呼，我为你祝福……"

品读《石头记》有感

一日,好友国良兄送我一幅《石头记》书法作品,这是他当年在云南参观昆明世博园时所记录下的碑文,并写成的书法作品。细细品读那寓意生动和苍劲有力的文字,感慨良多。

《石头记》中有如下一段文字:"石头是伟大的,坚固的,而且具有永久性;它们是静默的,不可移动的,而且像大英雄那样具有性格上的力量;它们像隐居的学者那样是独立的,出尘超俗的;它们总是古老的,而中国人是爱好任何古老的东西,不但如此,从艺术的观点上论起来,它们也是宏伟的,庄严峥嵘的、古雄的。"

此碑文的作者究属何人,目前已无法考证,但读罢此文,联想到历史上古人好石者层出不穷,实非偶然:孔子赞玉十德,朱颠拜石为兄,郑板桥更是画石如痴,他的"难得糊涂",其实一点也不糊涂。此外,像陶渊明、白居易、苏东坡等文人雅士也都对奇石爱不释手,所到之处都留下了无数的刻石、碑记和美文佳作。民间也不乏对石之痴迷者,他们同样地爱石、赏石、品石。由此可见石之魅力！其亲和力、感染力亘古不变,心心相印,代代相传……

何为石？石乃宇宙之构体,时间之骨骼,海陆之架床。无石,无以成星汉,挺山脉,形地姿,伺巍峨。石头,历经大自然风雨雷电霜雪流水的侵蚀而不屈不挠,依然挺立。人们对于石头的这种敬仰和崇拜,追其根源,盖因石之坚硬性格所致矣。人们常常把坚硬的东西称之为坚如磐石,固不可摧。石头的坚硬、坚挺、坚守、稳重、低调、宁静、清雅,俏也不争春,实在令人肃然起敬。人们常常将洁白无瑕的玉石作为堂堂正正做人、廉洁清白做事的准则。旧时,人们建造房屋时,常将石墩石块作墙基或垫脚,将石柱石料做承台,它既显稳重,又牢固无比,它默默无闻地起着泰山压顶不弯腰的架势。石头在风水学中称"石敢当",是一种镇宅之物,常在正对大路、大街的方向上立石头,以挡邪镇宅。另据称,常戴天然的玉石或虎眼石手链可坚定信念,积聚财富,还能激发人的勇气,带来信心,使人勇敢,改善胆小懦弱的个性。同时也可以加强生命力,可以使人做事贯穿始终,做人能坚守原则,起到强健身体的作用。大门两旁摆放石狮、石象等风水吉祥物,可趋吉避凶,让家庭成员和睦相处,家庭吉祥如意,还可以增添运气。另外,民间还将正月十一视为石头生日,这一天不能动土动石。由此不难看出,石头有着无私奉献的精神,有着坚韧不拔的意志,有着庄重高雅的风格,更是有着那种独傲的气质和宽宏博大的胸怀。

石头是神圣的,更是有灵性的。究其石之成因,通天地之变化,察物质运动之象,晓自然辩证之理。它虽不能说话,但它却善于聆听，无论什么人对它抱怨也好，赞美也罢，它都不愠不躁，洗耳恭听。兴致急躁的人在它面前变得冷静，爱慕虚荣的人在它面前感到惭愧。它是无声的导师，也是有形的向导，它能感染、影响甚至改变人的力量和勇气，它让人们在它面前不得不谦虚谨慎，戒骄戒躁……

石乃山之骨，地之根也。石头给予我们以坚定、力量、信心和向往。行走在山林间，岩石供人攀缘，也给人以退让的阶梯；勘察岩心，让人求知，是自然的见证；富集矿物，供人冶炼，它是大自然对人类的无私馈赠者。我们应以感恩之心面对石头的无私奉献。

石头是大自然的艺术杰作和神奇造化，人类唯有珍爱它，保护它，才是对它的尊重和虔诚，才是我们对它最好的报答和感恩。唯有满怀赤子之心，心中装载了祖国的壮美河山，引人们在欣赏思索之中，更加热爱生命、热爱自然、热爱我们的家园，才能让石文化之精神发扬光大。

竹编藤盘追往昔

以往,竹子是崇明岛上最为常见的生产生活用品材料,当地人使用的家具、农具、日常用品多半用它手工制成,手艺人从容而娴熟地操着传统工具,一只只精巧而经济实用的篮、椅、筛、匾、箩、筐、藤盘等便在他们手下慢慢成形。也许这些手工制品不如现代机械工艺打造的产品精致规整,但它自有一股清新拙朴的味道,而且散发着材料的清香,给人亲近自然的感觉。

在我的家乡崇明岛,一千多年的岁月里,先民们为了生存,上岛安居之后,辟出一块地来,自给自足,除种植粮食作物外,还在房屋周围种植竹子等作为生产生活的材料,并用它制成各种农具和日常用品,于是便涌现出众多的民间竹编手艺人,他们中有的是祖传的,有的是拜师学的,在崇明乡村,可谓是村村都有这样心灵手巧的竹编手艺人。

我哥是在20世纪50年代初离开崇明到横沙岛学竹器,在那里工作了20多年,掌握了一手竹编手艺,可谓是样样精通,尤其是筛子、藤盘、竹凉席的编制,成为拿手绝活。我收藏的这只小藤盘是他在20世纪70年代初,当时还在横沙手工业社工作期间编制的,做工精巧细致,盘心中间编有双喜字,扎口和四周编有花纹,美观大方。这种小藤盘是当年妇女用以做针线活时摆放针线、顶针、刀剪头及零星布块的专用盛器。这只小藤盘至今已有近50年历史,尽管现在早已不作针线活的盛器,但还是完好无损,而且经历沧桑岁月,倒也是泛润着古铜般的光泽,与现代家居摆放在一起增添几分雅致。

如今,这些竹编手工制品大多已在不经意间被流逝的岁月和发展的时代所淹没,在乡间,种竹子的人家基本没有了,那些民间竹编艺人也或失业或改行,这一传统的竹编手艺行将失传,那乡土质朴的竹编制品更是踪影难寻。可见,我家这只竹编小藤盘作为农耕文化的印记,值得好好珍藏。

怀旧集市情满怀

集市是城市最有烟火的地方,在快节奏生活的今天,漫步在老街,去寻找满载着往昔回忆和人文味道的集市记忆也是件惬意的事情。

位于虹口区的北外滩,原是客运码头的中心,这里有着太多的故事和景点。印象中的公平路码头附近,低矮的房屋,林立的店铺、拥挤的人群,加上烧煤炉、用给水站,倒马桶等混杂一起,永远是凌乱不堪脏兮兮的。

随着北外滩的更新改造,近年来北外滩的面貌有了脱胎换骨的改变,游客也慢慢地多了起来,更是满足人们日益增长的怀旧情愫的需求和对美好历史的回忆。北外滩提篮桥城市集市,在轨交12号线提篮桥站来福士广场B2层,打造的是仿虹口提篮桥老城区的风格,处处展示着20世纪六七十年代上海城市石库门建筑的历史风貌和老城厢集市的痕迹,三角地菜场、沈大成点心店、虹口第二粮店、提篮桥老摊头葱油饼、弄堂大排档、大壶春等原汁原味地呈现了过去老城区居民的生活场景,恍惚间让人有种时光回流的感觉。这里没有千篇一律的各地网红小吃,没有势利眼的生意经,没有浮躁。这里也没有犹如长龙的旅行团,更多的则是生活于此,特别是上了年纪的当地普通居民。这里,理想和生活相互交织;这里,传统与现代相互碰撞。

行走在青石板铺就的老上海风情街"时光里",看店铺古旧门窗岁月的痕迹,心在浓浓的历史意蕴中沉潜。一寸方隅一寸天,处处洋溢着温暖。老街集市占地面积虽小,但却有着典型的石库门居民的生活方式,以及浓浓的旧日时光的民间文化气息。沿街复原了虹口提篮桥老城区的模样,有弹硌路、水泥路,还有旧时居民用过的收音机、缝纫机、石磨、热水瓶、木信箱、水缸等老物件,挂着老路牌、老式门牌号的里弄,楼里的木楼梯、木扶手、木天花板。各具风格的特色饭菜、点心等比比皆是,满满回忆。最吸引人们眼球的是小人书摊上的人物模型,有坐着硬板凳的老板模型,也有卖茶叶蛋、白兰花、栀子花的老太模型,形象逼真,栩栩如生,不少游客驻足观望,纷纷举起手中的相机或手机……

徜徉在这条集市路上,细细品读,感慨颇多。觉得这里最大的特色是"古",原汁原味、惟妙惟肖的"古",那狭窄的街巷,古老的民居和老街旁的粮油店、理发店、公用电话亭等店铺杂摊,以及用水泥板搁出来的乒乓球桌,似乎讲述着世事的变迁,追寻着特殊的市井气息,感受着当地风土人情和深厚的文化底蕴,仿佛在解读上海老城厢的历史,颇有悠悠游荡在袖珍美的浪漫之中,享受充满祥和,其乐融融的休闲情怀,流连忘返的情愫在心中荡漾。

山水滋润天目湖

被誉为"江南明珠"的天目湖,有着3 000平方公里的生态保护区,青山环绕,山水相依,风光旖旎。这里竹林密布,环境优雅,空气清新,鸟语花香,沁人心脾。

近年来,多次去过天目湖,但因季节的不同,每次都有着不同的感受。尤其是夏季,清晨,天目湖在朝霞的呼唤中睁开了多情的眼睛,闪耀着金色的灵性,清新怡人。沿着弯弯曲曲的山道,闻着山野花香的气息,来到太公山,走上103级台阶,在绿荫深处登平台,听着舒缓的迎宾曲,注视着姜太公钓鱼台遗址,那神采奕奕的姜太公垂钓的姿态,真有飘飘欲仙之感。人们在高大的姜太公紫铜塑像前祈福,周围的树枝上挂满了红红的平安符,一阵风吹来,它们飘荡在枝端,宛如开满红红火火的"仙花""佛花"即石榴花。山中的寺庙,宝殿飞檐高翘,雕梁画栋,气势恢宏。寺院内的祭台前素肴素果,红烛袅烟,耳畔钟磬相闻,令人肃而起静。

沐浴着和煦的阳光,天目湖在青山掩映下,烟波浩瀚,透莹清澈,山碧湖翠,倒映其中,秀美神奇。太阳高悬,闪着灼人眼目的光辉,天蓝得如莹莹的丝绸,轻柔地笼罩在湖面上,让人顿感静谧清凉。天目湖是鸟的乐园,眼下正值鹭鸟繁殖季节,湖面上空成群的白鹭展示着优雅的身姿在自由翱翔,湖中的水鸟翩跹于碧水之上,畅游嬉戏,成为景区一道特有的风景。

漫步在南山竹海,山峦滴翠,郁郁葱葱,绿荫底下,山泉淙淙,山路旁野花盛开,蝶飞鸟鸣,自然之美,令人深感山野的恬淡。放眼望去,景区内峰、峦、岭连绵起伏,满目苍翠茂密的竹海风光一览无余。延绵的翠竹亭亭玉立,随山势起伏,蔚为壮观,好似波涛翻滚,绵流不绝。清风吹拂,薄雾青纱般舒缓,飘散聚合,海市蜃楼般迷离。身临其境,妙感盎然,休闲愉悦,如梦如幻。

登上野趣横生,自然生态和谐的龙兴岛,欣赏活体蝴蝶馆,探寻蝴蝶的奥秘,望着五彩斑斓,翩翩起舞的蝶影,使人宛若置身仙境,兴奋不已;经年累月流淌的白龙瀑布水花四溅,水气缭绕,在阳光的照射下,五颜六色,光彩夺目;还有那掩映于茂林山溪间的猎人棚屋,给人以原始而朴实的生命体验。

夕阳西下,日光斜照,山山水水映衬着蓝天白云被晚霞点染,紫光微微,清风徐来,如在画意里,如在诗情中。晚霞渐渐褪去,一轮清晖从山水间缓缓升起,波光潋滟的天目湖笼罩在了一层薄雾里,宛如一幅浓墨重彩的瑰丽图画,令人叹为观止。

华灯初上,我们在当地的宾馆品尝了天目湖的特色菜肴,砂锅鱼头、清蒸鲜鱼、清煮鲜虾、湖鲜螺蛳、笋干烧肉、乌骨鸡、鸡米饭……热气腾腾,喷香扑鼻,令人回味无穷。

天目湖，大自然留下的杰作，是丰沛甘美的山水养育着这片神奇的土地。在这如画的风景里，静静地品味，细细地感受，身心在山水间沉醉，精神在旅途中愉悦，养身养心，轻松自在，放飞自我……

神驰心醉"好望角"

"好望角",坐落在无锡太湖边,具体来说是华东疗养院大箕山西南隅逶迤伸向太湖的一角。这里湖光山色,景致幽雅,风姿独特,与湖中风光旖旎的三山岛遥遥相对,是清心、养心、怡心,观赏太湖美景的绝好佳处,"好望角"便由此得名。

每当我到华东疗养院体检时,利用体检间隙抽空到"好望角"浏览是必不可少的。近年来,疗养院经过改造和修整后焕然一新的环境,显得格外宁静与整洁,纯净与秀美,清幽与多彩。

春天的太湖,真的很美。在温煦柔软的阳光下,天空一碧千尘洗。沿着曲径通幽的石径山路散步,四周山色葱翠,林木蓊郁,挺拔耸立,浓荫蔽日,满眼新绿,鸟语花香,神清气爽,宛如置身在天然氧吧的葱茏之中。这里竹林密布,竿竿挺拔苍劲,竿竿青翠欲滴,展示着欣欣向荣的朝气和蓬勃茂盛的活力。沿着湖边健身栈道走来,垂柳丝丝,微波荡漾,平静安详。这里满是生长着的芦苇,碧绿生青,鲜艳夺目,随风摇曳,像是在向我们招手,也似在点头致意,无不彰显着它的自然与优雅,美丽与神奇。芦苇丛中,不时有水鸟跃起,先是停顿在芦苇枝叶上机灵地四处张望,然后又向远处飞去,清新的大自然令人心醉神迷。湖岸边,亭台楼阁,藤蔓缠绕,宁静中透着清幽。信步徜徉其间,空气清新,芳草鲜美,花儿满坡,竞相开放,随时可闻到山野林间自有的那种花草混合泥土的芳香,洗洗肺里的浊气,舒爽无比。

　　边走边看,不知不觉来到"好望角"。站在湖边,倚着栏杆,沐浴着徐徐的微风,零距离观赏太湖,只见浩渺的太湖,水连天,天连水,天水一色。此时,和煦的阳光洒在平静的湖面上,粼波荡漾,浮光跃金,白茫茫一望无际。湖面上,青山远卧,暮霭如烟。山上树木繁茂,蔚然深秀,颇具魅力。游船在碧波中悠悠航行,缓缓犁出一道道银白色的水花,仿佛在画中游。一群海鸥在欢乐翱翔,时而俯冲,与波浪亲密接吻;时而展翅,扶摇追逐白云,瞬间消失在视线中,演绎着人与自然的和谐乐章。湖边的风悠悠地飘动着,吹皱了平静的湖面,湖面上一朵朵洁白的浪花,一片片飞溅的水沫,伴着湖水舒缓而悠长地向岸边涌来。聆听着温柔美丽的湖水和轻轻拍岸的"沙,沙,沙"声音,闻着空气中的丝丝腥味,心便随着这时起时伏的浪花悠悠的荡漾开来,惬意而又浪漫。

　　走累了,可到湖边山坡上的观湖亭小憩。置身亭中,四处静谧,绿树掩映,繁花似锦,十分惬意。极目远眺,岛屿与帆影,尽入眼帘,湖风涤我心,宁静、开阔、深邃,心旷神怡。

"好望角",静若画,动如仙;听似歌,观如诗。人在山道走,水在眼前流,树在身旁立,鸟在耳边吟,真是梦一般的江南韵味,画一般的灵秀美景,诗一般的迷人风情,她让我深深动情,深深迷恋,神驰心醉!

长江明珠横沙岛

横沙岛,崇明三岛之一,横亘于万里长江和浩瀚东海交汇处而得名,面积52平方公里。横沙岛是长江泥沙沉积形成的一块年轻的沃土,其沙洲1858年露出水面,1886年,在两江总督左宗棠的大力支持下,于江苏南菁书院募资围垦,来自周边海门、启东、崇明失地农民上岛围堤开沟,次第垦殖,改良土壤,使沙地变为可耕之田,再到建村设乡,迄今有130多年历史。据民间传说,横沙是长江口最小的岛屿,其美丽、秀雅如出浴少女,宛如东海龙伯口中的宝珠,深受宠爱,被视为掌上明珠,誉为长江天使。

然而,农耕时代的横沙岛贫穷落后。记得20世纪60年代初,我13岁那年来横沙岛当学徒工学竹制品加工时,从崇明坐船到吴淞码头后再转乘容纳只有几十人的小机动船,在风浪中颠簸3个多小时才到达横沙新民港。登岛后,所见到的情景是,全岛没有一条沙石路,全是烂泥土路,晴天尘土飞扬,雨天泥泞难行,岛上没有公交车,其时的交通工具就是独轮手推车和牛拉车。

那时候,整个横沙岛上老百姓的住房全是清一色的芦笆作墙稻草盖顶,家徒四壁光线昏暗的茅草房。乡亲们穿的是土布衣,吃的是玉米、麦面等粗粮。到了晚上,用煤油灯照明,生活条件十分艰苦。

那时候,江水时常泛滥,横沙岛四面环水,地势低洼,加上堤岸都是用泥土垒起的土堤,堤岸外没有防护设施,因受台风、暴雨、大潮等影响,常常堤岸溃决,以致土地坍失。我在岛上两年多时间里,曾经历过两次发大水。那年夏末初秋的一天晚上,风雨交加,海水袭来,冲垮堤岸,良田和民房尽遭淹没,众多岛民无家可归,种的粮食毁于一旦,颗粒无收。当时,我们住在新民镇,属岛上地势较高的地段,才幸免遇险。

斗转星移,当我在阔别 60 年后的今天,再次踏上去横沙岛的旅程时,交通十分便捷,在吴淞码头既可坐船,也可坐公交,随意选择,那天我们坐高速船,仅 1 小时 15 分便到达横沙。当来到这片故土,昔日的横沙岛已旧貌换新颜,一条条宽敞的马路,一片片繁茂的绿树,一块块整齐的果园,一幢幢别致的小楼,一排排坚固的江堤,以及四通八达的环岛公路和贯穿于东西南北呈网格形的交通道路,还有随处可见海岛传统文化元素的墙绘、雕塑等,令人美醉,心情愉悦。

如今的横沙岛,旱涝无侵,丰收连年,岛民咸苦已远逝,唯有甘甜留人间。这里,碧蓝的天空,洁白的云彩,明媚的阳光,深绿的大地,清澈的河水,清新的空气,淳朴的民风,清幽静谧的环境,无始无终四周环绕,四季皆美。眼下正值深秋时节,抬头可见,田园阡陌，乡野悠然，金色的稻谷，橙红的橘子，灿黄的银杏，褐色的水杉，翠绿的樟树等交相辉映，色彩斑斓，秋意盎然，美轮美奂，海岛处处传递着浪漫和温馨的气息，宜人的景色吸引市民近悦远来，赏心休憩。

横沙岛位于长江最东部入海口，是一个江海汇集，海生江生、淡水海水，野生养殖，水产品丰富，水资源丰沛的富饶之地。在这特有的自然环境里出产的海产品肉质细腻，味道独特，比深海鱼清淡，又比江鲜鲜美。在这里，时令海鲜各得其所，一年四季都有不同特色的海产品。

进入新世纪以来，横沙岛人民发扬和传承先贤们筑堤挡浪、围垦种植的拓荒精神和艰苦奋斗的精神，砥砺前行，又在美丽乡村建设中不遗余力，成绩卓著，荣膺"全国文明村镇"等众多"国字号"荣誉称号，全乡24个村，全是美丽村庄，"村在公园里，人在花园中"是海岛面貌的真实写照。在建设美丽乡村的同时，"海岛艺术田园""南菁湖滨公园""民生乐居乡村公园""通海大堤""上海天使海滩度假村"等颇具新时代气息，又具有得天独厚的海岛风情的人文景观层出不穷，是放飞心灵的好去处。

近年来，横沙岛正在以日长夜大的速度不断向外扩展，经历着一场波澜壮阔的大变化，新一轮的横沙造地运动正在机械化条件下气势恢宏地展开，筑成了绵延数十公里的江堤，种植的水稻长势喜人，丰收在望。目前，横沙岛面积已在原来52平方公里的基础上又增加了三倍多，达到170平方公里，新的横沙岛在世界级生态岛建设中正在快速崛起，成就了一方朝气蓬勃的热土，展现着一派生机盎然的景象。

  当离开横沙岛的时候,已是夕阳西下的时分。站在堤岸眺望,岛上风光尽收眼底,天尽头,水天处,碧波盈盈,海浪涌动,芦苇摇曳,鸥鸟翔飞,落日余晖,晚霞流泻,滩涂涂上了一层橙红色的光晕,田野笼罩在了一层淡淡的薄雾里,缕缕升起的炊烟从房上树间缭绕开来,渐渐升腾,散成白霭,弥漫在这片充满生机活力和独特个性魅力的绿野之上,清风徐来,分外妖娆,如在画意里,如在仙境中……

冰清玉洁瑞雪情

小年那天,申城迎来了2023年的第一场雪。那纷纷扬扬、轻轻盈盈、飘飘悠悠的瑞雪,白茫茫、白晃晃,毛茸茸、亮晶晶,像细绒、像芦花、像柳絮,轻轻地,柔柔地轻吻着久违的大地,迷乱了人们的视线,演绎着一场完美的飘舞。置身于银装素裹的自然空间,心生感慨,情思漫漫,随片片雪花飞舞。

瑞雪有着脱俗的美。极目远眺,茫茫天地间,一切都变成了一个银妆玉砌的世界,靓丽润滑,风姿绰约,犹如置身一片白雪皑皑的梦幻仙境,感觉奇妙。看近处,地上、树上、建筑物上出现一层雪绒,白里透着晶莹,全都笼罩在一派童话般的氛围里,平添了素描般的诗意。

瑞雪有着纯洁的美。那一片片精灵般飞舞的雪花组成了一首婉转、悠扬、清新的乐曲,一首轻快、和谐、鲜明的小诗。那纯洁无瑕的白雪,晕成了一幅美丽、洁净、纯粹的油画,摄人魂魄,夺人眼球,别样妖娆,令人沉醉。

瑞雪是大自然派来的使者,给人们带来福音。"瑞雪兆丰年",瑞雪更是庄稼人的好兆头。瑞雪是一切害虫的天敌,冻得躲在地层里的虫豸和虫卵经不起寒冷的考验而颠沛流离,来年庄稼就少受虫害的侵扰,心无旁骛地生长,植物就壮实,果实就饱满。看着眼前的瑞雪,想着明年丰盈的收成,人人心里乐开了花。

那美丽纯洁的瑞雪,是携春发出的明信片;那如诗如幻的雪花,传递着生机盎然的喜讯;那一片片轻灵的雪花,如一个个飞舞的文字,是写给春天的浪漫情书;那晶莹剔透的瑞雪,是仙女撒下的漫漫情思,万物心心相印,冰清玉洁,浪漫又优雅。

雪花飞舞,朵朵轻灵,朵朵如梦,让人遐想感怀,情思摇曳。雪花纯净无瑕,一尘不染,又是那么惹人怜爱。雪花飘到哪里,都能给你一种素净、温馨的感觉,给你一种沁人心脾的清新气息。

正当我沉醉在赏雪之际,突然想起那首动情、动听的《我爱你塞北的雪》歌曲:"我爱你塞北的雪,飘飘洒洒漫天遍野,你的舞姿是那样的轻盈,你的心地是那样的纯洁,你是春雨的亲姐妹哟,你是春天派出的使节……"

除夕夜祭祖习俗

除夕,也称"大年夜",是农历一年的最后一个夜晚。因此,这一天晚上,外出的人要尽量回家团聚,与家人一起吃"年夜饭"。

旧时,按照家乡崇明过年习俗,在年三十晚上吃年夜饭之前,先要敬奉过世的祖宗亡灵,乡间称"拜老祖宗"。

此时,由宅上最年长者(称为宅长)牵头,在宅院堂屋里摆上八仙桌,桌上摆满糕点水果,各家将亡故长辈的遗像集中摆放在堂屋一墙面,桌子朝门外的那边摆放香炉和烛台。

紧接着,由宅长虔诚地点燃香烛,等候阴间祖宗来享受贡品。众人都恭敬地肃立一旁,不许出声。这是为了让老祖宗静心享受,大约过了半个钟头,香烛将尽,全宅的老幼依辈分跪拜磕头,磕完头后点燃用锡箔、草纸或稻草折叠的元宝、长锭(据称,稻草呈金黄色,用稻草做的元宝和长锭,如黄金一样珍贵)。

拜灵仪式结束后,将桌上的糕点水果等供品分发给孩子们享用。此时,孩子们喜出望外,欢声笑语,蹦蹦跳跳。随后,一家人其乐融融地开始吃年夜饭。晚饭过后,小伙伴们不约而同地纷纷走出家门,挤满了宅院。此时,宅院内外爆竹声声,此起彼伏,花开满天,热闹非凡。闪闪火光中,映着的是一张张溢满幸福的、通红的小脸。

祭奠先祖是我们中华民族由来已久的传统习俗。据称,殷商时代,除了祭日月星辰、风云雷雨、山川土地之外,还要祭祖先,这是对祖先、对师长、对自然生命的一种敬重和感恩,这一习俗一直沿袭至今。在家乡崇明岛上,过年时的祭祖习俗,意在请先辈亡灵回到阳间与家人团聚,吃上子孙为他们准备的年夜饭,并祈祷亡灵保佑全家来年安康吉祥。

如今,随着时代的变迁,人们离开家乡、住进城里转眼也已几十年,这一过年时祭祖的习俗也在悄然发生变化,并渐渐地从人们的视线中淡出。即使在乡间,也只有在少数上了年纪的耆老还在坚持做祭祖拜灵的仪式,70后、80后,甚至更年长的一些人对祭祖习俗的细节也没有多少印象了。现在没有了过去那十几户一个姓氏系统的人家邻里和睦、亲友融洽的大宅院,显得冷冷清清,各家各户的仪式,少了那左邻右舍相聚一起、浓浓亲情的热闹气氛。每当春节来临之际,总是让我想起旧时年三十夜"拜老祖宗"的习俗往事,往昔宅上的长辈和孩子们热闹、团聚和幸福的情景让我心里升腾起一种温暖、温馨和温情⋯⋯

但愿那过年祭祖的传统年俗文化成为亲情传递的纽带,代代相传;那一代代积淀的纯朴民风就像一坛甘醇的米酒,芳香四溢,历久弥新⋯⋯

古法绝活棕榈笔

有着一千多年历史的"灶花",是在改革开放前崇明家家户户的主要烧饭用具灶头上的图画,俗称"灶花",是崇明古老的草根文化,如今已是上海市非物质文化遗产。

然而,画"灶花"用的绘画工具也是泥匠们土制的特殊画笔。最代表性的是"棕榈笔"和"棉花笔"。泥匠师傅在墙上作画,如果用写字的毛笔去画,画出来的线条太软,勾不挺;如果画梅花,线条就圈不圆。但棕榈笔的木纤维是硬的,悬空后画线条有力度。泥工用棉花蘸墨后画梅花,这与中国画的没骨法一样,既快又有造型。所以,崇明泥匠师傅的原始绘画工具可以画出想象不到的艺术效果,是崇明人"灶头画"中的精髓。

随着时代的发展,如今"灶头"已退出了人们生活的舞台,"灶头画"也在人们的视线中渐渐地消失,取而代之的是液化气灶、微波炉等现代化厨具设备进入千家万户。为了使这一传统的草根文化发扬光大,崇明瀛洲壁画艺术研究院的艺术家们,怀着对家乡传统文化的浓厚兴趣和情结,将崇明"灶头画"的原始绘画工具棕榈笔进行挖掘并生产,用以发展小型移动壁画特制的专用画笔。

　　制作棕榈笔,是一项选料考究,工序繁复而细致的技艺。制作前,先是将优质棕榈老根在水中浸泡,数日后捞起晾干,置于案板上用小木槌轻轻地反复敲打,这一过程是对棕榈纤维的再加工,使经络更细更小,直到发白为佳。这一工序需循环往复,常常需要边梳理边敲打上数百上千次。随后,还要经过脱脂、蒸煮、理顺、清理、捆扎等烦琐复杂,细枝末节的一道道工序才能完成。

　　壁画在人类历史的长河中,由于独特的绘画艺术和材质环境不可分割,存在年代久远,其艺术价值远远超出人们的想象。以敦煌壁画为例,其艺术价值表现在:一是"传神"艺术。因壁画采用众多绘画手艺,达到了绘画艺术的最高境界"传神"。二是色彩艺术。色彩使壁画独具特色,在视觉上和效果上赋予了更多的活力和真情实感,具有给人以强烈的视觉冲击。三是立体艺术。其艺术结构上有着极强的装饰性,给人一种有立体感又有严谨的审美效果。

　　好画离不开好笔。一支好的棕榈笔,只有达到圆润饱满,锋尖齐健的理想特性,才能在绘画时实现"万毫齐力"的效果。瀛洲壁画解脱了传统壁画带来的局限性,可用棕榈按需特制的各种类型的画笔,专业的墙面环保绘画材料,根据业主的装饰需要和装饰风格、色彩搭配以及兴趣喜好,绘画出一幅幅线条得体、鲜活生动、形象逼真、立体感强的图画,充分显示出棕榈笔壁画独特的绘画艺术风格。同时,其尺寸、图案、颜色及造型均自由选择。瀛洲壁画并不局限于家庭的某个位置,客厅、卧室、餐厅甚至卫生间都可以选择。瀛洲壁画的传统绘画之笔——棕榈笔将通过时光的沉淀不断地传承发扬,有着丰厚敦实底蕴的瀛洲壁画正朝着她的锁定目标迈向更广阔的未来。

雅俗共赏崇明田头话

　　崇明田头话,俗称"山海经"、讲故事、说笑话。田头话,往往起到消除疲劳,调节单调乏味的田间劳动的作用。崇明田头话,只在田间地头随便讲,到了家里就不讲。田头话是劳动人民在生产劳动间隙或茶余饭后,三五知己聚集在一起口头创作的传说故事。田头话大多是成年人之间随意交流的事,不适宜孩子们参与,所以回到家之后就不讲而回避。

　　田头话,尤其是20世纪五六十年代,在人民公社集体生产劳动时比较盛行。当时,社员虽然辛苦且收入也不高,但大家在生产劳动时却心情舒畅,热情高涨,笑言畅谈,气氛活跃。劳动中途休息时,大家总爱说笑话,讲故事,其乐融融。随着包产到户后,这一场景渐渐淡出。如今已是互联网时代,田头话已基本失传。

　　崇明田头话,是民间流传的一种通俗易懂、真挚感人的群众文学,具有言简意赅,个性鲜明,生动有趣,比喻形象,寓意深刻等特点。如崇明岛是月亮菩萨出生地的传说,当年崇明岛在长江口只有两个小沙洲，称为东沙和西沙。当沙洲刚露出水面时，在江水中若隐若现，圆圆的西沙宛若一轮红日，长长的东沙形似一弯明月，故传说西沙是日光菩萨的降生地，东沙则是月光菩萨的降生地。以使崇明岛成为风调雨顺的人类居住的宝地。同时还教会崇明人认识自然的本领，成了与天、地、水、风相抗衡的法宝，使崇明岛成为人杰地灵物产丰富的鱼米之乡。"东海瀛洲八仙造米""东海瀛洲神女水仙""白居易在东海瀛洲改诗"等传说或故事，风味十足，散发出无穷的艺术魅力，其中的情节吸引和感动了不知多少人，倍受人们的喜爱。

　　崇明田头话，是劳动人民在长期的劳动生活和生产斗争中创造的，是劳动人民的智慧结晶和经验总结。崇明地处长江入海的江海交汇处，人们在创造这些田头话的同时，也往往编织了一个个与江海有关或与自然灾害作斗争的美丽而动人的传说。如东海瀛洲蚊子的传说，相传很早以前，崇明岛上的蚊子是一只吃人的巨兽，每次出来，都要吃掉一个人。人类苦不堪言，便跑到玉皇大帝那里告状，玉帝答应把蚊子的体形调小，同时把蚊子吃人的习惯改成吃一口血。于是就成了现在的样子。"预测年景问姑娘"，"杀蟹英雄在瀛洲"，"崇明岛上龙女的故事"，"神仙与农妇的传说"等，富有浓郁的地方风格，无不体现了民间文学幽默风趣和智慧美丽的个性特征。

　　崇明田头话的由来、发展和演变，从不同侧面，深入浅出的阐述这样或那样的生产劳动经验和生活事项以及为人处事的道理。如崇明岛上"一览楼"和猜谜楼的传说故事，恶姑港、推虾港、蚌壳港、巴掌镇、摸奶桥、仙鹤沟以及三个女婿的传说等。纵观这些传说故事里,或颂扬勤劳、诚信、善良;或嘲讽自私、懒惰、嫉妒;或劝善惩恶,鞭挞贪婪、阴险、奸诈,从而表现出人民群众强烈的爱憎情感和崇高的精神境界。同时也折射出历史人文风貌、人生百态、风俗意识的方方面面,表现出多姿多彩的社会层面。杨圣岩的故事就是典型之一。相传,他有挥笔成文,出口成章,闭目生一智,三步起一谋的聪明才智。他不畏权势,爱打抱不平,经常巧施计谋,惩罚恶人,伸张正义;常在诉讼中,智慧诉讼,诘难官府,仗义执言,深得人心。

故事荡人心魄,传说让人唏嘘。崇明田头话,源自生活,又高于生活。细细品读那些故事传说,虽是海岛劳动人民凭空想象和口头创作的自编自说的,却有着丰富的生活情趣和深厚的文化底蕴,有着丰富的想象力和哲理的创造力,充满着活灵活现的美丽传说和诗意风情的崇高境界,深深地蕴含着海岛人民的聪明和才智,更是反映了海岛百姓对美好生活的期盼和向往。

如今,我离开家乡已50多年,听不到田头话,以及田头话中的民间故事和传说。然而,我对那如泣如诉、如诗如歌的故事传说却有着独特的感情。我喜欢故事传说的风趣幽默和富有哲理,它像家乡的江河一样在我心中长流不断,充满了浓浓的乡情风韵和深刻的艺术感染力,犹如穿越岁月时空的天籁之音,欢快、流畅、甜美,在我耳畔久久回响,那么温馨,那么亲切,又那么遥远。

崇明岛上"一览楼"

提起名楼,人们自然会想起湖南的岳阳楼、湖北的黄鹤楼、江西的滕王阁、山东的蓬莱阁,它们可谓家喻户晓,人人皆知。其实,早在数百年前就有民间传说,崇明岛上有着万里长江第一楼呢!

崇明岛地处长江入海口,是世界上最大的河口冲积岛,素有"长江门户""东海瀛洲""长江锁匙""瀛海岩疆"之称。自唐武德元年(618年)露出水面,因江水缓急多变,涨坍无常,一些建筑五迁六建。唐时设镇,宋时建场(天赐盐场)。据民间故事(俗称田头话,是农民在生产劳动中口头创作的故事)说,在宋代时,建有一座楼,宏伟壮观,屹立在崇明岛上。

好楼要有一个好的名称。为此,在取楼名时,动足了一番脑筋。开始人们提出两个名称:一个叫"一揽楼",即有"九天揽月"之意;另一个叫"一览楼",即有"一览众山小"之意。但大家经过反复推敲和商榷后认为,"一揽楼"的后二字笔画太多,与"一"字组合,笔画相差太多而不协调,而"一览楼"的"览"比"揽"少了几笔,与"一"字组合差距小一些,而且"九天揽月"与"一览众山小"的含义基本相仿,最后一致确定为"一览楼"。

楼名确定后,由谁来书写匾额呢?大家一致推荐当地一位民间书法家书写。但是,当他将"一览楼"三字写好后排列在一起,由于"一"与后面两字的笔画相差较大,无论横排还是竖排都不理想,怎么看都不相称,尤其是"一"字,怎么也达不到完美的效果。

正在一筹莫展时,正好有一位推沙子的老汉路过此地,看到后,便将自己脚上的草鞋脱下,用草鞋底随手在地上用力一擦,便成就了一个大大的"一"字,风格飞白,庄重饱满,苍劲有力,与其他两字排列一起,成了恰到好处的最佳组合,十分匹配,相得益彰。

从这一览楼三字的书法飞白风格便想起了宋代著名书法家蔡襄。相传,蔡襄在一次偶然的机会,看泥匠用稻草扎成的刷把,刷墙上的石灰反映出来的飞白,既美观又苍劲有力。于是,他将这一民间技艺引用到书法上,从此,他的书法得到了质的飞跃,新的升华,达到了自成一体的独特境界,便有了闻名于世的"蔡襄看泥匠刷墙在书法上发明了飞白"一说。由此可见,海岛工匠们独具匠心的民间技艺和聪明才智,竟然能达到意想不到的效果。

从此,这座巍巍耸立的一览楼,和"一览楼"端庄挺拔的三个大字凌空于海岛之上和蓝天白云下,凝望沧海万顷,四季风情,生动灵性,倒映在海岛平静的水面,江水日夜奔流,一如时光静静流淌,尽显宝岛风范。传说中在夜深人静时,登上一览楼,就能隐约听到天宫里的说话声,成为名副其实的万里长江第一楼。

楼影悠悠水长流。一座古楼,承载着说不完的沧桑历史,一段故事,道不尽的人文传奇。可惜的是,若干年后,由于崇明岛是从长江上游的泥沙冲下来形成的沙岛,涨坍不定,那一览楼连同当时的岛屿湮没在尘埃中,消失在茫茫江海里,更是没有留下任何文字记载和历史资料,一览楼三个字的墨宝也已失传得无踪影。但关于一览楼的民间故事却依然流传至今。

细细品读一览楼的故事,虽是农民口头创作的自编自说田头话,却有着丰富的想象力和创造力,深深蕴含着海岛人民的聪明和才智,更是反映了海岛百姓对美好生活的期盼和向往。

如今一览楼的故事在家乡流传了不知多少年,我们期待将传说变为现实,让万里长江第一楼重见天日,让海岛百姓的梦想成真。

(根据邱振培口述整理)

公园飘荡不老歌

"今天是你的生日,我的中国……""幸福的花儿心中开放……""革命的人永远是年轻……"每到周末或节假日,在鲁迅公园内,这些旋律优美、伴奏谐和、饱含深情的经典老歌就会飘荡在园区上空,热情洋溢,气势恢宏,让人的心灵又向往昔的峥嵘岁月飞驰而去……

这些歌来自老年歌友们自发组成的充满活力的合唱团。

大概是年事的关系,这些合唱团唱的、吹的、弹的、拉的、敲的大都是过去脍炙人口、耳熟能详的老歌,都演绎得十分动情。歌友们非常投入,成员间配合默契,声乐徐急结合。在众多的团队中,有一支人数多、规模大的"86乐队",被称为"不老合唱团"。在这支乐队中,尤其是那几位弹琴手,在指挥的激情指挥下,一首接着一首地弹奏乐曲,几个手指头灵活地在音键上来回跳动,一个个悠扬悦耳的音符飞扬而出,演唱者和听众的身子也随着节奏的起伏而摇摆着。那声情并茂、淋漓尽致、如痴如醉的表演和嘹亮的歌声,让人如沐春风,如饮甘醇,热血澎湃。还有那铜管乐队,十几名老年队员手持长号、短号、圆号、萨克斯等乐器深情演奏,他们个个都很专业,引来不少人驻足围观、聆听,整个场地里三层外三层挤得满满当当。人群中有男有女,有老有少,还偶见一些"老外"夹杂其间看热闹。歌者、舞者的粉丝们往往会想一试身手,于是同台献艺,场面好不热闹,人丛中不时地传来笑声、掌声和喝彩声。

鲁迅公园,原名虹口公园,位于上海市虹口区,东起甜爱路,南临四川北路,西接虹口体育场,北至大连西路,占地面积为22公顷,是上海主要的历史文化纪念公园,同时也是国家3A级景区。公园内草坪如茵,树木高耸,花卉艳丽,湖水平静,假山奇巧,景色幽雅。拥有秀美如画的生态环境、丰富的文化底蕴,还能提供天然的活动场所,鲁迅公园自然成了上海市民及游客钟爱的休闲娱乐胜地。

歌声使人的情感获得沟通,心灵得到净化。一支支合唱团队的涌现,一场接一场的演出,不仅是老年人借经典老歌抒怀咏志,更体现了在和平与发展的时代,老年人陶冶情操、美化人生的精神文化追求。在老龄化社会到来的背景下,组队参与合唱是自我"陶醉"的一种艺术享受,更是放飞心情的一种休闲养生方式。由此可见,以老年人为主体的草根型、自娱自乐的合唱队,承载的是老有所乐的文化内涵。

行走在鲁迅公园内,呼吸着清新的空气,聆听着铿锵悦耳的鼓声、美妙悠扬的琴声、清脆嘹亮的歌声,欣赏着热情奔放的舞蹈,打开所有的感官,感受着自然与艺术交融的美,拥抱祥和的气氛和浓浓的文化情怀,犹如沐浴着一股股沁人心脾的清风,真是既饱眼福,又饱耳福,是一天中最美好、最令人享受的时光。

欢乐使人身心年轻,精神振奋;唱歌使人气血通畅,体质改善。优美的旋律、热情洋溢的歌声净化了心灵,陶冶了情操,让人找到自信,传递着幸福快乐的正能量。

此时,又有精彩的表演歌唱开始了。这边唱着:"岁月不知人间多少的忧伤,何不潇洒走一回……"那边又传来:"走过了春和秋,走在阳光路上……"歌声交相呼应,满园欢笑,满园浓情,感动着在场每一个人的心。连日来,尽管室外天气寒冷,但丝毫不影响演出人员的热情,他们用优美的歌声和舞姿,表达了对生活的热爱、对未来的憧憬,可谓是活力四射,热烈奔放!

徜徉在乐海里,翱翔在歌声中,使人真正体会到一种美的享受,一种精神的洗礼,一种思想的升华。

惊艳转身崇明蟹

　　阳光明媚的春日里,来到位于崇明堡镇南海村的上海惠康水产养殖专业合作社。一眼望去,这里花红树绿,生机盎然。那一口口蟹塘清澈明丽,一块块菜地葱翠绵延,一座座农家小楼错落有致,相映成景。眼前所见宛如一幅多彩靓丽、生生不息的生态画卷,让人顿觉心旷神怡。

　　走进合作社的"蟹庄展示馆"。一幅幅图文并茂的影像资料,一排排奖状和奖杯,一件件传统的水产物件,生动地展现了崇明人养蟹捕蟹的艰辛历史和勤劳勇敢的精神风貌。置身其间,儿时的记忆不断浮现,那时用原始工具钓蟹、罾蟹、摸蟹的情景历历在目。

　　展示馆里,最吸引人眼球的是那两只巨蟹王标本,公蟹8.4两,母蟹6.6两,这是2021年至今连续3年惠康合作社参加全国河蟹大奖赛所取得的最佳成绩。崇明淤泥蟹俗称"乌小蟹"、"乌秋蟹",素以长不大(只有1至2两)著称,如今竟能养成如此巨无霸，真是不可思议，不得不说是一个奇迹。

崇明岛地处长江入海口，独特的自然地理环境使它成为蟹的"娘家"、蟹的摇篮。这里盛产的中华绒螯蟹肉嫩味鲜，是中国的美食地理标志之一，其天然蟹苗远销祖国各地、东南亚及欧美地区。据合作社董事长顾惠康介绍，上海惠康水产养殖专业合作社成立于2010年，当时以扣蟹（即纽扣大小的蟹苗）养殖为主，经过10多年的发展，养殖面积从几十亩增加到460亩，品种也从扣蟹发展到了成品蟹。2015年，合作社成为上海海洋大学"江海21"国家良种亲本培育和应用基地，并开启了生态养殖技术钻研之路。基地精心培育的主打品种河蟹良种，从"江海21"发展到了目前的"崇明1号"。该品系河蟹长势更快，产量更高，规格更大。近年来，每到10月随机捞上一网，公蟹平均都在5两左右，母蟹平均都在4两左右。从2018年开始，连续5年荣获"全国王宝和杯河蟹大赛金奖"；2021年获得"全国河蟹大奖赛最佳口感种质奖"，同年被评为"全国水产养殖示范场"及"上海市绿色水产养殖示范基地"。日前，又被农业农村部质量安全中心确定为国家农产品质量安全良好追溯监测点。

对此，农户们常常疑惑，顾惠康是如何改变传统的养殖模式，又是如何把这里的蟹养得肉足膏满的？其实原因很简单。通过这几年的摸爬滚打，加上上海海洋大学、东海研究所的技术指导，顾惠康慢慢地摸索出了生态养殖的关键技术，即：前期养水，中期养草，晚期养蟹。前期养水，种草是关键，它可以说是蟹苗养殖是否成功的基础。没有一塘好水，就没有好草，年底就没有好的收成。草的覆盖率要求在 70% 左右，草需茂盛，但不能过密，要保证阳光透过。正确地管理好一塘水，就要多用生物肥、有益菌；要勤改底、勤开增氧设备，加大蛋白质饲料的投喂；还要密切关注气温、气压的变化，利用太阳能提温等措施，营造适合蟹生长的环境；同时要做好塘口的消毒杀虫工作，为培育优质清水蟹打下扎实的基础。

目前，合作社完善了生态养殖、标准化管理的模式体系，形成了"一方水土养一方人，一方水土也养一方蟹"的经营理念。生长在这里的清水蟹越养越大，品质与产量越来越高，口感也越来越好，合作社正在朝着公蟹平均 6 两左右，母蟹平均 5 两左右，以及最大的成蟹可达到每只 1 斤以上的目标奋进。同时，合作社还与村内的其他合作社、民宿以及农户共享各类资源，互惠互利共同发展，起到良好的示范引领效果，从而激发创新创业活力，实现产业增效、农民增收，助力乡村振兴。

不知不觉到了午餐时间，我们在南海村农家乐张老板的热情招待下，品尝了崇明岛土灶上用柴草烧出的时令家常菜。这让我不禁想起了童年美味可口的佳肴，于是在用餐之余，我拍下了一组蟹乡美景，收藏这段美好又难忘的经历。

第五辑
往事情缘

厚重坚定旅顺山

有着5 000年历史的旅顺口位于辽东半岛最南端,是大连市的一个市辖区,东临黄海,西濒渤海,南与山东半岛隔海相望,北依大连。旅顺口是国家级风景名胜区,为京津海上门户和东北的天然屏障。

旅顺军港由群山环抱,东侧是雄峻的黄金山,西侧是蜿蜒的老虎尾半岛、西鸡冠山,西南是巍峨挺拔的老铁山,北面是俊美秀丽的白玉山,西北是猴石山,天然形胜,被誉为"天下奇观"。旅顺军港隐蔽险要,不受严寒和台风影响,是举世闻名的天然良港,为世界五大军港之一。现为海军的重要基地。

旅顺的山,在山的家族中,平凡而又平凡。然而,你是山的骄傲,山的中坚。旅顺的山,如碧玉,屏立于四周,山下碧水一泓,静卧着,如镜,将山与松映在蓝天白云里。旅顺的山,有血有肉有情。旅顺的山与水兵心相连。

黄金山,位于旅顺军港东侧,海拔119米,与港口西侧老虎尾半岛遥相呼应,扼守旅顺港出海口,构成旅顺港湾的天然屏障。山北麓便是举世闻名的旅顺大坞,当时为清末北洋舰队的后勤维修基地,现为中国人民解放军海军舰艇修理厂。山顶设有防卫工程中修建最早的炮台,曾被誉为"南北洋各台之冠"。山北麓的山腰间,有两口古井的遗址。相传,公元714年,唐玄宗的郎将、鸿胪卿崔忻率使团赴今吉林敦化地区,在完成册封藩属渤海郡王的使命后,返归长安,归途中开凿了鸿胪井。山脚下为海水浴场和潜艇博物馆。黄金山上驻守着海军某观通站,被称为舰艇进出港的"调度",这里港口狭窄,进出舰船繁杂,信号台日日夜夜灯语闪闪,宛如美妙的交响乐音符,在碧波青山间跳跃,召唤着征帆,官兵们为保证舰船安全进出港,执行着繁重而艰巨的通信保障任务。

　　老铁山位于辽东半岛最南端,系千山山脉的余脉,远望山峰,满山披翠,重重叠叠,如浪起伏。山峰高度200米,主峰大崖顶海拔465.6米,与山东半岛隔海相望,其间老铁山水道是我国最凶险、最繁忙的水道。老铁山水道人称"无风三尺浪,有风浪滔天"。在老铁山角上有一清廷海关当局于1893年请法国人制造,由英国人修筑的灯塔,至今仍为过往船只导航祈安,2013年被定为国家级文物保护单位。老铁山还是东北亚大陆候鸟迁徙重要通道,这里山路盘绕宛如龙,林茂齐天隐鸟鸣,素有"鸟栈"之称,每年有上千万只候鸟从此通过,已记录的鸟类有320多种,占全国鸟类总数的四分之一,1980年经国务院批准老铁山为国家级自然保护区。老铁山观通站驻守在山顶上,地处偏僻,气候恶劣,抬头云雾茫茫，低头奇石荒荒，指战员们却以铮铮风骨，耿耿胆肝，镇守边关，挽起钢铁的臂膀，组成钢铁的防线。被部队誉为守卫京津门户的"千里眼"，被当地群众称赞为"山林卫士"，候鸟的"守护神"。

　　白玉山，位于旅顺市区中心，是国家 4A 级旅游风景区。白玉山原名西官山，清代李鸿章视察旅顺时，将此山改名为白玉山。白玉山海拔 130 米，登顶鸟瞰，旅顺市区全貌，秀美壮观的军港以及威武的海军舰队尽收眼帘。景区有白玉山塔，海军兵器馆，古炮和散养珍稀鸟类的百鸟园。白玉山塔，原名"表忠塔"，始建于 1907 年，1909 年 11 月竣工，塔高 66.8 米，共有 273 级台阶，18 个窗口，塔顶原有侵略旅顺的日军将领东乡平八郎和乃木希典联合撰写的铭文及"表忠塔"三个字，1945 年均被苏军铲除。1986 年该塔正式定名白玉山塔。

　　白玉山林木茂盛，松柏苍翠，如青翠欲滴的水仙，亭亭玉立在边陲海防。白玉山下绿荫丛中，有在甲午战争时期惨遭日军杀害的万余不屈的忠魂，在那里含恨长眠。那满山的松涛仿佛在风中发出高亢的呐喊，时刻提醒人们牢记历史，不忘国耻的惨痛记忆。徜徉其间，宛如穿越时空隧道，如梦如幻，恍如隔世。那沉默不语的山峰虽然带着曾经的崎岖淡出了历史舞台，但它颓败的身躯依然展示着独特的历史与沧桑。

　　这里那层层叠叠，郁郁葱葱的松柏为白玉山注入了新的生命和活力，为白玉山矗立了不朽的丰碑，为白玉山铸就了透亮的灵魂。白玉山的松柏绿得纯粹，绿得厚重，绿得神韵，绿得娇艳，绿得自然,绿得永恒!

　　旅顺是我的第二故乡。我到那里参军,自20世纪60年代末至90年代初,度过了23个春秋。旅顺以其山水秀美的自然风光、深厚的历史文化底蕴、淳朴的风土人情,吸引着海内外宾客慕名而来,参观游览。我23年的军旅生涯中,曾经在舰艇部队、基地机关、观通部队、工程部队工作过。旅顺的山川烙下我走过的足迹,旅顺的海疆承载我挥下的汗水。如今,我转业回上海近30年过去了,对于旅顺的许多事物印象在我的记忆里已淡忘了,唯有那旅顺的山,旅顺的水以及那朝夕相处的战友情却深深地留在我的心中,镌刻在我的脑海中,挥之不去。旅顺的山,旅顺的水给予我23年的军旅生活;旅顺的山,旅顺的水给予我苦辣酸甜咸;旅顺的山,旅顺的水给予我坚韧、自立和勇气。

　　有人说,山是坚定的,它不会晃来晃去;山是沉默的,它不会花言巧语。旅顺的山,美得自然,美得朴实,美得纯净而大气。旅顺的山——朝霞中,你亭亭玉立;晨雾中,你婀娜多姿;阳光下,你五彩斑斓;月光下,你优雅娇美。

　　旅顺的山是一本厚重而神秘的书,越读越有味;旅顺的山是一幅精致而灵秀的风情画,越品越显美;旅顺的山更是一部历史与现实交会的诗,越赏越迷人。

神奇的和尚山

和尚山,又名大和尚山、大黑山、老虎山。位于大连市金州城区东约 5 公里,海拔 663 米,面积 23.79 平方公里,是辽东半岛南部地区的最高山。和尚山,东濒黄海、西濒渤海,与山东半岛遥相呼应。这里山道蜿蜒,盘绕如龙,山色葱茏,古迹众多,景色秀美。春之杏花,夏之浓荫,秋之红叶,冬之快雪,四时风光,令人神往。

和尚山,上部山势陡峭,多为裸露岩石,中部坡度稍缓,覆盖灌木,山下土层较厚,林木茂密,群树波涌,满眼绿色,间有果园,形成环山林带。山中有鹞子口、关门寨、舍身崖、滴水壶、仙人台、仙人桥,以及点将台、梅花石桩等自然景观。登上和尚山,金州全貌尽收眼底。这里自然风光秀丽,那流淌的河水如一条条飘动的碧绿绸带,与错落有序的高楼和青翠苍茫的山林相交融,勾勒出一幅人与自然和谐共生的壮美画卷。放眼眺望,可饱览黄渤海奔腾不息的雄壮气派;日出日落时,可领略其美不胜收的万种风情。大连八景之一的"黑山夕阳"即指此处。

据史料记载,隋唐时代人们在这里开山造寺,后历经多少朝代重建修复,现有响水观、朝阳寺、唐王殿、观音阁以及高句丽山城、卑河城等古建筑和庙宇群。金州八大景中,和尚山占四景,即为:响泉消夏、朝阳霁雪、山城夕阳、南阁飞云。

相传,当年唐王李世民曾在此安营扎寨。民间流传着一段神奇的传说故事:李世民率兵上山时,山路两侧的玫瑰树上的刺原本是往上生长的,当追兵在后面追赶时,玫瑰树上的刺转而为往下长,将追兵们的衣裤划破,皮肉刺得伤痕累累,再有天上降下形似和尚的石头雨,挡住了追兵的去路,从此躲过一劫,顺利到达山顶安营扎寨。和尚山也因和尚石而得名。然而,上述这一现象虽是传说故事,但直至今天,和尚山玫瑰树上刺往下长以及山上的石头形似和尚的自然现象,不仅给这里增添了神秘色彩和文化内涵,更是成了这里的一大奇观,吸引着四方游客前来观光游览。

1987年至1990年,我任海军某观通团政治处主任期间,多次下部队来到和尚山观通站。该站驻守在和尚山的最高山顶上,这里白云悠悠,绿树葱葱,环境幽雅,自然风光秀丽。站部左侧约300米处是一座古庙,掩映在林木覆盖、鸣鸟翩跹中,露出的古庙因年久失修,破旧不堪,只剩下残墙破壁。但古庙在营区管辖内,于是得以完整保留着旧址,以及传说中唐王李世民在此休息的石凳、石床和拴马的石柱,还有引马喝水的扳倒井等工艺精致的珍贵文物。还有值得一提的是,夏天时,庙外暑热难耐,庙内却凉爽如秋;冬天时,庙外冰天雪地,庙内却温暖如春;每逢刮风时,庙外山顶的风特别大,而且一刮要好几天,庙内却风和日丽,十分平静。山中滴水壶的泉水,天然清纯,味道甘洌,被当地群众称为"圣水"。民间传说,喝了这泉水能养生健体少生病,更有趣的是,喝了这泉水还能生男孩,不少前来参观者都要好奇地喝上一杯。聆听着这些神奇的传说故事和享受着这里神秘的自然现象,以及那片具有深厚历史文化底蕴的热土,无不给人带来无限的遐想,感到这里的景象有着独具的特色和魅力。

那时的和尚山,因是军事禁区,除了山下景区对外开放,山上的设施是封锁的,古庙也在营区内。今日的和尚山,这个神秘的禁区得以开发并对外开放,成为国家 AAA 级景区、国家森林公园和国家地质公园。同时,历经沧桑的古庙也在废墟上作了重建和修复更新,并形成佛、道、儒三教合一,是辽东地区著名的宗教圣地,辽宁省文物保护单位,也是滨海城市登山旅游的经典路线,成为人们探幽览胜的好去处,慕名而来参观的游客常年络绎不绝。

往事如云如烟。如今,离开部队已整整 30 年,对于当年和尚山的情景和战友的情感,清晰地留在我的脑海中,挥之不去。

海岛观通兵的风采

1969年12月至1993年初,我在辽宁大连旅顺海军部队服役23年,先后在舰艇部队、基地机关、观通部队和工程部队任职。多年后当回忆往事的时候,我对1987年至1990年在观通部队担任政治处主任那三年记忆最为深刻,那是我参军23年中最为艰苦的岁月,至今让我魂牵梦萦,难以忘怀。

观通部队所属营、站高度分散,从辽宁丹东鸭绿江口大海最东端零点处的大鹿岛到辽东半岛最南端的旅顺老铁山,分布在绵延800多公里的整个辽东半岛,远离机关,地处高山海岛,点多面广,交通不便,哨所分散,信息闭塞,条件艰苦。其中,最小的岛,面积仅0.032平方公里,相当于一个足球场大小,是一个坐在床上就可甩钩钓鱼,一个男性公民王国的不毛之地。那时,岛上没有淡水,没有电,没有居民,指战员们在这四周封闭的孤岛上,日复一日,年复一年地坚守,也可能,从入伍的那天,一直到退役那天,四年或更长时间,都在孤岛上度过,他们把自己的青春和热血无怨无悔地奉献给了祖国的海防事业。

"云雾满山飘,海水绕海礁","白天守着孤岛兵看兵,晚上头枕波涛数星星","一年刮两次风,刮一次要半年","日报成《半月谈》或《新华月报》"。当时没有手机,连有线电话也没有普及,书信是唯一的与岛外联系方式,写一封信也是半个月或一个月才能收到,这是对守岛官兵的真实写照。平时官兵们吃的菜和淡水等生活用品靠陆地派船运送,岛上一块块巴掌大小的菜地,是官兵们探家时或机关、部队首长上岛时带上种子和一把土,在那乱石堆上围垒起来并种植的蔬菜。

由于地域的关系,每年平均有200多天笼罩在大雾之中,最低时的能见度不足50米。特别是进入冬季后,海岛天寒地冻,结冰封港,岛上部队的人员上下岛非常不便,指战员们与外界隔绝,过着封闭的生活,观通站的用水、用煤、副食品采购、有病就医等十分困难,尤其是部队同上级机关联络,只能靠密码电报。有一年春节,我带领机关人员到地处鸭绿江口的大鹿岛看望部队,由于寒风凛冽,结冰封港,客船停航,站里从地方借来小船接送我们上岛,到岛上后又遇上大风,待风停离岛时,已过了正月十五元宵节。又有一年夏天,某岛有位站长的爱人来队探望,住在陆地的部队招待所,结果因遇上台风,这位站长困在岛上半个月无法下岛,待大风停后下岛时,他的爱人假期已满,双方未能见面,便踏上了返回家乡的路。

日复一日匮乏的物质生活和单调枯燥的精神生活,使活蹦乱跳的守岛兵变得缄默寡言,有的甚至坐在海边礁石上,望着无边无际的大海,悄悄地抹起泪来……

艰苦险恶吓不倒,寂寞孤独难不住。守岛官兵们不仅努力适应环境,也改造环境,他们与天斗其乐无穷,与地斗其乐无穷,苦中有乐,苦中找乐,千方百计寻觅欢乐的源头。指战员们牢记使命,以岛为家,因地制宜,发扬"不等、不靠、不要,求实、拼搏、图强"的精神和艰苦创业的实践活动,自己动手兴建了俱乐部、游艺室、图书室、电视室、乒乓球室、篮球场、排球场等,并根据战士们爱好、兴趣不同的需要,开展喜闻乐见的小而活文体活动,以丰富大家的业余文化生活。同时,根据地处黄海前哨的海岛上这一得天独厚的海域,盛产海参、鲍鱼等海产品的有利资源改善伙食。官兵们除了手中钢枪外,还利用业余时间,用小铲、小锹,碰见海参、鲍鱼、海螺、螃蟹之类的就痛快地将其捕捉。常常是一次落大潮,收获满满,他们用盐水煮熟后,美美地品尝着这原汁原味、香气撩人的海鲜宴。但大部分还是把这些海产品晒干,以备狂风大浪岛上的蔬菜等给养断顿时食用。

每逢节假日,官兵们到自种的菜园里采摘蔬菜和从海边捕捉到的海鲜,边品味,边唱着家乡小调和演出,既有越剧、京剧、沪剧、豫剧、二人转、黄梅戏,又有自编自演的独唱、重唱、相声、快板和朗诵……南腔北调,其乐融融,听后令人忍俊不禁。歌声笑语驱散了高山海岛的凄凉,多彩丰富的文化生活驱散了守岛兵心头的寂寞,那自然动人的表演,感人动听的歌声,精彩完美的创意,久久回荡在海岛上空,回荡在浩渺无际的海面上……

观察通信是部队和首长的千里眼和顺风耳,一刻都不能中断。守岛观通兵们技术精湛,本领过硬,迅速、准确、保密、畅通,圆满完成了部队的通信保障,无怨无悔地奉献了青春芳华。他们忠于职守,一丝不苟,默默奉献,用青春热血抒写美好与绚丽的人生。

每年到了老兵复退时,接他们回大陆的军舰汽笛声拉了一遍又一遍,老兵们总是难舍难分,迟迟不愿离岛,默默地流泪,依依不舍,一步三回头……因为在他们的心中,高山海岛留下了他们难以割舍的情和爱、梦和魂……

满满的回忆深深的情。如今,我离开部队转业回地方虽已近30年,但每每回想部队生活往事时,脑海中就会浮现出那山、那岛、那人、那事……

怀想王家岛建码头

工程部队的生活总是那么走南闯北,飘浮不定,一个工程接着一个工程干,一个区域连着一个区域地走。每当工作告一段落回到部队,都会有种回"家"的感觉。这种感觉对常年在外生活的工程部队官兵来说,是温馨的,其乐融融的。

1992年10月,我担任海军北海舰队某工程部队政委期间,奉命在王家岛建造500吨级客货码头的任务。此项工程由我部工程一队承建,工期计划在1994年底完成。这个码头的建成,将结束该岛自古以来没有码头靠小船登陆的历史,是全岛人民生活中的一件大事。

王家岛是辽宁大连市管辖的小岛,面积4.88平方公里,人口6 300人,远离大陆12海里。这里正如一首军歌《战士的第二故乡》所唱的那样:"云雾满山飘,海水绕海礁,人都说咱岛儿小,远离大陆在前哨……"这也是对王家岛的真实写照。

海岛的冬天是闭塞的。遥想当年王家岛,一到冬天,强劲的海风,裹着漫天的雪花不断袭来,尽管官兵们头戴驼绒帽,身着羊毛皮大衣,脚穿羊绒大头鞋,仍挡不住阵阵寒气。特殊的自然环境,整个冬天几乎成了封闭的孤岛。由于天寒地冻,银装素裹,结冰封港,船只无法靠岸,经常是陆地的上不了岛,岛上的登不了陆。自接受施工任务后,官兵们为了以保质保量完成施工任务,先是赶在冬季来临之前完成了码头水下主体的水泥浇灌工程,到了元旦、春节期间正值养护阶段。海岛的冬天来得早,气温也比大陆低许多。刚进入元旦,便是严冬天气,雾连着雪,雪缠着雾,海岛一色苍白。为了让水泥浇灌的物体能安全过冬,30多名留守官兵放弃节日假期,奋战在寒风刺骨的工地上,精心做好维护保养工作。

　　海岛的冬天是寂寞的。在海岛过年,远离大陆,远离连队,远离家人,面对眼前一片波涛汹涌的茫茫大海,怀着对亲人的思念和牵挂,偏僻、孤单、寂寞莫名地在啃啮着心灵。那时候岛上没有电话,更谈不上手机了,无法与外界联系。每逢佳节倍思亲,留守官兵们给家里写信,原想春节前能接到家中来信,但左顾右盼快一个月了,还没有等来,于是,便到当地邮局查询,结果,因写的信受寒流和台风影响,仍滞留在岛上没有发出,直到后来寄出时已过了春节。同时,海岛远离大陆,官兵们的吃喝等生活给养都带来诸多困难,但岛上乡亲们对留守官兵的所念所盼与所忧所虑,总会想方设法给予热情的关心、关爱和鼎力相助,排忧解难,真是军地一家,其乐融融。

　　海岛的冬天又是迷人的。蓝的是天,白的是雪,浓的是情。

春节的夜晚，月儿温柔地轻抚，星星祥和地爱怜，海岛在朦胧的月光抚摸中如儿时依偎在母亲怀里，官兵们爽朗的欢笑声伴着岛上悦耳的鞭炮声汇成一片，缤纷了寂静的海岛，随风飘向了遥远的夜空。海岛特有的浓浓年味与年俗文化，还有与海岛渔民同乐的氛围冲淡了大家的愁思。更是在那充满温馨，洋溢祥和，散发喜庆，满载吉祥的欢乐气氛中酣然沉入一个无忧无虑的梦境。

工程部队最动情的时刻是工程完工时的情景。终于，待到了1994年国庆节的早晨，当一轮朝阳从东方喷薄而出，海面上泛起碎金似的波光，一座崭新的气势恢弘壮观的码头屹立在海岛上，成为一道动人的光彩和靓丽的风景，官兵们喜出望外，激动万分，那一刻，无比的自豪感油然而生。

当完成码头建造的光荣任务后，部队官兵要离开的消息在海岛传开，渔民们奔走相告。离岛那天，整个小岛沸腾，彩旗招展，暖流涌动，人们从四面八方纷纷赶来送行，"谢谢解放军""谢谢海军官兵"那高亢、真诚、激情的致谢声时起彼伏，在海岛久久回荡。直至舰艇缓缓离开码头，双方距离越拉越远时，还能清晰地看到渔民们用手势表达的依依惜别之情。

时光荏苒，如今，近30年过去了，那年在王家岛建码头的情景早已事随境迁，被记忆尘封，但在施工时的那份真诚，那份情意，那份情感，那种在茫茫人海中与海岛人民朝夕相处的鱼水情深，怎不令人魂牵梦绕，百转千回地怀想？

岫岩玉双马雕塑

我收藏的一尊岫岩玉双马雕塑,在我 23 年的军旅中占有重要位置,给人留下了深刻印象。

这尊双马雕塑,长 17 厘米,宽 5 厘米,高 8 厘米,重 260 克。作品出自谁之手,不得而知。那是 20 世纪 80 年代初,我在海军北海舰队某观通团任政治处主任期间,有一次下部队时路经岫岩县时,从当地厂家的工艺品商店购置的,至今已整整收藏了 32 年。

岫岩玉,又称岫玉,主要产于辽宁省鞍山市岫岩县。岫岩玉与和田玉、独山玉、绿松石并齐,被称为我国的"四大名玉",各领风骚,驰名中外。

据称,中国辽宁岫岩玉的开发利用有着悠久的历史,距今约 6 800 年—7 200 年的辽宁沈阳新乐文化遗址就出土有用岫岩玉制作的刻刀。距今约 5 000 年的江山文化遗址亦出土有用岫岩玉制作的祭祀用品。汉初《尔雅·释器》载有:"东方之美者,有医无(巫)间之珣玗琪焉。"东晋文学家、训诂学家郭璞对其注释为："医无闾,山名,今在辽宁。"

岫玉形成于镁质酸岩的变质大理石中,外观呈青绿色、黄绿色,具有强烈的蜡状光泽、玻璃光泽,在光的照射下,散发出古瓷般柔和的微透明至半透明。双马雕塑那傲然挺立的姿态,晶莹动人,极富韵味。

有道是,黄金有价玉无价。随着中国辽宁岫岩玉逐年的稀少和不可再生,其艺术收藏价值也在不断攀升,可谓是,物以稀为贵,深受国内外许多玉石爱好者和收藏家的青睐和追求。

那尊双马雕塑,既色泽均匀,青中泛蓝,像出水芙蓉,清新可人,明丽高雅,莹润玉洁,别具一格,美不胜收,又形美质坚,古朴大方,优雅别致,巧夺天工,经工匠的精心雕琢,那骏马奔腾的威武雄姿和豪迈气概,更显神秘多姿,深受人们的喜爱。

随着旅游业的飞速发展,岫岩玉被大量选为制作工艺品的原料。这尊岫岩玉双马雕塑也是当年从岫岩玉厂生产的各种花鸟、走兽等栩栩如生的动物雕塑以及琳琅满目的各式手镯、佩饰、挂件等众多精美的作品中精心挑选的。

细细品味这尊岫岩玉双马雕塑,玉质细腻,工艺精湛,造型端庄,色彩秀美,纹理清晰,形态生动,赏心悦目,洋溢着人文与时尚的精彩,蕴含着欣赏与收藏的价值,并充满灵气和富有传统文化韵味,给人以美的无限遐想和强烈的艺术感染力,更是在观赏遐想中让我回想起部队激荡生活岁月的点点滴滴……

藏书印章战友情

我家书房有一枚藏书印章，3厘米见方。这是一枚极平常的印章，却有着一段不寻常的情结。那是我在1988年担任海军北海舰队某观通团政治处主任期间，宣传干事曹广胜给我刻制的，至今已珍藏了30多年。

曹广胜，山东临沂人，平时少言寡语，性格温和，文质彬彬，但创作上却充满激情。他自幼酷爱书画，凭着兴趣与执着，在学生时代，就已小有名气，被师生们称为"小画家"。入伍后，他矢志不移，临池不辍，硕果累累，他的书画作品常在部队各级组织的比赛中得奖和见诸报端，令人们刮目相看。

有道是，文载道，诗言志，画求意，字传神。曹广胜虽没有名家指点，却凭刻苦钻研，坚定地走自学成才之路。功夫不负有心人，曹广胜提干后，尤其是担任基层连队政工主管和政治处干事期间，更是如鱼得水，给了他展示价值和实现梦想的舞台，充分发挥他的特长和爱好，潜心于书画艺术的不断追求和创新发展，运用书画技法将心灵情感融入其间,力求别开生面的效果,妙趣横生的意境,以使部队的政治工作有声有色,从而激发官兵的练兵热情,给驻守在高山海岛,单调枯燥的观通部队生活增添了无穷的乐趣和活力。

他的全身心投入,换取的是能写能画出一手让人羡慕的字画,不但在单位里出了名,在基地也小有名气,常有兄弟单位和同事请他写字、画画,他都不拒来者,一丝不苟地完成。曹广胜字画好,篆刻也是很有影响力的。他的篆刻细腻生动,栩栩如生,不仅有着独特的艺术个性,而且流露出浓浓的生活气息,深受大家的好评。我的那枚藏书印章是我在调离观通部队到某工程部队工作时,作为分别的纪念品,他特意为我刻制的,其线条得体,气息高雅,用笔精炼,层次分明,令观者羡慕不已,无不为之赞许。

曹广胜不仅多才多艺,还善思善虑,他曾为我取了一个笔名为"夏城",夏,意为夏天的树是青的;城,指的是城郭,真是寓意深刻,形象极了,并成为我至今一直用的笔名,我将一直用下去。

如今,我们各自转业回地方,分别也已 30 年。我已到了古稀之年,曹广胜自 2001 年从海军某部政治部副主任转业回地方后,事业有成,他先后参加中国美学高研班和国家画院进修,并得到著名军旅画家冉茂魁等名师指点,使他的作品笔墨苍润沉雄、纵横自如,清雅俊秀,韵味天成。从此,声名远播,取得了可喜的成果。2016 年,他的作品参加全国展览,获得好评。现为中国美协会员,大连市旅顺口区美协主席,大连市政协委员等。

常言道,高手在民间。同样,军营里也有着许许多多高手,曹广胜是其中之一员,他从学校到部队,后又转业,一路走来,滋润、磨砺、沉淀、积累、取舍、包容……曹广胜成名后,一直低调做人,总是默默无闻,不张扬,不显摆。在艺术领域里不断开拓奋进,创造属于他自己的华彩篇章。然而在我看来,他的画、他的字、他的篆刻同样是珍品,值得欣赏和珍藏。古人云:"印,信也,所以封物为信验也。"一枚印章,一段往事,岁月悠悠,人生如梦。我将这枚在部队期间,战友送给我的藏书印章珍藏在书房,将结下的那份情缘深深地珍藏在心房……

深情致敬乡村匠人

我童年的记忆里,家乡崇明乡间的匠人很多,有常年在家开店铺做活的铁匠、铜匠、木匠、竹匠、箍镂盖匠、雕花匠,有走村串乡的剃头匠、补锅匠、修伞匠、车锭子匠,有农闲时给人家砌屋的泥瓦匠,还有石匠、笆匠、裁缝匠等,大凡每个村子里都有从事手艺活的匠人,他们给寂寞的乡村带来了热闹和生机。

乡村的裁缝匠,出门做生意,拎着个小布包,按事先约定串门,一般集中在农闲季节,或是下雨天和逢年过节,还有就是遇上哪家办喜事做嫁衣等。庄户人家请裁缝匠做衣裳很简单,堂屋或院子里,摆上一张桌子,裁缝匠一边量裁剪缝,一边拉着家常,轻松自在。附近邻居也常会闻讯过来观看裁缝匠干活,有时还会品头论足起匠人的手艺。要是遇上裁缝匠做的衣裳手艺好,款式新颖,大家就会纷纷预约,有时候裁缝匠在一个村里一干就是十天半月,忙碌不停。有的看客还想将新款式拷贝下来,此时,裁缝匠总是耐心地帮你复制,热情传教,其乐融融。

在乡村,要是遇上哪家办喜事做嫁妆家具,几个木匠,油漆匠一干就是一个多月,此时,整个宅院,锯声,刨声,锤声响成一片,热闹非凡。乡村木工的手艺,虽是土生土长,但有较高的水准,尤其是雕花匠(乡间称"錾花板")刀法娴熟自如,手中的刀龙飞凤舞,时而恣意渲染,时而精雕细琢,原来一块四四方方的木头,不一会儿,那花草、人物等玲珑剔透,生机盎然,栩栩如生,洋溢着浓浓的生活气息和艺术情趣。

从前,农家人很少上理发店理发,剃头匠会隔三岔五到村里上门理发,尤其是冬日里,围着一堆人,边孵太阳边剃头,又说又笑,很是惬意。

那时候,最吸引孩子们眼球的是爆爆米花。乡村的冬天安静而悠闲,时而有外乡来的爆爆米花的师傅挑着担子到村边宅角,高扬着嗓子,四处吆喝着:"爆爆米花啦。"霎时,一声声"砰、砰"的炸响,伴随着滚滚白烟和弥散开来的浓香,荒芜的村子里长出了花朵,孩子们寡淡的眼里有了生气,冻红的小手有了春意,散落的村子也随之躁动起来。

乡村匠人传授手艺,是有讲究的,大多喜欢传授给自己的子女,除非匠人的后人有了更好的出路而不愿学父辈的手艺,才传授给外姓人。那时候,庄户人家挑女婿,有手艺的后生最受欢迎。

在我们村里,就有铁匠,木匠,竹匠,裁缝匠,泥瓦匠。那些如木匠、竹匠等技术含量较高的,他们都是祖传的,当时,他们在乡村也是让人十分羡慕的。于是,不少家里的大人,为了自己的子女能有个手艺,便让子女拜师学艺。然而,拜师同相亲差不多,要被师傅相中了才能收徒，收徒之后还要考察、帮带，按现在的说法，就是实习。这个时候师傅一般是不急于传授技艺的，只是先当作帮手，干些杂活，借机考察徒弟的品行和能力，若被师傅看中了，就算录用了，师傅就会把技艺手把手地传教。看不中的，学了几年一直打零杂，也不给工资，只是混个饭吃。那时候，即使入了门槛之后，要想真正学到技术成为艺人，那还得靠自己刻苦磨炼和钻研。俗谚称，"十年学成秀才，三年学成手艺"。在乡村，有的徒弟经过几年的拜师学艺和刻苦钻研，技艺超过师傅，自己成为艺人。

如今，随着社会的进步和经济的发展，大量塑料等机制品的涌现，乡村匠人大为减少，有的已转行。现在乡村，除了盖房的泥瓦匠和木匠外，其他如裁缝匠，剃头匠，石匠，油漆匠等已经没了踪影，但这些手艺活成为那个年代人们的生活见证。

匠人见证历史，历史催生匠人。我一直对"一技在手，一生无忧"的乡村艺人深怀敬意。

远去的乡间土厕

以往,在家乡崇明岛上的农户如厕,使用的都是土厕和马桶。土厕的位置按房屋的朝向而定,通常都盖在住宅的东北、西北或西南角,与住房相隔离。那时,不管谁家盖新房后,都要搭建一个土厕,俗称"坑棚"。其用料以家庭经济条件而定,而大多数农家的用料都就地取材,十分简陋,先是从集市上买回一只坑缸,运回时,需要2个或4个人抬。抬回后,埋在宅的一角事先挖好的泥坑里,然后在坑缸的四周立几根用竹子或树干做的柱子,并在三面和顶上用芦苇、稻草覆盖。也有条件好一点的人家,用砖墙和瓦顶盖的。坑棚盖好后,再用木杆,木板做成一个像板凳一样能坐的坑床,搭跨在坑缸上,一个完整又实用的土厕就算做好了。

土厕与鸡棚、羊棚、猪棚、柴棚紧挨在一起,称为"五棚"。在乡间,当时还有一些坑缸是露天没有棚盖的,称为朝天坑缸。这种坑缸由于没有棚盖,遇到下雨天,粪水四溢,臭气冲天。到了夏天，粪坑里会滋生出大量蛆虫，到处乱爬，以及苍蝇蚊子满天飞，影响环境。至20世纪70年代基本取缔，全部搭棚加盖。

那时候，我家住在一个拥有10几户人家，三井三场心的宅院，都是同宗同族，宅上共有10多个坑棚，集中盖在宅院的东北和西南角。

那时候，岛上人家，不管男女老少，白天上厕所是坑棚屋。到了夜里，一家人用一只马桶，置于房间内。早上起床后，家家户户第一件事是将马桶里的粪便倒入粪池里，倒完后再到河沟里刷洗马桶，不仅影响了环境，也使河沟的水质受到污染。

到了20世纪80年代后期，我国推行农村改厕工程，使家乡的所有厕所有墙，有顶。厕坑及蓄粪池无渗漏，厕内清洁无蝇蛆。粪便定期清除并进行无害化处理，从而，蚊蝇的滋生地渐渐减少，农村的环境卫生得到了大大的改善和提高。

改革开放以来，特别是进入21世纪，随着乡村生活水平的不断提高，人们告别了低矮破旧、设施简陋的住房，家家户户盖起了新款别致，宽敞明亮，设施齐全的楼房和别墅，厕所搬进了室内，换上了抽水马桶，不少人家还用上了智能马桶和铺上地砖，贴上墙面砖等高档的卫生洁具，以使卫生设施齐全，环境整洁优美，乡间土厕已难寻踪影。

近年来，乡村又进行了生活污水一体化处理改造，村村建起了污水处理场所，实行统一管理，并采用微动力高效生物膜技术，创造性地使用离子交换树脂吸附除磷技术，使得整个处理过程无须化学药剂无化学污泥产生，无二次污染，并做到了磷资源的回收利用,从而,有效地改善河道富营养化严重情况,使乡村的环境得到根本改善,河沟的水质变得清澈透明。

乡村厕所的变化是社会变化的一个小小的见证和缩影,它将永远写进辉煌的历史画卷里,它将永远留在人们的记忆里……

想起当年任生产队记工员

1958年下半年,农村走集体化道路,撤乡建立人民公社,撤村建立生产大队,生产大队由若干生产小队组成,每个生产小队有三四十户人家,约130人左右,村民统称社员。那时,公社、大队、生产小队实行三级单独核算,生产小队为基本核算单位,社员劳动时实行评工计分的分配制度。

1964年5月,生产小队推荐我担任记工员,直至1969年5月,整整干了5年。记工员记工分是一件既勤劳负责,又细致的活,每天手持记工簿,上午出工时,将全队社员集中在生产队的队场上进行点名,下午收工前,到分散在生产小队东西南北各组田间进行清点,并按工种逐一核实工时,每月都要张榜公布。年底总结,发给社员工分条,对照有无记错,然后报队里审核,作为年终分配的报表。记工员本人及家庭成员的工时由生产队指定专人记录,并另行按月公布,接受监督。

在我担任记工员的5年中,经历了从评工计分至自报公议

(即自报互评)的评工分制度：所谓评工计分，即从1958年至1967年期间，由记工员将社员的每天劳动时间按出勤记录下来，到了年底进行一次性评分，评分时，按男工、女工、老人、小青年四档人员评分，主要依据年龄划分，干多干少一个样，几乎都是平均分，吃大锅饭。

所谓自报公议(即自报互评)，从1968年起，那是学大寨式的评工计分方法。由记工员按出勤记分，到了年底进行评分时，先由生产队按劳动强度、劳动工种，以及劳动技能、劳动表现和劳动态度等，分成若干档次，然后由本人根据设置的工分档次对号入座，自报每工的分数，再提交社员大会当场进行互相评议表决。自报公议的评分制度，为逐步打破干多干少一个样的大锅饭和平均主义奠定了基础。

评工分以召开全体社员大会的形式进行，时间都是在年底，利用农闲时的晚上或雨天，全生产队100多名社员，评一次工分，往往要三四个晚上才能完成。评工分时为确保公开、公正、公平，需制订出统一的标准，根据劳作内容，由生产队的队委会(由队长、副队长、妇女队长、会计、贫协委员等组成)研究，分为重工、轻工、技工及一般活等(即男壮劳力、技术员、妇女、老人、小青年)几种类型，并依此定好工分等次。

工分的底分：男正劳力10分；妇女8分；男老年人8分；女老年人6分；小青年(指不满18岁的未成年人)6分，根据年龄增长逐年增加，如学生在寒假或暑假参加劳动的中学生5分、小学生4分。生产队长、技术员(老农)、妇女队长、会计等管理人员在底分的基础上增加半分或 1 分不等,实则相当于补贴工分。我当第一年记工员时才 15 岁,底分为 6 分,到了第二年,社员们见我工作认真细致,就评议加我底分为 8 分,三年后,从 1967 年 5 月起,我还兼任生产队现金出纳员,便将底分增至为正劳力 10 分。

评工分时,大多数人持谦让的姿态,自报时,都把自己的档次压低一点,于是在互评时,大家给予提升,评议气氛融洽。但也有个别社员,平时出工不出力,耍小聪明,偷懒磨洋工。(有关磨洋工,当时流行着这样的顺口溜:"磨洋工、磨洋工,拉屎屙尿半点钟,一日屙三遍,日落就收工。")在自报分数时,却故意抬高档次。此时,要面对面地站起来把他的分往下拉,需要有一定的勇气和原则性。队里总会有不怕得罪人的角色,站起来主持公道。当然,被拉下分的人心里不舒服,还会唇枪舌剑地争得面红耳赤,但是,通过大家一番公正、激烈的评议,最终还是心服口服。从而,通过自报互评,也让那些出工不出力、想占便宜的人渐渐地打消了邪念,走上了正道。

工分是社员们每天劳动付出的记号,是社员们流下辛勤汗水的结晶。它们的背后,有过吵声、哭声和骂声。也许还有更悲壮、更残酷的东西,不为人所知地凝结在了这些数字里面。

工分是年终分配的依据,生产队的年终收入,主要是粮食:稻子、玉米、麦子等,其他收入很少。用全年的总收入除以全年的总工分,每 10 分仅值三四角钱。每户挣的全年工分钱,扣除买粮食的钱,能分到一二百元的农户还不到全队的三分之一,大部分人家收支相抵基本持平,结余甚少,而有一部分人家,因劳力少,孩子多，扣除买粮食的钱出现赤字，只得打欠条，待到来年抵扣。

在那个年份，农村经济的平台甚是窄小，除了个别人做些竹工、木工、泥瓦工等手艺活，挣些零钱外，都是地里种植人，人们耕地、除草、施肥、收割等一切劳作项目，从不缺席。一年到头，起早贪黑，若不"倒找"，实属万辛。的确，生产队带给人们的希望，已经非常有限。因此，没有人不盼望年底分红的。

在担任记工员的5年中，最让我印象深刻的有三件事：一是在点名时，对同辈或幼辈直呼其名，不受任何纠结。但对好公、好婆，大伯、大妈等长辈，直呼大名，有失礼节，被视为违背传统美德，感到对他们不尊重。遇到此情，只得事后登门道歉打招呼，得到大家的理解和支持，久而久之也就习惯了。二是评工分时，记工员如同节目主持人，先是按顺序，叫到某某人，让其自报工分，再让大家评议，此时，记工员又如一名监督员，必须以高度负责的精神，坚持少数服从多数的原则，最后确定得分结果，做到公开公平公正。三是记工员的一笔一画，不仅记载着社员们的辛勤劳动，而且还寄托着社员们的丰收和希望，甚至影响着每个家庭的切身利益。因此，我记工分的账目清楚，字迹端正，按时公布，准确无误。在每次工分帐目公布时，社员们都认真、平静地看着，仔细核对属于自己的工分，没有人提出过异议，发出的都是好评！

做记工员的经历，当年与社员们朝夕相处中，让我在社会最底层学到了书本上学不到的知识，使我见证了"农业学大寨"，"备战备荒为人民"，"深挖洞、广积粮、不称霸"，"抓革命、促生产"等特殊年代劳动人民团结互助，喜乐共享，苦辛同担的岁月，更让我学到了农民的淳朴忠厚、勤劳善良、乐观向上的美德,不仅使我强壮了筋骨、增长了体力,丰富了人生阅历,而且也加深了我对农民农业的浓浓情结。如今,离开家乡50多年,许多记忆随着岁月流逝渐渐淡出,但那个特定时期评工计分的事儿,却深深地刻在我的脑海中。

难忘当年学厨艺

1970年末,入伍刚满一年,我从扫雷舰上的炮兵调任炊事班班长。不久,舰领导为了提高和培养我的烹饪厨艺,送我到大连海味馆学习三个月。

大连海味馆,当时为东方红饭店,地处大连市中心,是大连著名的饭店之一。来到饭店后,我被分配到时任该店一级厨师李洪海和戴书经师傅的班组学习。李洪海师傅原是在北京专为中央首长做西餐的厨师,后因患腿疾回大连老家被安排在海味馆工作的,戴书经师傅则是刚参加工作不久的年轻师傅,但几年后成为辽宁省特级厨师。

学习期间,对于我这样一窍不通的门外汉,要在三个月内掌握基本厨艺,其难度是可想而知的,然而,两位师傅精心为我安排学习计划和学习方法,将三个月分为切菜、炒菜、制作面点三阶段的工作步骤,并按每月学一部分的内容安排日程。同时,为了能多学知识,自己也提出每天跟两班(师傅们每班工作6小时),我从上午 8 点连续跟班到晚上 8 点共 12 小时。

于是，第一个月安排学习切菜，由李洪海师傅传教，因李洪海有西餐方面的丰富经验和专长，他将切菜分为切片、切丝、切段、切丁等几类，在传教过程中，李师傅毫无保留地进行传帮带，如切片要求达到薄如纸，切丝要求达到细如线，以及切段为寸长，切丁为豆粒大，还教如何切成花式，以及一些既简便又易掌握的配菜方法，使我在一个月内便很快掌握了切菜配菜的要领和技能，同时也增强了自己的学习信心。

第二个月是学习炒菜，由戴书经师傅传教。由于当时物资较贫乏，连这个有名气的饭店也是品种不多，加上又是冬天，更是甚少。因此，学炒菜的食品以鸡蛋、花生、白菜、萝卜等当地产品为主，鱼虾等水产品和肉类产品极少。但就这些炒鸡蛋，炒花生之类的厨艺能准确地掌握好也并非易事。于是，戴师傅将自己在实践中积累的炒花生米用眼看，鼻闻，耳听的方法来辨别生熟的技巧进行传教。看，即看颜色为金黄色；闻，即闻香度为浓香；听，即听响声，这是掌握要领的关键，如用小锅炒小盘时，听到急促的噼啪声时关火即熟，如大锅炒大盆时则刚听到两三声噼啪响时即关火，并迅速出锅放在盛器里继续翻动，直至降温到适度，以使炒熟的花生酥脆可口又不糊。炒鸡蛋时，如满大锅炒时，开始少放油，待炒到快熟时再添加一次油继续至炒熟，这样，炒好的鸡蛋色泽美观，鲜嫩滑爽，清香可口。其间，戴师傅还将烧、炖、烩、炸、拌、蒸、煎等中餐的做法和技巧一一进行传教，经过一个月的手把手传教，使自己较好地掌握了多种的炒菜技艺。

最后一个月被分配到专做面点的部门学做油条、麻花、面包等,从和面、发面到制作的形态、色泽和炸蒸的火候掌握等每个环节,都得到师傅们的热心传教,使我熟练地掌握了技艺。就这样,经过短短三个月的学习,在师傅们的精心指教下,完成了学习任务,较好地掌握了从切菜到炒菜以及做面点的基本技能。

结束了三个月的学习,带着师傅们传教的厨艺回到舰上后,在我担任一年半的炊事班长期间,满怀信心地带领全班同志积极为调剂和改善伙食动脑筋,出主意,想办法,以使舰上的伙食丰富多彩,味美可口,有效地增强了官兵的体能,提高了练兵热情,促进了部队建设,深受大家的好评,炊事班也多次受到上级的奖励和评为先进。

当年学厨艺,不仅让我学会了一门终身受益的技艺,也从师傅们身上学到了那种刻苦钻研、一丝不苟、精益求精的精神,更是为我日后的人生道路打下了坚实的基础。在炊事班工作,虽是夏天一身汗,冬天冷兮兮,但炊事班又是个锻炼人的地方,又影响了我的一生,十分怀念那时的岁月。

感味童年

童年是一首永恒的赞美诗,是一幅永不褪色的风景画,是一个纯真无瑕的金色梦。

我的童年是在乡村度过的。1949年2月,我生于长江入海口的崇明岛。出生时的住宅是个三井三场心的全封闭宅院,共有30多间砖瓦平房,住着十几户同姓同宗人家。宅院四周有宅沟,宅沟连着民沟,通向长江。宅沟内养鱼和种菱角、茭白,宅沟岸边是密密匝匝的芦苇。宅沟外种植竹子和果树林木,可谓浓荫蔽日,怡静幽雅。我在这里度过了整个童年和少年时光,成长为青年,也从这里踩着土路,背上简单的行囊,走南闯北,踏上人生之路。

我时常回忆起童年和学生时代的生活,想念孩时一串串欢乐的梦,乡间田野的稻香,竹园林里的笑声,江边沙滩的脚印,孩时玩耍的伙伴,更是想念那贫苦而平淡的日子里,一家人气氛的和乐弥补了物质上的匮乏。

回首往事,我忘不了在学生时代,因家乡贫穷落后,家庭经济困难,没有电灯,只好用一只小墨水瓶改做的煤油灯来照明,经常被烧焦了头发和熏黑了鼻孔;忘不了在三伏酷暑蚊叮虫咬,燥热难耐,光着脊梁汗流浃背地看书写字做作业;三九寒天,常常面对冻成冰柱不能写字的钢笔而一筹莫展手足无措;更是忘不了刚满13岁,小学毕业后,因家里贫困,便中断学业,开始了广阔天地的生活。

然而,在那个年代的环境里,也让我学会了吃苦,学会了干农活,懂得了自信,锻炼了体魄,磨炼了克服困难的勇气和脚踏实地,自强不息的品格。当时在农村老家,家家都饲养了猪羊、鸡鸭等,它们成了农家人经济来源的摇钱树和顶梁柱,家里的油盐酱醋靠它,过年时添置新衣靠它,孩子上学交学费以及买书包书本也靠它。因此,割羊草似乎成了童年时代的本行和专利,放学回家,将书包一扔,拿着镰刀,提着篮子和小伙伴们朝田野走去,直到夕阳西斜,暮色渐临,家家户户房顶上升起袅袅炊烟,便提着满篮的草匆匆而归。那时候,老师上课时,不仅教课本知识,同时也传授课外的劳动生活经验。那时的劳动比学习占的时间一点也不少。记得读三年级时,我们在老师的带领下,住进农户家,过着集体学习、集体劳动、集体用膳的集体生活。加上暑期或农忙时学校放假参加劳动,大凡农村孩子都会干农活。我也忘不了,儿时帮大人们干完农活时得到夸奖后沾沾自喜的特美感觉。

那时候,学生写作文的体裁,都是与劳动有关。记得在五年级时,我写的《参观公社纸袋厂——观后感》《麦田拔草记》的作文,被作为样板在学校的墙报上展出,使我受到很大鼓舞,也对我今后爱好写作打下了良好的基础。五、六年级期间,我被推荐担任班级的墙报委员,协助班里积极办好学习园地。从而,使我的写作能力得到了锻炼和提高,我就是在这样的氛围里不仅丰富了写作的知识,还接受了人生和文化知识的启蒙。自1978年以来,先后在《人民日报》《解放军报》《新民晚报》等报刊发表言论、诗歌、散文等1000余篇,出版了20部专著,并成为上海市作家协会会员。

　　时光荏苒,今非昔比。如今的家乡,旧貌换新颜,老屋远去了,煤油灯不见了,土路消失了,人们住进了楼房别墅,过着生活安定,衣食无忧的生活。然而,已到古稀之年的我,对于童年那苦中有乐和丰富而美丽的记忆却依然清晰地留在我的心间,让我不时咀嚼回味。

姐姐背上度童年

过去,我家祖辈务农,父母养育我们兄弟姐妹6人,我排行老四,因当时家境贫困,我的大姐生下后养不起便送人,比我大10岁的哥哥,只读5年书就离开家乡崇明到横沙岛工作。就这样,在我的童年时代,因父母忙于种地干活,比我大7岁的姐姐便成了家里的顶梁柱,照顾我和比我小2岁的弟弟及比我小7岁的妹妹的重担都落到了她的身上。

从我记事起,我和弟妹三人都是在我姐姐的背上长大的,那时,每当父母出门干活时,就把我们托付她来照看,姐姐总是把大的拉在手上,小的背在背上,领着我们或在宅院,或到田间玩耍,尽管姐姐当时只有10岁刚出头,但她对我们总是精心照顾,体贴入微。其中的甜蜜幸福历历在目,难以言表。

在我的印象里,姐姐是个心灵手巧,纺纱织布、洗衣做饭样样都会的多面手。那时候,我们弟妹几个,肚子饿了她给我们做吃的,衣服脏了给我们洗,衣服破了给我们补,真可谓,姐姐给了我们慈母般的爱。

不仅如此,在这极其艰苦的岁月里,姐姐除了白天带我们外,还要起早贪黑帮父母干家务活。因此,她一边带我们,一边还要做割羊草和喂鸡鸭等杂活,我们总是形影不离地跟在她身前身后,有时也会学着她的样子一起干活。久而久之,在她的言传身教下,我们也学会帮大人做一些力所能及的事。那时候,我们在一起,总是其乐融融。姐姐领着我们做些捉迷藏、跳绳、踢毽子等游戏以及讲故事、猜谜语等,从而给清苦和单调枯燥的童年生活增添了众多的乐趣和爱好。

然而,姐姐为了带我们,放弃了她的上学机会,尽管当时在乡下,有许多女孩子受旧的观念影响,认为男的上学是为事业需要,而女的是做家务的,学不学无所谓。但我的姐姐对读书还是渴望的,她看到我上学读书时,每次放学回家,她总是在一旁一边陪我看书做作业,一边也在照着我的课本认字,见不懂的就问,我也总是不厌其烦地教她。就这样,她虽没有上学读过书,但也能认识许多字,那年队里办扫盲识字班,姐姐读了没多久就扫了盲。真是功夫不负有心人。

待到我们长大了,姐姐也到了谈婚论嫁的年龄了。那年姐姐出嫁时,我和弟弟已小学毕业回到队里参加劳动,我妹妹也已到了上学的年龄。以后,随着年龄的增长,我们也各自都成家立业,过着幸福美满的生活。

如今,姐姐已是80多岁的老人,我和弟弟妹妹也都到了古稀之年,但每当想起小时候在姐姐身前身后,蹦蹦跳跳,追逐嬉戏,欢声笑语的情景,一股亲近、舒心的热流止不住地涌上心头。

老屋忆怀

行走在故乡崇明的村路上,一片苍翠之间,一幢幢别致的农家小楼鳞次栉比,排列整齐,不少靠近路边的房屋一侧,有手绘的大幅风俗画,与四周郁郁葱葱的绿植相映成趣,宛如一幅由蓝天、白云、碧水、旷野编织的色彩斑斓,生生不息的生态自然图景,愉悦眼眸,沉醉了心灵。

然而,在这农家小楼间还能偶见夹杂着几间大门紧闭的零星老屋,青砖灰瓦,古朴祥和,外墙颓败蒙尘,斑驳沧桑,门窗日晒雨淋,油漆脱落,褪了原色,静静守候时光。老屋四周绿树掩映,错落有致,生机盎然。几株历经风霜的枇杷树,眼下正是花开时节,散发着阵阵沁人心脾的清香。也许,在这些老屋里还静静地躺着老旧的物件和日渐生锈的农具,它们原是农家人的心爱之物,如今随着农田实现了机械化耕作,那些被几代人用过的老旧物件和劳动工具已完成了它们的历史使命,退出了历史舞台,闭目在流逝的光阴里,怀念那些辛苦而甜蜜的劳动时光。

我深爱这些老屋和老物件,它们仿佛是我家乡的老宅和我的乡亲乡邻,那里是我曾经赖以生存,遮风挡雨,守护成长的地方,更是让我回想起家乡给我留下美好的成长记忆,眼前浮现出当年一个个生动画面:同小伙伴们一起学习和嬉闹的幸福时光;同乡亲们一起在田间劳作和求新的欢乐情景;同亲戚父老们一起创造和享受天伦之乐的温馨趣事……那其乐融融的场景,此刻又重现眼前,久别重逢的喜悦,亲切而兴奋。

老屋一直是我生命的最初源头和精神地标,无论走到哪里或远离故乡多久,我一直认为我是城里的乡下人,我对故乡有着深厚的情感。在我的写作中,故乡是写作的动力和源泉,这里有淳朴的民风,热情的乡人和自然的馈赠;这里有四季盛开的野花,林间的鸟声,鸣跑的鹅鸭,打闹的猫狗,袅袅的炊烟,翻滚的稻浪,这里一切如同有声的美丽诗篇;这里有交替的天光云影,清风明月与丰富的农耕文化底蕴,这里是向往未来的摇篮,在我的文章中不知多少次描写过故乡的民风民俗和风土人情,流于笔端自然而然是一份真情实感。

如今,随着年龄的增长,越老越怀旧,越老越喜欢故乡的老事物,也能看懂老与旧。因为老旧物件中有远去家乡的影子,有熟悉的乡音,有淳朴的亲人,有永恒的乡愁。歌德说建筑是"凝固的音乐",那么故乡的老屋是一种回忆的音乐,那是市井生活的嘈杂喧嚣,那是一家老少的欢声笑语,那是浓浓的亲情和暖暖的温馨在荡漾。

老屋,残存于家乡土地上的一个缩影;老屋,承载着太多的情怀和记忆;老屋,是安在我心灵深处独具魅力的家园、精神的寄托和情感的浓缩。

走进老屋,可以重拾一份从容,回归生活本源。老屋是我作为一个农民儿子永远魂牵梦绕的思恋;老屋那份乡愁,乡景,乡情,会滋养着我的一生;老屋在心里,在梦里……

一生中最难忘的日子

1971年3月20日,这是我一生中最重要的时刻,也是最难忘的日子。因为这一天,我光荣地加入了中国共产党。那是我参军一年零三个月。

1969年12月,我因参军离开家乡崇明,来到海军北海舰队旅顺基地,被分配在扫雷舰上当了一名37炮兵。半年后便调往炊事班任班长,其间,舰领导为了培养和提高我的烹饪技艺,送我到大连海味馆学习。经过三个月的学习,在师傅们的精心指教下,较好地掌握了从切菜到炒菜以及做面点的技能。回到舰上后,我便满怀信心地带领全班同志积极为调剂和改善伙食动脑筋,出主意,想办法,以使舰上的伙食丰富多彩,味美可口,有效地增强了官兵的体能,提高了练兵热情,促进了部队建设,深受大家的好评,我本人以及炊事班也多次受到上级的奖励,被评为先进。在此期间,我除了认真学习毛主席著作外,还在舰图书室借阅了艾思奇著作《大众哲学》和苏联列昂节夫著作《政治经济学基础教程》,让我初步懂得了一点马克思主义的世界观,于是我决心要加入共产党,并向舰党支部递交了入党申请书。1971年3月20日,我加入了党组织,成为全舰同年入伍者中第一批入党的青年之一。

我深深知道,加入党的组织,这饱含着组织的信任,汇集着官兵的厚爱,也凝聚着战友的期待。记得,那天,舰党支部大会在舰会议室召开,气氛庄重。当我手捧着鲜红的入党志愿书,以略带颤抖的声音宣读入党申请书时,激动和紧张交织在一起。我深知,这是真诚心灵的表白,这是忠贞不渝的承诺,这是理想信念的宣誓。

随后,两位介绍人——老班长白元新和卫生员董传久发表意见。紧接着,党支部大会讨论。一张张熟悉的面孔,一幕幕感人的场景,一句句诚恳的话语,有肯定,有提醒,有希望,有批评。那春风般的话语中,透着关爱,透着真挚,透着希冀。那举手表决,一致同意通过我的入党申请时,严肃、认真、正直、真诚的气氛,让我终生难忘。

那个年代,一个青年人的进步,莫过于加入党组织。是的,入党是光荣的,以全心全意为人民服务为宗旨的这个党的党员称呼,是最光荣,最高尚不过了。但我也深深地懂得,入党意味着是更多的责任,担当,牺牲和奉献。

入党至今,已过去整整半个世纪。50年来,我经历了多个岗位,从战士到提干,从基层到机关,做过部队指挥官,后又转业到地方工作,直至退休,一直保持着对工作的热情,对生活的热爱,对人生的追求，并激励着我时刻牢记党的宗旨，坚定理想信念，对党对祖国怀有真挚情感和历史责任感。努力做到守土有责，积极作为，淡泊名利，脚踏实地做好各方面工作，以实际行动为党旗增光添彩。我先后多次被评为优秀党员和优秀党务工作者，还荣立过三等功等。在付出辛劳和汗水的同时，也收获了鲜花和掌声。所有这些，都是党组织培养了我，是良师教育了我，是益友帮助了我，是万里海疆锤炼了我，是市场经济陶冶了我……

回首往事，每当我遭遇曲折和困难时，就会想起那入党的日子；每当生活中感到迷茫彷徨之时，就会想起那入党时的情景。人生最曼妙的风景，竟是内心的淡定和从容。是啊，只要心中有风景，人生处处是风景。

日月经天，星移斗转。如今，我不觉已从当年风华正茂的青年步入古稀之年，但心里那把青春的火焰仍在燃烧着，更是不能随着年龄的增长而湮灭，共产党员这个称号，常常提醒着我，时时鞭策着我，处处激励着我，催人奋进，让人警醒。

1971年3月20日，这是一个极普通的日子，但对我来说，她是一个特殊的日子，是一个自豪的日子，是一个重要的日子，是一个难忘的日子，她深深地烙印在我的记忆里，铭刻在我的脑海中。

崇明迷雾醉乡愁

雾,崇明乡间称"迷雾"。常见于秋冬初春季节、节气交替之际。

近日,来到家乡崇明,车行在陈海公路上,透过车窗眺望,公路两侧的绿树林带,郁郁葱葱,傲然挺立,养眼怡人。不远处一层一层的雾气慢慢地垂了下来,笼罩了小河,笼罩了农舍,笼罩了树木,笼罩了田野,佐以泥土特有的腥味,绵长浓潮。

不一会儿,雾气加重,漫天而来,渐浓渐厚,周围景色虚无缥缈,时隐时现,如梦如幻,仿佛置身于雾海仙境之中,让人如在雾中行,也在画中游,与自然完美地融合在一起,沉醉其中。

崇明岛的雾,壮美而不失灵秀。当来到村里,映入眼帘的:那河岸边的一排水杉,似一列俊美的卫士组成的"雾杉编队",时而秀丽,时而妖娆,时而妩媚;那一片绽放的花树,被蒙在雾里,显得格外的"萌",那是海岛浓雾里独有的灵秀和雅致的美景;那雾中常有喜鹊在窝边引伴呼朋,以及一群又一群的鸟儿唱着欢歌、翻飞、盘旋于树梢,那是一幅雾中灵动的画;还有那游荡飘浮在河面上的雾,柔静多姿,仿佛仙气缭绕,置身其间,神话中腾云驾雾,也不过如此,那是大自然造化,海岛特有的神秘而含蓄的韵味。

面对此情此景,使我联想起昔日的崇明岛,由于四面环水,人们进出海岛全靠轮渡,时常因遇到大雾大风天气而客轮停航,以致岛上人出行受阻。记得当年我在大连旅顺海军部队服役,有一年春节回崇明探家,待假期快满准备回部队的前几天岛上遇到大雾和雨雪天,接连几天客轮停航,等到退去雾雪、轮船复航,赶到上海要乘船去大连时,预购的当日船票已过期,只好改乘次日的轮船回部队,结果超了一天假,我写了一份超假的说明,报上级机关后,却以"理由不充分"被退回,并批复按超假给予处分的处理,后几经周折,先由生产队出具证明,并报公社核实盖章后,说明缘由,才免予处分。如今,长江隧桥开通,并配备了防雾、防风等设施,岛上人进出海岛再也不为因大雾或大风而担忧发愁了。

"崇明人猜天,江西人识宝"这句民谚在江南地区广为流传。崇明地处长江入海口,岛上劳动人民在长期的生产生活中积累了丰富的看天知识和经验,并在实践中得到验证和运用。有关迷雾,崇明谚语称,"三朝迷雾刮西风,迷雾勿开必有雨","春雾要下雨,夏雾天转晴,秋雾有凉风,冬雾要降雪"。"三月雾蒙蒙,必定起狂风",意为有雾必有风,有风必有雨,这些自然现象尤其是秋冬初春时节,气候交替变换的预兆。"久晴大雾阴,久阴大雾晴",待大雾、风雨过后必将迎来降温和晴朗的好天气。此时,艳阳高照,光芒四射,云雾渐渐散去,像一道巨幕拉开,让每一个新鲜生命在静静的蓝天白云下无限伸展,感觉是那么的柔和,又那么的唯美。

旧时的海岛农人靠天吃饭,每当遇到这些有规律的天象时,他们就说,这是好年景的预兆,大雾、风雪,净化空气,消杀病毒和虫害,来年定会迎来丰收年。纵观这些形象而生动的看天谚语,是多么富有民间智慧的生活经验啊。

秋冬初春时节来崇明赏雾,可享儒雅之风,可品天地之妙。家乡崇明岛的雾,柔密亲切,凝结了太多乡土的味道,它浸染屋脊和老墙,洗刷草木和根茎,透进翻涌的泥土,那便是十足的人间烟火味。

崇明岛的雾,浓得十步开外就形成了混沌一片,隐隐约约,悄无声息,飘忽不定,捉摸不透,几分朦胧,几分幽意,乡愁与离别在回转,让我在故乡的雾气中踟蹰不前,陶醉其中,不可自拔!

悠悠往事井亭情

旧时,崇明岛上多"井亭",有东井亭、中井亭、西井亭之区分。东井亭在堡镇南四滧(今四滧村),建于清康熙年间;中井亭在竖河镇的原竖西村(今竖新村),建于清康熙年间;西井亭在新河镇河西(今井亭村),由清雍正年间乡贤杨元诏(1648—1729)集资募建。

所谓井亭,是指乡间道路旁所凿的井(义井),以及所建的亭,有井有亭,可供行人"风雨思歇,疲渴思饮,暮夜思灯"。相传,井亭原为芦苞搭成的简易草屋,井洞口四周以干泥垒高1尺,防止污水淌入,另用芦叶水草编成一顶草帽形大伞盖在井口,防止污物掉到井里。后改建成砖木结构的八角亭子,井栏改建为石圈栏,以保护水井,防止污物脏水侵入井水中,营造遮阳避雨和休憩的温馨舒适环境。井亭伫立在河边路旁,眼前河水盈盈,四周草木青青,迎面清风爽爽,耳旁鸟鸣声声,远处白云悠悠,景色秀美,心旷神怡,为闭塞的海岛乡野增添了一抹亮色。更是让路过的人们喝着清澈甘甜冬暖夏凉的井水,倚坐亭间休闲小憩,领略彩霞、余晖和亲近自然风光,观之悦目,赏则舒心,呈现一道独特的人文景观。

我的老家在四滧村(即南四滧),位于崇明岛东部,濒临长江南支。据清雍正《崇明县志》记载:"箔沙中区"(即今四滧村)下辖"井亭镇",四滧竖河西有"井亭桥",西距县城60里。"井亭镇"已湮没,"井亭桥"今址在四滧镇河西。据1985年版《五滧乡志》记载,东井亭庙建于清道光年间,同治年间改名为天后宫,位于四滧镇西首;东井亭桥建于清康熙年间,东西走向,横架于四滧河上,是连接四滧镇河东河西街巷的通道。另据称,四滧镇北约3里处的新五滧镇河西北侧的横河名叫"井亭河",这一地段在新中国成立初期曾称"井亭(社)村"(现为小洋村东部地段)。

有着近300年历史的南四滧,因水得名,临河筑屋,依港兴镇,商贾辐辏,兵营驻守,市集繁盛,远近闻名。当时的南四滧港,船只往来频繁,鱼鲜和农副产品贸易活跃,港口外设有烽火台,港口北约300米处的营盘垳,由杨统领领兵500驻防兵营。南四滧镇沿河沿街成东西南北走向的十字形集镇,店家商铺,白墙青瓦,紧挨相连,店面廊棚绵延,街道石条精致,古朴典雅。街巷内客栈、茶馆、肉铺、鱼鲜铺、小吃店、杂货店、铁铺、轧棉花店等商铺林立,繁荣兴旺。穿街而过的四滧河上的井亭桥(即东井亭桥),木结构,铁栏杆,造型美观,为崇明岛上首屈一指。桥的东西两侧有几处清代建筑的宅院,青砖灰瓦,庭院深深,封火山墙高高耸立,"观音兜"互比高低,呈现一派江南水乡民居建筑风格。桥西北侧为四滧小学，学校南侧有一座庙宇为东井亭庙，供奉菩萨数十尊，香火旺盛，享誉遐迩。于是，南四滧成了崇明岛东部地区的繁华港口和颇具规模的集镇之一。

由于崇明岛的形成经历了一千多年的沿革变迁，南坍北涨，西坍东涨，以致原先位于四滧港的东井亭连同井亭镇早已被江水湮没，但东井亭桥和东井亭庙保留至20世纪60年代中期。记得读小学时，东井亭桥就在四滧小学的南几十米处，课余时间，常和同学们一起到桥上观光赏景玩耍。站在桥上手持扶栏，环顾四周，水乡风光一览无余。从桥上往南近看，港口内船只云集，悠悠穿行，岸上人来人往，熙熙攘攘，肩扛手提着粮食、水果、蔬菜农田产品和鱼鲜等水产品，一派繁忙景象。往南远眺，烟波浩渺的长江和穿梭不息的船只，白帆点点，十分壮观。向北望去，河水波光粼粼，两岸是大小错落的民居和枝叶茂盛的绿树庄稼，恰似一幅水彩画随意铺陈，养眼怡人。桥的东西两侧则是南四滧镇街巷，沿街商铺错落有致，顾客盈门，生意兴隆，充满生机活力。

四滧小学南侧的一墙之隔便是东井亭庙，这座砖木结构的庙宇，虽然破旧不堪，四面透风，天窗通天，但佛事照常，香火不断，时不时传来南无阿弥陀佛的诵经声，清脆的木鱼声，悠扬的击磬声，美妙动听。那时的庙里有两位老人常年守护着，一位不知姓，名叫才林，另一位左手有残疾，名叫张全郎。课余时间，也是我和同学们常去玩的地方，与僧人和香客和睦相处，其乐融融。庙的左前侧还搭建一个木结构的戏台，每逢过年过节和农历三月二十三娘娘节期间，常有当地或外地来的戏班子在此登台献艺，演出诸如木偶戏或崇明山歌等地方特色戏。顷刻间,锣鼓喧天,四方船民和附近村民前来观看,人山人海,商贩云集,鲁迅笔下《社戏》中江南水乡的繁华风景尽呈眼前。相传,东井亭庙建造之前,四涘地区常遭海潮袭击,海坍不止,淹没房舍粮田,乡民流离失所。自从建了东井亭庙之后,海坍突然停止了,说是佛菩萨显灵,保佑一方平安。可惜,"文革"期间,遭遇不幸,佛像被打碎埋掉,井亭寺庙和戏台被毁弃拆除,荡然无存。

自20世纪80年代以来,随着社会的不断发展,昔日的古镇、古桥、古庙、古建筑……渐渐消失,湮没在历史的尘埃中,取而代之的是一幢幢精美别致的农家别墅和现代化舒适宁静的诗意乡村。但人们对这里的名字称呼、逸闻轶事和不舍情怀却依然口口相传,珍藏在人们的心中。愿历史繁衍在人们身上的那一脉故土辉煌的情结和公序良俗的风尚,成为弥足珍贵的精神财富,留下文字记载,留住传统美德,留住文化乡愁,留住岁月记忆,领略历史风采,感受脚下那片热土的光荣与梦想!

井亭里吹来的风是极爽的,井亭桥上所观的景是极美的,井亭庙内传来的声音是极温馨的……每每想起它,我心里好几种心情交织在一起,有感激、有欣喜、有眷恋、有思念,还有一丝淡淡的惆怅……

流淌在心底的四滧河

四滧河,位于崇明岛东部的堡镇地区,南北走向,水面宽约45米,长约20公里,连通长江支流,南岸港口为南四滧,北岸港口为北四滧。有着近300年历史的四滧河,人称瀛洲第一滧(因崇明岛上以数字为滧排序从四滧开始)。四滧河,我对她情有独钟,我的老家住南四滧,这里是我的出生地。四滧河,那是哺乳我强健身躯的河,也是赐予我机敏智慧的河,更是铸就我坚强性格的河。她陪伴我一路成长,时常进入我的梦乡,也时刻流淌在我的心底。四滧河是一条穿过村庄的河,村庄的人畜世代靠这条河而生,河也依靠村庄而奔腾。然而,在我心中,四滧河是镶嵌在故乡大地上的一条彩绸,连接着我与故乡的血肉之情;四滧河是藏在我心灵深处的一根琴弦,弹拨着我绵绵不尽的思乡之曲;四滧河更是平易的,包容的,温暖的,有着浓浓的烟火气和人情味。

1969年冬,我参军到北疆,23年后转业回上海市区工作,我离开故乡这片土地已整整50年。50年后的今天已是年逾古稀之人。近年来,我时常离开久居繁华的都市,远离城市的拥挤和喧嚣,来到故乡,饱览一番河埠桥影边朝晖夕阳,清风拂面,气象万千的故乡自然生态景色,充分感受故乡如进梦幻之境的四季美景和生活的宁静安逸之中,让人情思向远,心怀明媚。

春天象征生机与希望,春风,春雨,春光,春色,春之声。眼下正值春耕时节,春风送暖,寒冬远去,草长莺飞,万物复苏,无边无垠的青纱帐尽情摇曳,迎风起舞,分外迷人,令人陶醉。走在春天的四漖河,水道宽阔通畅,环境清幽静谧,空气清新怡人,大地绽新绿,处处溢芬芳,花红柳绿,色彩斑斓,清香扑鼻,热情奔放,充满活力。静静地走着,贪婪地看着,田野阡陌,风光旖旎,悠悠野韵,浓浓乡情,沐浴在温煦的阳光下,呼吸着清新的空气,感受春天的诗情画意。漫步在风光旖旎的四漖河畔,丛丛芦苇和华茂的植物碧绿生青,春风吹拂,叶芽舒展,勾勒出身姿摇曳。一片苍翠之间错落有致白墙黛瓦的农家小楼拔地而起,比比皆是,排列整齐,不少靠近路边的房侧,有手绘的大幅风情民俗画,与四周植绿浑然相融,相映成趣。行道两旁,绿树掩映,高大挺拔,浓荫叠翠,树丛中的鸟儿也不甘寂寞,时而怡然雀跃,展现着矫健的身姿,时而自由栖息,停在枝头亮着美妙动听的歌喉轻唱,似是在报春,又似对花儿在倾吐心声。河水盈盈,水面开阔,放眼望去,宛如系在青春舞女腰间的一根绸带,伴随着少女腰肢有节奏的扭动,既飘逸洒脱又文静雅致。一阵微风吹来,水面如同抖动的绿绸,涟漪荡漾,波光潋滟,一股清新气息迎面扑来,沁人肺腑,令人心旷神怡。河岸上有几位老者在聚精会神地垂钓,静静地享受着悠然、自在、闲适的慢生活。河滩头，三三两两悠闲自得地在水边寻物觅食翩舞的白鹭与不同色彩的野花野草交织在一起，光鲜夺目，构成了一幅曼妙的写意画，美得生动而又具韵味。

行走在河沿的路上，偶然还能见到农家小楼间夹杂着几间零星的空关着的老屋，看上去稍显寂寥，四周被荒草覆盖，外墙斑驳古旧，门窗日晒雨淋，油漆脱落，褪了原色。也许，在这老屋里还静静地躺着日渐生锈的农具，它们原是农人们的心爱之物，如今随着农田实现了机械化耕种，肩扛手抬、弯腰耕作的景象再也不复见了，那些手工劳动工具也已完成了它的历史使命，退出了历史舞台，闭目在流逝的光阴里，怀念那些辛苦而甜蜜的劳动时光。我深爱这些老屋，它们仿佛是我老家的故居，曾经赖以生存的遮风挡雨的地方，更是给我留下美好的成长记忆，眼前浮现出当年一个个生动画面：同小伙伴们一起学习和玩耍的幸福时光；同乡亲们一起在田间劳作和求新的欢乐情景；同亲戚父老们一起创造和享受天伦之乐的温馨趣事。老屋是崇明历史的沉淀，是崇明文化的见证，是崇明情愫的寄托。

站在四滧河的大桥上，那是一座崇明大道上新建不久的桥，自 2019 年 5 月开工，历经近一年，于 2020 年 3 月完工，全长 531 米的箱梁桥，举目四望，展现在眼前的是一幅立体的画面。向南望去，让我不由浮想联翩，约 200 米处，这里原是南四滧镇老街。据记载：清乾隆年间，形成集镇，迄今已有近 300 年历史。其得天独厚的自然环境和地理位置，使之成为崇明岛东部的繁华港口和商贾辐辏的集镇。记忆中的南四滧镇，坐落在南四滧港北侧，沿河沿街成东西南北走向的十字形街巷,镇貌古朴典雅,民居青砖灰瓦,商家店铺林立,街沿廊棚绵延,街面石条精致。客栈、茶馆、鱼肉店、杂货店、铁铺、轧棉店以及引线弄(专制缝衣针)等商铺鳞次栉比,生意兴隆。四溆河上穿街而过的井亭桥,建于清代中期,木结构、铁栏杆,造型美观,桥两侧的几处清代宅院,封火山墙高高耸立,观音兜互比高低。桥西北侧为四溆小学,学校南侧为井亭庙,建于清道光年间,供奉菩萨数十尊,香火旺盛,享誉遐迩。清光绪年间,四溆港外设有烽火台,港口北约300米处的营盘垛,有杨统领驻防兵营。如今,古镇、古桥、古庙、古建筑……湮没在历史的尘埃中,展现在眼前的是一幢幢精美的农家别墅错落其间,但人们对古镇的称谓及其逸闻轶事依然口口相传。南四溆镇,凝聚着小镇人水滴石穿的执着,勇往直前的豪气……

  站在桥头向北望去,更是让我心潮澎湃。四溆河沿岸的合五公路两侧,原是星罗棋布的社办工厂,尤其让家乡人民引以为豪的,是坐落在大桥向北500米处的四溆河西侧、南横引河南侧的那座高高耸立着直冲云霄的烟囱的砖瓦厂,该厂建于1968年初,占地面积近10 000平方米。其主要设施有22门轮窑,以及制砖机、烘房、窑室、工字形轨道、螺旋顶车机、窑车、烘房车、隧道等,机械设备齐全,厂房颇具规模。该厂的落成结束了人们历代以人力踏泥、盘模的纯手工操作模式,让工艺落后、设备陈旧的土窑成为了历史上的一页。利用新型生产设备后能日产标准砖20万块以上,其产量成为当时的崇明岛上首屈一指,基本满足了崇明东部地区百姓住房改造的需求。我曾经在该厂初期筹建时担任过会计等工作，直至 1969 年底参军，整整工作的一年半。近年来，随着社会的发展，时代的进步，改革的深化和生态岛建设的需要，经营了整整半个世纪的砖瓦厂于 2017 年歇业并拆除，众多的社办厂也已停业或转制而所剩无几。这里建成了一片绿植，树木成荫，异卉飘香，空气清新，环境优美，是人们休憩娱乐、愉悦心情、修身养性的好去处。

向北极目远眺，一公里处是五滧镇。那浓郁的沧绿中，白的是墙，黑的是瓦，白墙黑瓦的小洋楼，衬托着蓝天白云，宛如一幅刚画好的水墨画。遥想旧时的五滧镇，位于四滧河与利民河交汇处，呈丁字形，东西镇区长约 200 米，南北镇区长约 300 米，水陆交通便利，是一处颇具规模的乡村集镇。据记载，在乾隆年间，原五滧镇因海塌后迁至这里，故也称"新五滧镇"。这里曾经是乡政府的所在地，成为政治、经济、文化中心。近年来，因原先的老街商铺和集市搬迁至河西合五公路两侧，以及撤乡建镇，五滧乡与堡镇合并改为堡镇，使当年的五滧镇发生了翻天覆地的变化，现在的五滧镇老街已是农家小楼林立，悠长而狭窄的街巷显得有些清静，街道两旁的几处老屋灰墙凋败，厚厚的青砖受岁月侵蚀，显得有点斑驳，老屋上的门楣和柱头雕刻的祥瑞云纹破裂，过去五滧镇老街热闹的场景已物是人非……如今的五滧镇地块上，尽管民居小楼一幢比一幢精美别致，人气、颜值和时尚也比当年高多了，然而，小镇历经沧桑，却依然迷人，那穿街而过的四滧河，平静柔和，就像女子温润的手臂轻搂着清静的小镇。那座始建于清代初期顺治年间(1644—1661)，迄今已有 360 多年历史的云林寺，坐落在五滧镇西侧靠四滧河旁,占地13亩,寺内翠绿的树木和艳丽的花卉交相辉映,衬得庄严佛地更为优雅秀美。每逢佛期圣诞等重大节日,来寺院敬香礼佛,参加法会佛事活动者络绎不绝,云集于此,香火旺盛,秩序井然。云林寺成为崇明东部地区一处较有规模的佛教活动场所,依旧保持着属于她的那一份厚重、古朴、幽静。这里处处呈现出勃勃生机的景象,也凸显出历史积淀和人文底蕴。此情此景,让我欣慰,使我感慨,并由衷地期待我的家乡在新一轮的社会改革发展和生态岛建设中铸就新的辉煌。

  回头眺望田野村庄,映入眼帘的是,这里河水与乡村融为一体,一村一树,一村一品,一村一韵,自然与人文相得益彰。公路上来来往往的车辆和行人络绎不绝,像在满是大色块的油画中穿梭,井然有序。公路两侧遍野的农田里,一个个笑逐颜开,行走着、忙碌着春耕的人们,点缀在绿油油的麦地和黄灿灿的菜园田间。整洁的农家小院里,满园春色,热情的红色,迷人的粉色,优雅的橙色,温馨的黄色,各色各型,千姿百态,有探头的,有凝望的,有含羞的,有仰视的,有微笑的,争相斗艳,色彩绚丽,热烈奔放,四处分散,目不暇接,有如鲁迅笔下的百草园,把春色张扬到每一个角落。那河岸两旁似带的青芦和田间种植的一片片粗壮茂密的银杏树,一块块挺秀的翠竹和一排排高耸挺拔的水杉树,以及穿插其间的樟树、榆树、合欢树、栾树、樱花、玉兰、桂花树、夹竹桃等,还有桃树、柿树、橘树、枇杷树等果树,树影婆娑,擎起绿盖,那枝那叶那花,密密匝匝,日光照射下,只有一丝丝光线,闪闪烁烁,宛若陶渊明笔下"芳草鲜美,落英缤纷""有良田美池桑竹之属"的桃源画境。倏忽间,一阵清亮悦耳的歌声飘来,绿叶茂密的树梢上一对喜鹊兴高采烈,喜出望外,鼓起美丽的歌喉,吟唱动听的山歌,一起临风起舞的还有它们映在水中的倒影,演绎着一幅人与自然同框的田园诗画,将原是静谧的河岸,顿时变得生动欢腾起来……

若是到了金秋时节,四溇河两岸田园美景,更惹人喜爱。放眼望去,广阔的大地上,长长的垅田,一条挨着一条,一片连着一片,整齐而茂密的庄稼,籽粒丰盈,似列阵等待检阅的士兵,个个挺拔,精神饱满,富有韵律,像宁静壮美的诗行,似滔滔不尽的江河向远方奔流。此时的家乡,银杏树的黄色,水杉树的紫色和挂满枝头那红色的柿子,橙色的橘子与田野金黄色的稻穗交织在一起,碰巧时还能遇见鸟儿,群起群落群欢乐的壮观景色,倒映在四溇河的蓝天白云下,恰似一幅用多彩画笔描绘多层次美轮美奂、绝色灵动的斑斓水彩画,又如一幅丰年秋实、和谐美好的安居乐业图。

应了一首老歌,故乡的山,故乡的水,故乡有我幼年的足印……四溇河,见证了这里的繁华旧梦,也留下了百年沧桑的印证,并正在感受这片热土的光荣与梦想。走进春天的四溇河,恍如走进长长的活生生的历史,水墨画面浓淡深浅,沉静在江海之滨,依然清澈,平如镜面,含情脉脉,风韵如初,影影绰绰,如梦如幻,静默而淡定,尽享碧水、蓝天、白云、旷野编织的图景和生生不息的生态自然之美妙。

夕阳西下,红霞满天,玲珑剔透,形态万千,如同彩色丝帛飘浮天际,轻薄而透明,又如万缕金晖在河面上闪烁起伏,朝气蓬勃,艳丽迷人,婀娜多姿,分外妖娆。三三两两的乡亲们正荷锄回村,耳边传来鸡鸭鹅羊晚归的欢叫声,农家屋顶上升起了袅袅炊烟,轻烟薄雾丝丝缕缕,飘浮在村庄上空,又缥缥缈缈散落在波光粼粼的河面上,和谐静谧,美不胜收。

春天是出发,春天是选择,春天是春风得意。徜徉在四浉河,一个弯,一个坡,一个足迹,一段记忆都是风景。那一刻,千种风情,万般意象纷呈眼前,迷惑了我世俗的双眸,无尽的温馨又如四浉河从未断流的碧水清波,融化在乡愁里,浸润在记忆中,萦绕在心房间……

轻摇蒲扇的夜

蝉音蛙声嘹亮,夏意正浓。每当听着那一阵阵和谐欢乐、充满生机的蝉音蛙声,我的思绪一下子回到了儿时的故乡。

记得儿时,夏天是属于我们乡下孩子的浪漫而甜蜜的季节。乡村是贫瘠的,也是宁静的。每一个清晨,我都在一阵阵悦耳的蝉鸣声里醒来;每一个午后,我都在蝉的悠扬歌声里玩乐;每一个夏夜,我都在一曲曲低沉而悠远的蛙声中进入梦乡。蝉音蛙声不仅能带来听觉上的愉悦,更能让人感受大自然的美妙和神奇。

那时候的乡村,蝉鸣深处的宅院有着一年四季最感人的美丽风景。院子里的果树、瓜果都结满了果实,桃子羞红了脸,柿子、橘子挂满了枝头,甜芦粟排成行,立成队,张开沙沙作响的帷幔,红色的花穗在夏风中摇曳,西瓜、甜瓜和一串串葡萄吸引着我们馋馋的目光。

进入七月三伏天,太阳像火球一样,把大地烤得让人闷热难耐。到了傍晚,炊烟从房上树间缭绕升腾,渐渐散成白霭,弥漫在村庄,日光斜照,清风徐来,如在画意里,如在仙境中。夕阳西下,晚霞染红了半边天,万道霞光在天际间光芒四射,夜的幕帘徐徐拉下,不知不觉间,月儿已经在闪闪星光的陪伴下高高挂在天空,在几簇淡淡的白云映衬下,看月上树梢,看小河倒影,一切的一切都笼着月色,乡村仿佛都抹上了银辉,宛如一幅意境优美、令人陶醉的山水画卷,分外迷人。

夏天的夜晚,总是充满着浪漫和幻想。那时候的乡村,没有电灯和电扇,但有月光、星星和晚风,可以享受到空调间里享受不到的大自然给予人们最珍贵的生命律动和况味。在蝉的欢叫里,劳累了一天的村民,便拎着矮凳,手执大蒲扇,聚集到社场的那棵合欢树下消暑。此时,高唱了一整天的蝉们有些疲倦时,青蛙们便急切地当起了舞台的主角,蛙声由远及近,此起彼伏,成了它们的狂欢之夜了。那萤火虫们也纷纷从草丛里、芦苇荡里钻出来和人们做伴,它们三五成群,忽高忽低,忽疾忽徐,在河面上,在旷野上欢快地飞舞,恰似浩繁星光,又如点点渔火,让人仿佛置身于奇妙世界。

夏天的夜晚,不仅是在于它的炎热和热情,更是在于它所带来的无限美好与希望。月光下的人们,时而谈天说地,悠闲聊天,时而手指满天闪烁的星星给孩子们讲着牛郎织女的故事:那是牛郎星,那是织女星,中间有一条长长的银河,是狠心的王母娘娘把他们隔开了,每年农历七月初七,成千上万的鸟儿搭建鹊桥,让他们在桥上相会,到那时,如果在瓜棚下或葡萄架下静静地听,还能听到他们说话的声音呢!听着听着,思绪就长上了翅膀,飞到了天宫,飞到了银河。那时候最爱听老人们说《聊斋》里的鬼怪,虽然有些恐怖,但那些狐狸精呀吸血鬼呀,大都是些知恩图报、情深义重的角色,充满灵性与温情。

渐渐地,清清的河水伴着青蛙呱呱的歌唱,流淌走了夏日炎热的时光,人们在晃晃悠悠的蒲扇下啪啪的驱蚊声静静地平息之后,瞌睡虫儿咬起疲惫的眼皮,在醉人的月色里和习习凉风中,孩子们在大人的怀中安然入睡,慢慢进入甜美的梦乡。

七夕那浪漫的神话故事,永远定格在魂牵梦绕的宅院中,永远定格在夏夜的记忆里。

如今,我已到了古稀之年,夏日里和老伴在阳台纳凉,彼此轻摇蒲扇,伴着蝉儿情歌,轻吟唐诗宋词,笑看"牛郎织女",此番诗情画意,尽在不言之中。

想起当水兵晕船往事

又是一年军队征兵开始了，又有一大批优秀青年走入军营。不经意间，当年自己在部队的岁月浮现在眼前，感慨万千。

1969年冬，我怀着保卫祖国的崇高理想和崇敬心情，踏上了从军之路，参加了光荣的人民海军，被分配到北海舰队旅顺基地扫雷舰上服役，心中充满对水兵生活的梦想。

在23年的军旅生涯中，我先后在舰艇上、基地机关、观通部队、工程部队等服役过。让我受益最大的，也是最最难忘的是在扫雷舰上服役10年的经历：从战士起步到担任副政委。10年间，我经历了从晕船到战胜晕船的过程，这个过程成为我生命中的宝贵财富，奠定了值得我终身自豪的人生之路。

记得上舰后第一次出海，是配合潜艇和快艇训练，晕船就考验了我的心理和生理耐力。当时，在舰艇部队流传甚广的是那段晕船10种表现的调侃语：一见大海，两眼发呆，三餐难进，四肢无力，五脏翻腾，六神无主，七上八下，九死一生，实(十)在难受。

也许我出生在崇明岛,从小在长江边长大,有坐船的经历,而且在家时坐的是小客船,现在是大军舰,并没把晕船放在心上。

可是,事与愿违。那天,战舰在风浪中航行,开始时,目力所及一切都是如此新鲜有趣,虽舰体有些摇摆,但还能坚持着。随着战舰远离大陆,驶向训练海区时,风浪、涌浪越来越大,渐渐地,战舰像个醉汉,在波涛汹涌中不停地晃动,不少老兵便开始到卫生间送"公粮"了。只见他们呕吐完之后,继续投入到紧张的训练中。而我们几个刚上舰的新兵,刚才还活蹦乱跳的,此时,经过胃里翻江倒海之后,却一个个脸色苍白,无精打采,像秋天霜打后的茄子,瘫卧在床,提不起精神。等到返回港口时,还是无精打采,晚饭时仍一点胃口都没有,全身难受。

第一次出海深深地教育了我,要实现水兵的梦想,谈何容易,并暗暗下决心,必须成为一名合格的水兵,坚持在守护祖国海疆的实践中,在与敌情和大自然的斗争中,战胜晕船,增强毅力,磨炼意志。只有这样才能经受住各种艰难险阻的考验,才能担当和坚守责任,才能在各种复杂环境中坚守岗位,顽强拼搏,勇往直前,冲锋陷阵,并奋不顾身地完成战斗使命。

其实,晕船人皆有之,只是轻重程度不同而已。因此,作为一名水兵,克服晕船是必训的科目,也是必备的素养。于是,官兵们在与风浪的搏斗中积累了从心理和生理上克服晕船的经验:晕船时,到甲板吹吹风,吸吸新鲜空气,看看远方,开阔视野,放松心态;呕吐之后要舒缓情绪,及时进食,多喝水,以补充体能;平时要勤锻炼,多运动,增强体质。做到了这些,就能有效缓解晕船压力,提高抗晕能力。

我舰有位老兵,原是称为晕船大王,一出海就卧床不起,后来经过不懈努力,战胜了晕船,他将原先人们编写的那段晕船调侃语改写成一首新的打油诗:一见大海,两眼明亮。三餐不误,四肢有力。五脏强壮,六神归主。七斗狂风,八战恶浪。久(九)经考验,十全十美。道出了心声,并将这首诗刊登在我舰办的由我主编的油印《浪花》小报上,深受官兵的好评,鼓舞了士气。

在舰艇 10 年的生活和工作中,我参与和组织指挥了许多重大战斗任务,尽管有几次遇大风呕吐直至吐出胆汁,但都能一次次地克服困难,战胜风浪,圆满完成任务:1971 年 11 月 19 日,苏联一艘潜艇侵入我黄海海域进行侦察活动,我舰奉命在 10 级风浪中跟踪目标长达 3 小时 15 分钟,创造了当时单舰搜索跟踪潜艇时间最长的纪录,圆满完成了跟踪搜索任务,受到中央军委领导的赞扬。1973 年 12 月 22 日,我舰奉命到渤海湾护送我国第一艘新型核潜艇到大连服役,途中经过老铁山水道时强风骤起,足足有 11 级,全舰官兵战胜风浪,圆满完成了护送任务。1973 年 10 月,我舰奉命在黄海海域执行巡逻警戒任务,驱赶在我国领海内以捕鱼为名进行侦察活动的外国渔船,在海上历时 25 天。其间,遇上一次 12 级台风经过该海域,顷刻间,狂风恶浪迎面袭来,将战舰吹刮得摇摆超过 20 度,全舰官兵严阵以待,克服晕船,战胜风浪,圆满完成巡逻警戒任务。1979 年 12 月 25 日,渤海 2 号钻井平台在渤海湾遭遇台风翻沉,船上 72 名船员全部落海,情况紧急,我舰奉命参加救生打捞,与寒冷刺骨的风浪搏斗,长达数十小时,圆满完成救捞任务,荣立集体三等功。

几度风雨,几度春秋。不经风雨怎能见彩虹。激情燃烧的舰艇生活,磨砺了我的筋骨,锻造了我的意志,锤炼了我的毅力。在这特殊的环境里,我适应了对晕船的反应,经受了大风大浪的考验,成为一名合格的水兵,也让我这个只有读过六年书的小学生成长为一名团级的指挥官。

如今,我已离开部队转业地方整整30年,但每当回忆起当年战舰劈波斩浪执行战训、巡逻、警戒、护渔护航以及抢险救灾等任务的情景时,战舰劈开的道道波浪,仿佛构成一曲曲五线谱,演绎着海军战士忠于祖国、保卫海防的心曲。然而也总会情不自禁地想起那刻骨铭心的晕船与战胜晕船的往事。

气韵生动贝壳画

20世纪80年代末,我从北海舰队某观通团政治处主任调任某工程部队政委时,观通团送给我一幅贝壳工艺画作为纪念品,至今我已珍藏了整整35年。此画并不名贵且早已陈旧,我对它却情有独钟,看到它,我不由得心潮澎湃,想起战友之间的友情以及身在部队时的美好岁月。

遥想当年,观通部队驻守在黄海前哨的高山海岛上,远离大陆,地处偏僻,气候恶劣,环境艰苦,加之交通不便,哨所分散,部队与外界隔绝,过着封闭生活,经常是日报成半月谈,月刊成季刊。而且,部队又长年担负着繁重的战备值班任务,文化生活单调枯燥。

"望星空近在三千尺,思故乡远隔五千里","抬头云雾茫茫,低头草石荒荒"。战士们编的顺口溜,是对观通部队之生活的真实写照。于是,观通兵们利用训练和学习之余的闲暇,就地取材,从海边捡来一个个大小不同的海螺壳、贝壳等。他们根据各自的爱好，精心制作了一艘艘造型别致的模型舰艇，一件件构思精巧的盆景画，一盏盏精美雅致的台灯。这些作品演绎出人间的美好，给寂寞的军营带来了生机，给单调的生活增添了一些浪花与乐趣。

观通兵个个都是能工巧匠。也许是观通部队整天与舰艇打交道的缘故，他们用罐头、盒子和贝壳等材料制作了形形色色的舰艇模型，有航母、驱逐舰、护卫舰、潜艇、快艇等，大小不同，规格各异。值得一提的是，这些模型，大到舰体，小到每门火炮、每座导弹发射架、每架雷达天线，各个部件均比例匀称，布局合理，别具一格。

说到贝壳盆景画，他们有的用贝壳精心拼制成一座座别致的小山，并配上小塔、亭阁，恰似气势磅礴的泰山风光。有的在盆景画内安放小桥、小船、水牛、水鸟等，点缀其间，匠心别裁，犹如鱼米之乡的江南风光，可谓"移天缩地，小中见大"。还有的盆景画内有山有水，又有各种楼阁，错落有致，胜似甲天下的桂林山水风光，让人大开眼界，赞叹不已。

在战士的床头柜上，整齐地摆放着一盏盏精美雅致的贝壳台灯，这些台灯是用水泥或万能胶浇注贝壳而成，然后涂上各种各样的色彩，刷上亮油，成品艳丽多姿，惹人喜爱。此外，台灯底座上装有笔筒和赠言板，赠言板上书写着各种励志格言，作为催人奋进的座右铭。经过一天的紧张工作和训练之后，战士们在自制的台灯下看书学习，心情特别舒畅、愉悦。

这一件件气韵生动、惟妙惟肖的贝壳工艺品，不仅给观通兵的艰苦生活带来无穷的乐趣和美妙的艺术享受,同时也营造出文明健康的良好氛围。贝壳工艺品激发了他们的动手和思考能力,其中也寄托着他们对观通事业的积极追求。有不少战士将这些工艺品当作"珍品"悄悄地藏起来,每当有老兵退伍时,战友间把它当作礼物互相赠送,留作纪念。任谁看到这类贝壳工艺品,便会回忆起观通部队的生活经历和战友间的深厚感情。

第六辑

灯下情影

八旬老人圆了作家梦

近日,年过八旬,只读过小学的崇明长兴岛农民黄元章,成为上海市作家协会的一名新会员。消息传来,在长兴岛上引起了一阵小小的轰动,人们纷纷奔走相告,为之庆贺,不少人盛赞他是长兴岛上的"杖朝"秀才。黄元章先生是土生土长的崇明长兴岛人,农民世家。他走上写作之路,纯属偶然。

那是在五年前,有位在宝山区委组织部工作的老朋友,得知他平时喜欢读书看报,于是便给他订了一份《上海老年报》。黄元章如获至宝,爱不释手,常常悉心研读,并为该报"往事""文史"版上的回忆文章所吸引。久而久之,便心生遐想:在我们长兴岛170多年的历史长河中,不也有许多类似的故事么?自己何不也写下来寄给报社去试试?于是他凭着在20世纪50年代在部队当报务兵的文字功底,写下了几篇回忆长兴岛的文章亲自送往报社。报纸编辑被眼前这位朴实憨厚、农民模样的老人手中泛黄的手写稿所感动,便从中挑选出一篇题为《"长兴"两字的由来》稿进行编发，于是黄元章的萌芽稿就出现在2013年4月6日的《上海老年报》上。

黄元章见了自己的文字竟然会变成铅字，并登在公开发行的报纸上，顿时激动不已，喜出望外。他立时买下几十份报纸送给亲朋好友，让大家分享喜悦。从此，萌发了他的写作激情，一发而不可收。他一方面搜肠刮肚回忆往事，写下初稿并不断修改润色；一方面找专家、访老师、查档案、阅资料，并采访岛上的老人，写成文稿，源源不断地向报社投送。他的两个女儿看到父亲的热情，也纷纷伸出援助之手，帮助他一起整理和打印文稿。就这样，在短短的四年多时间里，黄元章的文章不断见诸《上海老年报》等报纸和杂志，他的散文集《长兴沙往事》(1—3集，共30多万字)，也分别由中国文联出版社和团结出版社出版。

细细品味《长兴沙往事》的每篇文章，或是叙事，或是状物，或是抒情，内容都涉及长兴岛的历史和民俗、民情、民风，以及祖辈们口口相传留下来的逸闻趣事和历史典故，林林总总多达130多篇。在这些带有浓厚乡土气息的文字里，渗透着的是作者对家乡的挚爱和深情，燃烧着作者热情的火焰，既接地气又耐品读，以使那些行将消失的史实得以挽救，很多素材还填补了长兴"乡志"的空白，给后人留下一份宝贵的财富。正如中国作家协会副主席叶辛在给《长兴沙往事》的第二集序言中所写的："黄元章先生作为一名祖祖辈辈没有离开过海岛、土生土长的农民，他始终不渝地热爱文学，坚持业余写作，退而不休，笔耕不辍，以此来充实自己的人生，丰富自己的生活。""并以写作的方式来健脑、健身和滋养心灵,实为一种高雅的生活情操,也表明了他从写作中找到了精神慰藉,找到了晚年生活的乐趣。"

  黄元章先生作为一名年过八旬的老人,而且耳聋眼花、身体也不怎么好,但他那坚强的意志,勤于笔耕的精神却令人动容。不仅如此,而且他还以惊人的毅力,学会了用电脑写作,他的《长兴沙往事》(第三集)的所有文字都是由他自己用键盘敲打而成,实属难能可贵。所有这些,正如老黄的两个女儿黄琴、黄懿所说:"自从我们父亲爱上了写作之后,不但身体比以前更硬朗更精神了,而且连以前那急躁的脾气、寡言的性格,也变得温和爽朗乐观了,为此我们全家人都支持他。"

  功夫不负有心人。黄元章先生经过不懈努力,不仅圆了出书梦;2018 年 11 月,还有幸成为上海市作家协会的一名新会员,圆了作家梦。我作为他的入会介绍人也为之感到欣喜。

  如今,成为作家之后的黄元章先生,写作的热情更加高涨了。用他自己的话说:写作将成为我生命中不可或缺的部分,写作不仅使我的晚年生活丰富充实,更使我有了精神寄托,我将始终不渝地在写作这条道路上执着追求,继续为家乡的文化发展繁荣尽一份绵薄之力。

邮票画里见真情

深秋的一日,秋高气爽,秋色明艳。来到故乡崇明,经朋友介绍,结识了业余书画爱好者朱亚安先生。当来到他的住所,深深地被挂在他家墙上那一幅幅形象逼真、惟妙惟肖的56个民族纪念邮票的临摹画作所吸引,并为这位业余书画爱好者那乐此不疲的专业精神所敬佩和赞赏。我收藏的这幅画,是朱亚安先生在社区进行参展作品的其中之一。

朱亚安,今年66岁,退休前是崇明汽修厂的一名修理工,退休后,赋闲在家的他感到无所事事,有着莫名的失落感,他想六十还"年轻",不能虚度晚年,应该想方设法做点事情。于是,经人介绍来到崇明瀛通老年大学,根据他从小喜欢画画的特长爱好,报名参加了山水画和花鸟画的专业班,系统学习绘画专业知识,接受画家们系列讲座的艺术熏陶。功夫不负有心人。经过数年的勤奋钻研和学校老师的悉心指教,朱亚安很快地掌握了山水画和花鸟画的理论与绘画专业技能,他每天爱不释手,挥毫作画,并逐渐形成了自成一体的绘画风格。

中国传统文化艺术犹如浩瀚的海洋,潜得越深,就会越令人着迷。近年来,朱亚安感到中国的文化大发展大繁荣有着十分丰富的内涵,在继承传统文化时要思考能否融合自己的思想,追求自己的艺术境界和高度,提高自己的文化品位。朱亚安,曾是一名集邮爱好者,他从收藏的56个民族纪念邮票的绘画艺术中得到启蒙,并产生了崇敬之情。于是,他抱着试试看的心情,将它临摹成山水画,用以美化环境,提高人们的审美品位。用这一特有方式,将中国山水画、花鸟画和民族魂融为一体,成为颂扬和传承中国文化的一个新的闪光点。他的这一设想,得到了学校领导及老师的认同和支持。经过多年的不懈努力,他边学习边把主要精力投入到了表现56个民族纪念邮票画,并逐步产生了一个让他自己都无法释怀的理想和目标。其实,这是一种情结,一种发自肺腑不可名状的原始冲动和愿望,然而,这正是他创作的动力和源泉,这种动力和源泉根基于朱亚安对中华民族的热爱和眷恋,对民族文化的理解和认同,对自身绘画意义的深刻认识。终于,完成了这一工程。

朱亚安,平时少言寡语,性格温和,但创作上却充满了激情。他的作品力求平稳中求动感,流畅中求曲变,传统中求亮点,文雅中求情趣,色彩清新,画面多姿,气韵生动,充分体现出思维能力和时代特征。经有关部门推荐,近日,他的56个民族纪念邮票画作品在本区及外区的社区进行巡展,得以传递到广大居民们的眼前,赢得了大家的欢迎,深受人们的喜爱和赞赏。

"五十六个民族五十六朵花"是新中国成立之后,周恩来总理亲自挂帅并过问,组织了国内最顶尖的专家、学者、民族民俗学教授,确认下了中华民族大家庭的原则,近 70 年来,已深入人心,得到全国各族人民的认同。朱亚安先生的这些邮票画,笔触细腻,神采飞扬,惟妙惟肖,追求新奇。不但用笔墨留下这艺术珍品和见证了我国民族事业的发展历程,同时,也使绘画艺术与民族文化得以完美融合和内涵、境界、创意的升华。纵观朱亚安的邮票画作,一幅幅栩栩如生,个性极为鲜明,人物造型雅拙淳朴,线条刚劲挺拔,粗细阴阳处理得恰到好处,可以说再现了原件的神采,值得收藏、欣赏和传承。

人们常说,文载道,诗言志,画求意,字传神。邮票画于朱亚安,就是情迷其中,作一回忘情的热爱。静中念虑,观心论道。朱亚安的邮票画如文化繁荣中的一朵浪花,为精神文明建设提供了珍贵的素材,他将以此作为自己从艺的努力方向,并一如既往,如饥似渴地学习,锲而不舍地努力,坚持不懈地创作,孜孜以求于书画艺术的碰撞、交流、融合,继续在书画艺术的大海中畅游,快乐地度过老年生活的每一天。

走进邮票,走进山水,处处闪烁着绚丽和多彩,更引发出对于祖国灿烂文化和壮丽山川的倾慕和向往。只有一个心中对美充满执着追求的人,对邮票画充满无限热爱的人才能创作出这样的作品。民族邮票画里欢乐游。我们期待好学不倦的朱亚安先生能够不忘初心,厚积薄发,在绘画艺术道路上走得更好、更远,并取得更大的进步和成就。

季灏的探索之路

日前,笔者来到位于崇明城桥镇的上海东方电磁波研究所采风,与所长季灏先生品茗叙谈。席间他送我他的著作《挑战》一书,通过他的介绍和品读,让我对这位正直豁达、思想超前的崇明籍老乡有了进一步的了解。

40多年来,季灏情系浩瀚宇宙,心牵知识海洋,以探索科学真理为己任,历尽坎坷,在潜心研究相对论、宇宙论、光学、量子力学的过程中,撰写了《光的本性》《相对论评注》《无限宇宙论》《说说宇宙论和相对论》《挑战宇宙论和相对论》等论著并出版了《挑战》一书。就"夜黑问题""引力问题""时钟详谬"等问题,提出了一系列的独特见解。他用自己的实践和研究对光子没有静止质量,运动的物体长度收缩、质量增加,运动的时钟变慢等论断提出质疑并直阐己见。

季灏作为一名有勇气的科学家,在追求科研真理,探索科学真相的道路上,始终坚持不懈追求的历史责任和使命担当,敢于突破旧的藩篱,以内心的真诚,勇于直言,为维护科学的价值与尊严不懈攀登、奋斗。凝聚了几十年心血和汗水完成的"季灏实验"涉及的是物理学最基本的核心问题,意味着狭义相对论的质速关系被破坏,带电子粒子的洛伦兹力(理论值)与运动速度有关,带电粒子运动速度接近光速时,如果引入运动电荷概念,单个带电粒子推迟电磁场的形成非常复杂,与粒子的速度和加速度都有关系,经典宏观推迟电磁场实际上只是大量单个带电粒子推迟电磁场的总和,带电粒子做直线运动且粒子速度趋于光速时,带电子粒子的洛伦兹力趋于零。由此就可以解释季灏实验中,近光速运动带电粒子的能量被高估的问题,同时也验证了季灏实验的正确性。

季灏认为,科学来不得半点虚假,必须去粗取精、去伪存真、扬长避短、吸取正确的方面,批评其错误的部分。前几年,季灏撰写的《论超光速和光速减慢》一文,在学术界产生极大的影响,得到了美国杜邦公司研究院沈致远先生和复旦大学教授、中国著名的物理学家倪光炯的高度评价和肯定,他们认为季灏的研究开创了物理新领域,很有价值意义。该论文还在《人民日报》海外版、中华爱国工程联合会、中国国情研究会联合举办的"与时俱进共创辉煌成就——海内外百业杰出人才国庆座谈会"上,获得创业人才优秀论文奖,对理论物理和实验物理学产生了深远的影响。原国务委员、两院院士宋健,看了《挑战》一书和季灏的数篇论文后,回信称:"您的论文今看后值得三思,您的实验'粒子磁场中受力随速减小'很可信。"近年来,他的多项研究成果,被《科技日报》

《科技文摘报》《科学中国人》《前沿科学》等报刊刊登,颇受业界好评。

季灏1942年出生于上海崇明岛,1960年考入南京航空学院,一年后因经济困难退学回乡,先是务农,数年后,当了崇明实验中学教师,凭实力评上高级职称,1990年被评为全国优秀教师。季灏用他的聪明才智和默默奉献精神,"胸怀宇宙",痴迷于看不到尽头的"挑战",以其艰难的探索和卓然成果,及时而有力地回答了时代之问。他曾任上海东方电磁研究所所长,北京相对论联谊会会员,北京相对论联谊会、卢鹤绂格物研究所实验部主任,《格物》杂志编委。季灏——这个与物理科学打了近半个世纪交道的科研工作者,像一颗永不松动的螺丝钉,在本职岗位上忠于职守,兢兢业业,谱写了一曲曲奉献之歌。季灏无疑是我们家乡人的骄傲,更让我们同是崇明人而感到自豪。

宇宙探索永无止境,挑战圆梦任重道远。诚如季灏所言:"人的一生都有梦,我的梦就是挑战!"如今的他,每年依然有多篇作品问世,他始终抱有不知疲倦的神态和美好的憧憬,怀有一颗求真务实的赤诚之心,永远紧系那广袤无限的宇宙,沉醉于无边无际的知识海洋,凭着执着的追求和严谨的科学态度,不断攀登和开创物理科学的新领域。

毛体书法寄情思

我收藏的那幅毛体草书创作的长 230 厘米，宽 50 厘米，全文共有 120 多字的毛泽东诗词《沁园春·雪》，是毛体书法家娄世忠先生在中国共产党建党 100 周年前夕，由中国大风堂艺术研究院、中国新闻出版书法家协会和上海王狮美术馆联合举办的"百年党旗映初心，强基固本国训魂——书画展"期间，现场临摹书写的作品。

2021 年 5 月 15 日，在上海王狮美术馆，我目睹了娄世忠先生一气呵成这幅作品的全过程。只见他泼墨挥毫，纵情挥洒，仅用 20 分钟，那幅筋骨老健、风神洒脱的毛体书法便跃然纸上。我情不自禁地赞叹："不仅体现了《沁园春·雪》大气磅礴的神韵，而且凸显了书法作品神融笔畅的艺术效果，又蕴含着对伟人的崇敬情怀，还给人以美的享受和艺术感染力。"娄先生听了，对我说："你喜欢这幅作品？""非常喜欢！"我由衷地口吐真心话，他谦和一笑，将这幅作品送给了我。得此书法，真是如获至宝，沉醉其中。

由于这一共同爱好,让原本不熟悉的我们两人很快拉近了距离,结为同道挚友。

书法是展于空间,表现为静态,诉诸视觉的艺术,是反映作为主体的人的学识、修养和精气神的艺术。"毛体"是以开国领袖毛泽东主席书法艺术形成的一种独特的书法体系。毛体书法以行草为主,书艺精湛,章法得体,遒劲刚健,纵逸奔放,大气磅礴,成为中国书法之林中一道亮丽的风景。毛体书法在现代中国书法史上影响深、知晓率高。既具有弥足珍贵的史料价值,又具有意境深远的文化品位和艺术价值,成为中国传统文化的一个组成部分。

娄世忠,1949年出生,山东诸城人,现为中国毛体书法家协会副会长。他自幼就喜爱书法,并对毛体书法有着特殊的情怀,在家乡任小学教师期间,工作之余,开始临摹毛泽东诗词手稿,逐渐领悟了毛主席书法的变化技法和魅力。自此,凭着浓厚兴趣和执着追求,对毛体书法满腔热情,与墨为伴,孜孜以求,勤奋好学,笔耕不辍。经过50多年矢志不移,锲而不舍地潜心研究和痴迷探索,他的毛体书法逐渐炉火纯青,不仅笔触细腻、字字如玑、潇洒自如,而且达到惟妙惟肖,栩栩如生的境地,用笔墨留下了宝贵的艺术珍品,不仅让人感受到了对伟人的浓厚情感,也使毛体书法艺术的内涵、境界得以升华。

纵观娄世忠先生的毛体书法作品,透过字法、笔法、墨法,书风遒媚劲健,结构严谨精密,用笔自然流畅,可以说再现了原件的神采,让人们开阔眼界,感悟文化艺术精华。

功夫不负有心人。全身心的投入,换来的是娄世忠先生的毛体书法作品硕果累累,精品迭出,2008年在"首届全国毛体书法家评选活动"中,娄世忠被授予全国"十佳"荣誉称号,在颁奖大会上,毛泽东的嫡孙毛新宇将军亲自为他颁发荣誉证书,中央电视台、北京电视台、湖南经视、中国韶山网等21家媒体与会报道;2009年为庆祝新中国成立60周年和迎接上海世博会,娄世忠书写的毛体《海纳百川》《沁园春·雪》两幅作品入选《人民画报》特刊,被誉为"毛体书法传承者",由人民画报社颁发收藏证书;2010年上海世博会期间,应邀参加多个国家馆的展出,其作品《海纳百川》被中国出版集团东方出版中心所出版的《中国2010年上海世博会展馆画册》作为题刊,并在2011年建党90周年之际,为《红色中国、红色人物》大型画册封面题字;2012年其《海纳百川》毛体书法作品由"陶瓷之都"景德镇制作成具有民族文化特色陶瓷艺术作品——陶瓷书画,为民族文化奉献上一幅高雅、大气的陶瓷书画之精品;2012年12月15日娄世忠书法创作作品,毛泽东《沁园春·雪》在《人民日报》海外版刊登,深受中外人士的青睐。这些成果的取得,也见证了娄世忠从一名默默无闻的乡村教师一跃成为了书法大家最大肯定的一个缩影。

毛体书法是娄世忠先生不变的兴趣,更是他一生的追求。年过七旬的娄世忠,老当益壮,仍然致力于毛体书法求提升、求卓越,不为名利,修身养性,孜孜不倦,乐此不疲,将毛体书法艺术发扬光大,这也是娄世忠先生真实的心扉敞怀和初心所在。字美、品高,气韵生动,充满乐趣却又布满艰辛的文化艺术之路,在娄世忠先生的脚下延伸……

今年是毛泽东诞辰 130 周年,我收藏这幅毛体书法,不仅是对惊才绝艳诗词的享受,更是对伟人深厚情感与精神传承的一种表达。

海岛名医范春如

范春如(1906—1985),崇明堡镇彷徨村人。擅长中医,被当地百姓誉为"海岛名医""好郎中"。其医道连同他的名字在崇明岛上,尤其是崇明岛东部地区,可谓是无人不知,无人不晓,特别是上了年纪的人,往往称之为神医。

范春如幼承庭训,弱冠之年于晚清名士沈铭甘义校求学,勤学古训,矢志方术。从此,开启了他一生为之喜爱和奋斗追求的医学人生之路。然而,学医之路是苦涩的,医学不同于其他学科,繁杂的知识和晦涩难懂的病例,不知要付出多少艰辛才能实现。于是,范春如在少年时,拜乡间名医施宝芝先生为师,聪明好学,寒暑不辍,刻苦研习,善于吸收民间医术养料,虚心向民间医生学习。他遍读医学经典,博采众长,精以实践,熟经方、晓脉理,最终如愿以优异成绩完成学业。学成之后,回乡间自谋职业,坐堂行医,他将学校积累的大量知识,迫切的付诸实践,立志一生献给挚爱的中医事业。功夫不负有心人。通过多年的努力拼搏和不懈追求,他那精准诊断,对症下药,解除患者病痛的精湛医术,名声远扬,求医者门庭若市。

新中国成立后,范春如于1953年首任崇明五效乡联合诊所主任,后被崇明县医务界公举为县卫生协会主任。1954年春,赴江苏南通中医进修班学习,如鱼得水,以优异成绩结业,更使其医术如虎添翼。回崇明后,被破格引进县中心医院工作,翌年,又被县政府任命为县中心医院副院长,并历任各届县人民代表,县政协副主席,在业务上受聘为江苏中医杂志特约撰述,县中心医院带徒组负责人,县中医学会第一副主任委员。

党的十一届三中全会后,党和政府十分重视中医的发展,始终坚持中医、西医和中西医结合的方针,制定了一系列有关中医药的政策,确立了中医药在中国卫生事业发展中的作用。此时的范春如出任上海市中医学会第二届理事会理事,中医药人员学术鉴定委员会委员,崇明县科学技术协会委员,崇明县中医学会名誉理事长等职。从而,使他对中医事业的未来发展更加充满信心。

范春如不但医术高明,而且医德高尚。那时候,找他看病的人特别多,其诊断时,对患者不管是富贵之士,还是平民百姓,他都一视同仁,认真耐心细致,精益求精。早年在乡间行医时,对患者加以"望闻问切",结合自己在工作中掌握的病例知识以及积累的实践经验,精准地找到其发病根源,不拘一格,辨症施药。遇到疑难病症,本着极端负责的精神,不顾本人年老体弱多病,亲自查阅有关资料,研究医案,制订医疗方案,不厌其烦地想方设法拯救病人,常常出奇制胜,使很多疑难杂症在他面前都能迎刃而解。

对特别贫困者求诊,更是仁心仁术,无论白昼黑夜,有求必应,来者不拒,且不计诊费报酬,甚至慷慨解囊赐药。据村里老人回忆,范春如,个子不高,瘦瘦的,但却敦厚朴实,仁爱善良,是个德高望重的好郎中。昔日海岛乡村,贫困落后,缺医少药,加之远离大陆,经受江风海潮侵袭,常见一些人因患偏头痛、神经衰弱、风湿性关节炎等疑难杂症,疼痛难忍,严重者卧床不起,生活不能自理,曾去过多家医院四处求医,久治不愈,便慕名找到范春如。他二话不说,又是把脉,又是开方配药,经过几个疗程的精心治疗,竟奇迹般地妙手回春,消除病痛,使患者恢复了健康。

由于他医术高明,医德高尚,深受岛上人的尊敬。他除了在家中的诊所里给病人搭脉开方治病外,时常被人请去到乡间看病,路远的还用独轮手推车接送。逢年过节时,他们送一些鸡、鸭、鱼等家养的土特产,登门表示谢意。久而久之,他的这种救死扶伤的人道主义精神,在乡间传为美谈,成为后辈学习之楷模,博得了社会各界人士的一致好评。

范春如在行医中不墨守成规,善于探索总结经验,创立独树一帜的医学理论。在中医学术上,经过多年潜心研读医学经典,得其精髓,结合实践经验,均有较深的造诣。他在壮年时期写下的有关"中医病理"的论文发表在省级医学刊物和县中心医院研究工作资料汇编中,并根据自己数十年的临床经验,著述了《方剂修习题介》《金匮修习题介》等著作。对如何发挥中医的优势和特色,攻克影响人类健康的常见病、多发病、疑难病,提出了行之有效的方法和途径,经有关部门鉴定后,在内部印刷出版,并推广运用。进入老年后,仍以"老骥伏枥,志在千里"的精神不辍行医和学术研究。因身体不便,请人代为整理的积一生临床经验的学术论文发表于《上海中医药杂志》等刊物上。其中部分内容被全国中医学会主办的《中医杂志》选用,对传承和发展中医事业做出了积极贡献。由于范春如工作成绩卓著,于1982年晋升为崇明县第一个中医主持医生。1985年1月,范春如因患突发性脑血管病变,不幸病故,享年80岁。

暮春的一天,艳阳高照,本人来到崇明堡镇彷徨村的范春如故居,这里是典型的海岛乡村。故居四周绿树浓荫,繁花簇拥,民居精美别致,田园风光秀丽,河水清澈灵动,一切都是那样的和谐和安谧。那充满古朴传统文化气息的宅院,历经百年风雨,年久失修,损毁严重,残垣断壁,杂草丛生,悠悠然然,静静地守候在阳光深处,默默地见证了曾经的一切。此时,几只鸟儿站立在破旧房顶的瓦片上东张西望,时不时地发出几声鸣叫,打破了这里的岑寂。在这里能依稀想见昔日那民国建筑风格的坐北朝南的二层小楼,砖木结构,有序精致;花格门窗,雕刻精美;青砖黑瓦,古朴典雅。还有宅院后的那片竹林和几棵挺拔的老树,守望着风雨春秋,叙述着主人的喜怒哀乐,记载着主人酸甜苦辣的人生,也浓缩了历史的沧桑,留下了一片乡愁。

睹物生情,遥思先贤,百感交集,许多莫名的惆怅和伤感涌上心头,难以释怀。我注视老屋,沉默良久,顿生历史感慨。如今斯人已去,声名犹存,精神播扬,这里宛如一幅泛黄的画卷和穿越百年岁月的烟云飘浮在眼前,展露出跌宕飞扬的韵致和独特魅力。

顾村的崇明情缘

顾村,原名大顾家宅,也称顾家大院。位于宝山区中西部,东离宝山区政府 12 公里,南距人民广场 19 公里,迄今为止近 700 年历史。相传元代至顺年间(1330—1333 年)由崇明岛移居吴淞胡巷桥的顾氏四兄弟迁居此地,开滩拓荒,勤劳耕作,和睦相处,繁衍生息,人丁兴旺,财源茂盛。

先辈们的垦拓精神,激励着世世代代的村民,基本上就是日出而作,日落而息。但这看似平淡的生活,却折射出时代变更的影子。顾村的先民们在这块土地上,不但开始人工种植农作物,还形成了顾村城镇规模。

随着农业经济的兴盛,这里花(棉花)、米杂粮行、商铺渐渐兴起。据史料记载,清嘉庆、道光年间,这里就有商铺 30 余家,布庄 13 家,花行三四家,均悬号灯,繁华景象可见一斑。1912 年,士绅顾珍彝改革旧式私塾之方法,创办农事小学,被命名为顾村小学,深受人们喜爱,"顾村"之名始于此,并一直沿用至今。

顾姓是崇明岛上的大姓,也是最早的迁崇始祖之一。据《崇明县志》记载的迁崇始祖"黄顾董施陆宋"六姓都是属于"崇明沙上第一家"。

早在唐代武德年间(618—626年)长江口有东西两沙涨出水面,这是崇明岛的原始雏形。随着时间的推移,东西沙地形渐高,面积渐广,到了武则天万岁通天元年(696年)技高胆大的黄顾董施陆宋六姓渔民、樵夫冒着生命危险,驾舟登岛,白手起家,挑泥筑岸,围垦造田,用汗水、鲜血和生命营造自己的栖身处。他们靠勤劳和智慧的双手,就地取材,伐树木为梁,割芦苇为墙,刈草为顶,搭起了挡风挡雨的简易住所,继而辟草垦荒,织网捕鱼,崇明岛始有房舍、农田和渔场。

我与顾村的交往,是在1990年末,那时候顾村作为首批大居建设的基地之一,我曾带领市房地局机关的同志,来顾村作过调研,并对有关征地动迁补偿等问题与当地村民召开座谈会,以及大居建成后,对安置情况进行参观和调研。但都未及顾村的历史和人文方面的情况,因此,对顾村的历史情况一概不知。近日,在"崛起长兴岛"编委会编辑出版的《笔墨长兴》一书的座谈会上,结识了原顾村镇党委书记瞿新昌。瞿书记曾在长兴岛工作过,他在顾村任党委书记多年,在言谈中说起顾村与崇明情缘的历史故事,便引起了我的兴趣,并让顾书记讲述了有关情况,又查阅了相关资料,从而对顾村与崇明岛情缘的历史有了更深的认识。

顾村由1947年设顾村镇,1954年改为乡,1957年划归刘行乡,1961年分刘行人民公社设置顾村人民公社,1984年改为乡,

1993年撤乡建镇。但数百年以前，它的确是一个村。时至今日，顾姓仍是顾村镇的一个大姓。2000年11月，原顾村、刘行两镇撤二建一，组建了新的顾村镇。

顾村镇总面积为41.66平方公里，耕地面积1 896.3公顷，辖区内有20个行政村，22个居委会，常住人口近16万，加上外来人口可达30万。

顾村镇有着优越的地理环境和得天独厚的地域优势。这里是距市中心最近的近郊城镇，与上海老工业基地吴淞工业区和全国最大的现代化钢铁联合企业宝钢毗邻，是上海房地产建设沪北板块宝山新城大组团中"最适宜居住地区"的绿色园林集团。顾村作为上海20世纪90年代末首批大居基地之一，截至2016年，顾村大居建成面积达到5.3平方公里，安置居民4.8万户，32个居委会，共11万人，相当于上海老城厢（1.99平方公里）的2.7倍。目前顾村镇的大居建设还在继续进行中。

沧桑砥砺，春华秋实。历经近700年的顾村焕发了青春。如今，顾村镇人文荟萃，物华天宝，人杰地灵，交通便捷，人流涌动。这里有地铁7号线、15号线穿过境内。这里环境优美，高楼林立，商业繁茂，拥有数百年历史的乡路、老宅、老井、老灶等退出了历史舞台。从而村民变成了居民，住进了高楼住宅，过上了现代化生活，以致江南水乡景象难觅，呈现一派繁荣的现代化新城景象。近年来，获得了国家卫生镇、全国环境优美镇、全国百佳文化生态建设示范镇等称号，还被国家文化部授予"中国民间文化艺术之乡"等荣誉称号。顾村最有知名度的旅游景点——顾村公园,被视为上海最大的郊野公园之一,公园可春游樱花林,夏观荷花池,秋闻桂花香,冬品梅花韵,一年四季花开四地,是该公园的一大特色景观,吸引成千上万游客前来参观游览。

历史是人创造的,辉煌的顾村历史让人激动,淳朴的顾村崇明人让人感动,更是为顾村的崇明人用双手、用肩膀创造了令人惊叹的奇迹,让一衣带水、相濡以沫的家乡人为之骄傲和自豪。

岁月,带走了顾村的风韵,带不走顾村的情怀。回望顾村的历史与文化,先贤的聪慧与勤劳,那自力更生,艰苦创业的精神永远不过时,那朴实淳厚,充满人伦色彩、海派情调的点点滴滴永远留在人们心里,并将昭示后世子孙发奋开拓,勇往前行,不忘来时路,奋进新征程!

由传统家风感悟人间真情

五十八集电视连续剧《人世间》播出后,观众超过四亿,深受人们的喜爱和好评。剧中主人翁周氏一家人,在那人间冷暖的寻常日子里,秉持着勤劳、俭朴、善良的传统家风,那充满着浓浓人间真情的情节将我深深打动。

中国优秀传统的好家风根植着和谐融洽的大家庭。随着"草木会发芽,孩子会长大,岁月的列车不为谁停下。命运的站台悲欢离合都是刹那,人像雪花一样飞得高,又融化……"那动人心魄的《人世间》主题曲和一幕幕动情的剧情,我们看到了主人翁周氏一家在那个年代生活虽困苦和艰辛但又和谐相处的其乐融融情景,看到了周家父母身上的淳朴忠厚、勤劳善良、乐观向上的美德和胸怀宽广大度及谦让朴素的家国情怀,更是看到了他们对子女教育的传统好家风,潜心培养他们奋斗、上进、争气、走人间正道的良好品德。特别是父亲周志刚,虽在管教子女的方法和手段上严肃刻板,甚至有粗暴打骂的过激行为,以此也常常遭到子女们的抱怨。但他那坚毅直爽的性格似山一样博大厚重,承载了太多的酸甜苦辣,他远离家乡在西南三线建设,勤劳节俭,靠自己微薄的收入,养家糊口,供子女上学,滋养了整个大家庭,并要求子女好好读书,用知识武装头脑,长大要做报效国家、服务人民的有用之人。他那善良和慈爱,又如水一样的温润,当得知他的女儿周蓉大学毕业后,独自一人远嫁到千里之外的贵州山区,便在春节前夕,背着自己平时省吃俭用攒下来的20斤白面粉,千里迢迢从四川跋山涉水到贵州山区,寻找女儿。见面时,父亲的一声"蓉儿",让女儿周蓉刹那间又惊又喜又愧怍,她泪流满面地朝父亲跪下,这让周父瞬间泪奔,并深深地表露出因自己常年在外,对家庭和子女缺乏关照和关心,因而无比愧疚和抱歉的心情,这也充分表明了父母是世界上最无私最包容的人。周母更是一位勤劳、淳朴、贤惠、善良、能干的女性,为支持在四川支边建设的丈夫工作,她精打细算,默默无闻地操持家务,并用踏踏实实做人,勤勤恳恳做事的良好家风以自己柔弱而又坚韧的脊梁含辛茹苦培育出德才兼备的优秀子女,虽然过着清贫辛苦的日子,却一直都乐在其中。她心态平和,为人和善、好客、热情,与邻里间和睦相处,乐于助人的良好品格,深受人们的尊敬。

中国优秀传统的好家风能历练出有所作为的好儿女。家庭是孩子扬帆的起点和港湾。好的家风是一种身教无言的教育,也是一种无形的力量。父母的言传身教,潜移默化地培育着周氏儿女们在人生道路上自立自强,健康成长。父母的自律行为,无形地培育了他们不管生活多苦多累,都能以事业为重,把工作做好的意志，使之成长为对社会、对家庭有担当责任之人。大儿子周秉义，他一直把父母的教诲记在心里，严格要求，通过自己努力，品学兼优，考上了北京大学。大学毕业后，他立志用学到的知识报效祖国，报效家乡，主动到条件艰苦、生活落后的家乡工作。先从基层政府部门做起，后经过努力，一路走上领导岗位，成为家乡的市长。当上了父母官后，他更爱岗敬业，心系百姓，无私奉献，廉洁自律，带领家乡人民艰苦创业，经过旧改，走出困境，住上新房，过上了幸福生活，赢得了百姓的良好口碑。女儿周蓉，学习成绩优异，十六岁那年她跟随诗人丈夫来到偏远的贵州山区农村任教，满腔热情地全身心投入山里孩子的教育事业上，为他们播撒了知识的种子，点燃了薪火相传的希望，改变了山区文化落后的面貌。恢复高考后，她又考上了北大，并当上了副教授，成为社会的精英。小儿子周秉昆，为了照顾脑血栓后遗症的母亲和带着姐姐的女儿，养着别人的儿子，放弃了上大学的机会，成为一名工人，却有着豪爽、耿直、善良和坦荡做人的境界。他讲仁义、善做好事，乐于助人，尽自己的能力帮助需要帮助的人。他孝敬父母，工作之余尽可能地帮助母亲干家务，对亲情、爱情、友情等情感的执念，深受人们的喜爱。他冲破世俗偏见，顶着种种压力，以真善美的人性和大爱，将妻子郑娟与前夫的孩子当成自己的孩子抚养成人，培育成才。

中国优秀传统的好家风影响着善解人意的贤内助。有人说，家是女人温馨的港湾。周秉昆的妻子郑娟，看似温柔、善良，实则以柔克刚，内心却非常强大，她隐忍坚强，勇于承担包容生活中的一切压力、苦难和委屈。她充满孝心,用两年多的时间伺候照料植物人周母,一直到苏醒康复。她在丈夫周秉昆因过失犯罪被服刑期间,独自一人推着小车卖红薯挣钱供儿子上学,并考进了清华大学。她把自己家的房子送给走投无路的闺蜜,解决了住房困难。她强忍着因儿子在美国遭遇不测的悲痛,用一双勤劳的手与刑满出狱后的丈夫一起拼搏创业开面馆,生意红火。她是一个奋斗者,一个让人敬佩的生活强者。她的这种包容、情怀和品格,把生活过得风生水起,是她的大爱支撑起了周家的后方天地,成为温柔和依靠的家,她不仅博大了人的心胸,也丰润了人的心灵,不由你不为她的魅力所感动,她不愧为一位心胸宽广、善良有加、贤惠自强的好媳妇、好妻子、好母亲。

让中华民族优秀的家风文化发扬光大。习近平总书记于 2020 年 6 月在四川考察时谈到了家教家风问题,指出:"家风家教是一个家庭最宝贵的财富,是留给子孙后代最好的遗产。"由此可见,家风是一个家庭、一个家族的文化氛围,家风是一个家庭在世代传承中形成的较为稳定的道德规范、传统习惯,家风连着民风和国家情怀,是中华民族的传统美德。反映自 1969 年至 2008 年整整经历半个世纪波澜壮阔的社会进程的电视剧《人世间》,通过剧情,回归周家的命运,也是当时特殊年代一代人的命运,而这个命运又和情感问题、家庭问题、社会问题纠合在一起。从而,使人心灵激荡,精神启迪,让人们获得了一份美的享受,情的感染,心的充盈。

人世间,冥冥之中,一切都有因果轮回。人的一生,把勤奋、善良之心修好，方能赢得有为人生。家风体现中华文化，展现中华精神，家风蕴含着中国力量和丰富的思想道德精髓。一个深藏大爱的人，家庭、生活、事业必然多姿多彩、幸福无限的。电视剧《人世间》中这种充满着烟火气的好家风，让接地气的老百姓看到了他们讲道德、讲自律、守规矩的生活实况和浓浓的家国情怀，也正是这充满烟火气的好家风让那些走过这段路程的人们感同身受地看到了自己曾经的熟悉生活和历史背影，更是让年轻人对父辈祖辈们的人生经历增加了解和认识，那就是要走好自己的人生路，将正直、勤劳、善良的好家风传承下去，发扬光大。

家风是社会最基本的文化基因，好的家风，传递正能量，温暖人们大爱无疆、道德风尚。建设中国优秀传统的好家风，不仅关系到每一个家庭成员，还是党风、政风、民风、社会风气的源头，关系到国家社会方方面面的风气好坏。为此，在一个人的成长过程中，家风作为一种润物细无声的品德之力，无时无刻不在塑造着家庭成员的心灵，唤醒着真善美的良知。好家风可以培育出好公民，只有家风正，才会民风正，良好家风是形成社会主义核心价值观的社会基础，对社会主义精神文明建设，对中华民族文化的传承，对正能量的传播都有着积极的推动作用。

家是国的家，国是家的国。朴实无华的中国优秀传统好家风，了解了才会理解，理解了才会懂得，懂得了才能感悟，悟在其中……

愿电视剧《人世间》中的中国优秀传统好家风给人们以启迪！

内蒙人民的胸怀

习近平总书记在今年全国两会期间专门提到"三千孤儿入内蒙"的历史佳话,这段在特殊时期发生的故事感人至深,所蕴含的精神财富跨越时空、历久弥新,上海人民感恩于心、铭记在心。都贵玛老人把意气风发的最好时光、美丽灿烂的最美年华献给了"国家孩子",不愧为伟大的草原母亲,是当之无愧的人民楷模。

在央视首播的电视剧《国家孩子》全景式讲述了20世纪60年代上海三千孤儿入内蒙,受到了党的关怀、被抚育长大的故事,向观众展示了以都贵玛为代表的内蒙古人民用真实、真情、真诚,以及纯粹、温和、深切那丰富而又感人的行动书写大爱的崇高精神和高尚品格。该剧播出后,在广大观众中一时成为美谈。我被剧中那一桩桩、一幕幕充满情感和温馨的场面、情节深深打动,并在去年4月首播时看完第一遍后,又在今年重播时看了第二遍,真是激动人心,催人泪下。

上海三千孤儿入内蒙,充分体现了党对人民的关心、关爱,各族人民亲如一家的深情厚谊、内蒙古人民的大爱无疆。当时，年仅 19 岁，风华正茂的蒙古姑娘都贵玛，主动承担了 28 名婴幼儿的养育任务，用情有独钟的真情付出诠释了博大胸怀，为我国民族团结进步事业作出了重大贡献。

在当时的艰苦环境里，都贵玛克服重重困难，冲破层层压力，历尽千辛万苦，用善良与爱的感人故事和朴实无华的品德，用一双勤劳的手，付出真情、爱心和专业，想方设法提升儿童的生活、教育和医疗水平，让国家孩子们享受更多的关爱和恩惠，得到更科学的照顾，拥有更美好的未来。

都贵玛以慈母般无私无畏的精神，放弃自己美好的理想、追求、命运和前途，呕心沥血，倾尽全力地为养育国家孩子而奉献青春，奉献智慧，奉献一切，并用自己的一言一行，认真细致的责任担当，滋润和抚育孩子们从迷惘沮丧和一波三折的人生经历中，明确方向，明辨是非，最终确立了人生信念，实现了人生价值，从而，使他们在艰苦的岁月里，生活虽简朴，却在内蒙古人民的关爱和呵护下，日子过得单纯而充实，处处洋溢着幸福而温馨的气氛，尽享天伦之乐，健康成长，成家立业并回报社会，走上了成才之路。

从《国家孩子》的剧情中，让我们再次证明，我们党是伟大的、正确的、光荣的党，我们的国家是强大的国家，我们的中华民族是伟大的民族、坚强的民族，我们的各族人民是识大体、顾大局的人民，在艰难困苦的环境面前，放弃个人得失，营造了心连心、手拉手，民族团结一家亲的良好氛围，筑牢了齐心协力、共克时艰的责任担当,用爱心、情怀和智慧谱写了时代最壮丽的篇章和英雄史诗,这是我们中华民族身上所凝聚、所激发出来的精神动力,这更是内蒙古人民大爱无疆的真实写照。

电视连续剧《国家孩子》记录着那传奇的故事,体现了浓厚的情结,刻印着令人难以忘却的记忆。都贵玛,您是草原上一朵最美的花,您以火一样的热烈,火一样的奔放和草原一样的宽广胸怀,关爱国家孩子。都贵玛,您是上海人民最亲近的家人,您是上海人民最尊敬的额吉,您的名字将永远牢记在人们的心中。

往事悠悠,当年"三千孤儿入内蒙"的历史早已事随境迁,但是那段事那段情记忆犹新,暖意尚存。如今,都贵玛老人也已年近八旬,她身体硬朗,精神矍铄,乐观平和,我们祝愿她老人家健康长寿,生活幸福,好人一生平安。

夜光杯情怀

我与《新民晚报》结缘可追溯到1991年我在海军工程部队任政委期间，那年春节回上海后返回大连的途中，在上海公平路码头候船室候船时，从候船大厅的书报厅买了一份《新民晚报》，深深地被那多彩的版面和面向百姓、贴近生活的精彩文章所吸引，尤其是夜光杯栏目那一篇篇体裁丰富，内容广泛，亲切而自然的散文、随笔等所打动，深受喜爱。从那以后，我每次回上海或有战友来上海，都会捎带几份《新民晚报》，每次带回部队后，官兵们都争相阅读，爱不释手。1993年转业回上海后，由于单位图书室订阅晚报，我便成为忠实读者，每期必看，即使工作再忙也要挤出一部分时间留给阅读晚报。2009年退休后，一直至今，《新民晚报》更是必订的报纸，在我看来，晚报是我生活当中的良师益友，是我生活的补充，就像柴米油盐一样不可缺少。

我开始给《新民晚报》夜光杯投稿是在2007年的夏天，我的第一篇随笔《故乡晨曲》在当年的9月3日发表起，涌动了写作激情,至今已有 14 年,共在夜光杯版发表散文、随笔、游记等 252 篇,其中有写家乡崇明的民风民俗,风土人情和生态风貌的随笔;有写上海城郊和祖国各地的游记散文;还有言论、诗歌等。并将这些在报刊上发表的作品结集出版了《江风海韵》《山水寻梦》《看不尽的风景》《月光下的梧桐树》《紫藤烂漫笑春风》《崇明记忆》《沪游记乐》《百味人生》等 12 本,近 200 万字的散文、随笔、诗歌集。2012 年还有幸加入上海市作协,成为一名会员。

回顾当时对《新民晚报》的印象,既崇拜又神秘,认为她是一张社会影响极高的报纸,尤其是给夜光杯栏目写文章的文章作者,都是一些有知名度的大作家,对于我作为一名业余爱好者来说,要在这样高规格的报纸上发表文章,简直连想都不敢想。然而,在一次偶然的机会,参加上海市建设政工研究会举办的研讨会上,有位同事建议我将发表在该研究会办的刊物上的几篇散文、随笔不妨给夜光杯投投稿。就这样,便抱着试试看的心情,从《上海建设政工研究》刊物上录用的 20 多篇文稿中,选择 5 篇随笔投给了夜光杯编辑,没想到,仅一星期后,第一篇《故乡晨曲》就见诸报端,消息传出,不少同事、好友打来电话表示祝贺,连我的几位多年不联系的战友也给我发来短信予以激励,并在随后短短的三个月内,投出的 5 篇随笔接连发表了 3 篇。

从此以后,一发不可收,14 年来始终坚持,笔耕不辍,从未间断,尤其是 2009 年退休后,时间充足了,出门、走故乡、游各地的机会多了,所见所闻更多了,写作的素材更丰富了。其中最让我难忘的是,发表在夜光杯版的《家乡的金鳌山》和《美丽的北湖》两篇反映家乡崇明的游记散文影响较大。我在文中写到的崇明岛上一山一湖,很多上海人都不知道,在夜光杯刊出后,不少朋友给我打来电话询问,有的如发现新大陆般惊喜,都想去看看。有一次,我坐在17路公交车上,遇到邻座的一位老者正在看着我写的那篇发表在夜光杯版上的《家乡的金鳌山》一文,并用疑问的口气问同座的老伴,崇明岛上的金鳌山你听到过吗?他的老伴说没听到过,我在一旁便为他们俩当起了业余导游,并将崇明岛上的金鳌山和北湖作了一番讲解,还告诉他俩去崇明的乘车线路,两位老人听完我的介绍后,饶有兴趣地表示,将这一山一湖的消息告诉老友,一起到崇明去参观金鳌山和北湖。

斗转星移,时光荏苒,30年来,夜光杯给我提供了如此广阔的写作舞台,令我有机会不断徜徉在我所想要表达的文字之中,与读者分享,与社会共前往。同时,我还要真诚地感谢夜光杯及夜光杯众多编辑的厚爱和悉心指导,夜光杯不愧是一张为寻常百姓服务的报纸。30年来,我将夜光杯的名篇佳作和精彩美文剪贴收藏起来,分门别类汇编成册,足足有100多本,作为学习回味吮吸知识营养的园地和写作的好教材,指导我写出满意的散文和随笔。30年来,《新民晚报》是我心目中最喜爱的一份报纸,夜光杯更是让我学到了许多新的知识,开阔了视野,陶冶了情操,汲取了文学营养,充实了文化底蕴,丰富了精神世界。她给人以乐趣、遐想和启迪,更是以寻求人生价值的向往和成就感的享受。

如今,写作不仅成了我的兴趣爱好,也成了我充满情趣、滋养心灵和文化养生必不可少的部分,向夜光杯写稿投稿更是成了陪伴我度过晚年生活不变的情怀。

真诚是立身之本

真诚是做人立身的根本,是中华民族的传统美德。在现实生活中,真诚是照亮人们心灵的窗户,是沟通人与人之间情感的桥梁,是维系正常人际关系的纽带,是促进社会文明进步的前提条件。信守真诚,须先懂得真诚。

真诚是一种美德。真诚能让人感到亲切,受到尊重并带来温暖;真诚能让生活充满阳光,工作充满激情,让人从中收获相互信任的感情和幸福感;真诚能锤炼和升华人的职业修养和道德情操。

真诚是一种境界。真诚能尊重别人多姿多彩的个性,能成为志同道合的同志,肝胆相照的知己,工作上密切配合的同事,生活上互相关心的挚友。

真诚是一种品质。真诚能反映一个人的素养,衡量一个人的品德。真诚能让自己的生活增加光亮,添加亮色,充满阳光,成为仁者和智者。

人们要想在生活、工作和情感浸化在幸福之中,就必须在内心深处坚持真诚,并更大限度地激发"真诚",以使这一中华民族的传统美德占领心灵,并坚持终生。

真诚是一种胸怀,一种豁达,一种智慧的折射。高尔基曾说:"走正直诚实的生活道路,定会有一个问心无愧的归宿。"只有懂得真诚,就能容人,就能悦人,就能抱着一颗平常之心,以平等的心态处理好人际关系,正确看待别人的优点和缺点。坚持和懂得真诚,才能在浮躁的物欲横流的环境里保持平静的心态,就能"大其心以容天下之物,和其心以敬天下之人。"

坚持真诚,必须身体力行去传递真诚。每个人应将真诚的爱心和坦诚务实的暖心传递出去,温暖他人,才能营造良好的社会生态。只有人人将真诚成为一种自觉、一种享受、一种习惯时,那么,你就能聚拢更多良师挚友,你就不会妄自菲薄,你就能换来别人对你的真诚。

坚持真诚,更要理解真诚。理解了真诚,就能及时看到别人的长处,并能发自内心地赞许,就能从消极走向积极,就能团结更多的人,同心同德,齐心协力,去创造人间的美好。理解了真诚,简单、机械、枯燥乏味的工作就会焕发生机,充满活力,你就会对平凡的工作保持积极的心态,才能多一份责任,多一份热情,多一份热爱。

总之,坚持真诚,理解真诚,懂得真诚,拥有真诚,传递真诚,激发真诚,使我们每个人的心灵更加纯洁、平静、完美、成熟。

健康的心态是前进的动力

疫情期间,宅在家里翻阅资料时,偶见一年前有位朋友送我的一幅用钢笔书写的书法作品,其中提到心态问题,颇有感触。

作品中写道:"青春不是人生的一个时期,而是一种心态,青春的本质不是粉面桃腮,不是朱唇红颜,也不是灵活的关节,而是坚定的意志,丰富的想象,饱满的情绪,是荡漾在生命甘泉中的一种涌动。青春的内涵是战胜懦弱的一种勇气,是敢于冒险的精神,而不是好逸恶劳,许多六十岁的反比二十岁的人更具上述品质。年岁虽增,但并不催老,衰老的成因是放弃了对理想的追求。人人心中都有一部无线电台,只要能从他人和造物主那里收到美好希望,欢畅,勇敢和力量的信息,我们更拥有青春。"

这段话很有哲理,辩证地看待心态。在现实生活中,每个人的理想信念和追求各不相同,活法有差别,结局也各异。有些人虽年轻,却没有朝气。有的人虽已古稀,却仍精神矍铄,朝气蓬勃。如此看来,人不管年老还是年轻,只要拥有了青春的心态,才能有饱满热情,不再循规蹈矩,敢为天下难为之事。拥有了青春的心态,就有了前进的动力和战胜困难的勇气。拥有了青春的心态,就会奋发有为,拼搏进取,在顺境面前不松懈,困难面前不退缩,挫折面前不气馁。这次奋战在湖北、武汉疫情第一线的勇士,接受了非凡的考验,以实际行动充分证明了这一点。

人们常说心态是人们认识外部事物的一种心理反应。它能决定命运,改变人生,更能潜移默化地影响着一个人做人的人品,做事的风格,做官的品德。青春的心态来源于平时的刻苦学习和勤于钻研。来源于对理想的追求和长期坚持与不懈努力。由此可见,青春的心态是一种勇气,必须以顽强不屈的勇气和意志,尝试着超越自我。青春的心态是一种境界,必须付出艰难和痛苦,一步一个脚印,踏踏实实地前行。青春的态度是一种健康心理的表现。

心态,讲究的是坚定的意志,丰富的想象,饱满的热情。在人生的征途上,青春的心态是一种精神,一种动力。青春的心态是积极的,健康的,向上的。不管年老还是年轻,人人都会有各阶段的理想,只要拥有了青春的心态,那么你的人生就会多一点追求,多一点勇气,多一点前进的动力。

提升软实力重在生活细节

何为软实力,即是人的文化、教育、精神、谈吐、习性、文明、生活等综合性素质的体现。而这软实力的表象恰恰从日常生活的小事、琐事、杂事中得到体现。

何谓小事,古人云:"天下难事,必作于易;天下大事,必作于细。""小者,大之源也"。大事是由无数小事所构成,大事是宏观,小事是微观,每一件小事与大事息息相关,所以小事也是大事,都是因时、因地、因人相对而言。可以说,大事是抽象概念,小事是大事的内涵。

提升软实力,要在全社会营造良好氛围。心中要装着人民群众是社会的主体,也是提升软实力的根本。群众之事无小事,解决好老百姓生活中的每一件小事,做好群众最关心、最直接、最现实的利益问题,是提升软实力的具体而行之有效的办法,要加大宣传引导力度,让人人成为软实力建设的参与者,在日常生活、工作中为软实力建设献计献策。要建章立制,健全体系,让软实力建设成为常态,在全社会营造软实力建设的良好氛围。孟子曾说:"路虽迩,不行不至;事虽小,不为不成。"在社会生活中,大量的工作都是一些琐碎、繁杂、细小的事务性工作的重复。对于管理者来说,敢于应对大事,善于处理小事,小事不等于易事,细节决定成败,凡做事必须从大处着眼,小处入手,花大力气把小事做好、做细、做强、做实。由此可见,大事与小事、难事、急事息息相关,相辅相成,正是涉及百姓利益的一件件烦心的小事妥善解决,才构成了社会和谐稳定和软实力提高的大事,才能给人们带来和睦与快乐,也给社会带来和谐与美丽。

然而,在现实生活中,往往忽略小事的细枝末节,在同样对待和处理一件事情上,不同的方式结果却不一样。同样是办一件事,有的大手大脚,铺张浪费;有的却勤俭节约,精打细算。同样是处理一件事,有的拖拖拉拉,敷衍搪塞,只有上文,没有下文;有的却雷厉风行,立竿见影……如"辛苦我一人,方便千万家"的徐虎精神,再如前不久台风"烟花"袭击上海期间,上海美琪大戏院原定 7 月 25 日下午 2 点的舞剧《永不消逝的电波》的票子已售出,后因受台风影响停止演出,为了将停演信息和退款事宜及时准确地告知观众,美琪大戏院的工作人员逐一通知几百名购票的观众,并从一个一个细节和一个一个环节落实到位,我们对这种为顾客之所想的认真负责的工作姿态和精益求精的敬业精神对这种为顾客之所想的认真负责的工作姿态和精益求精的敬业精神怎能不为之而赞叹。可见,在日常生活中,只有将一件件小事串起来,才能组成一个满满的圆。小事不小,小事牵连民生,小事牵着人心,小事牵扯利益,小事牵出作风,小事更是牵动着"人格魅力"的软实力。

软实力是实力之基。提升上海城市软实力,我们必须以习近平总书记关于弘扬上海城市精神和城市品格,提升城市软实力的重要指示精神为指引,将"开放、创新、包容"的上海城市风格,渗透到每个人的一言一行,举手投足间,要努力从自身做起,从一点一滴做起,不断学习并完善自我,提高公民自身综合素质和文化素质。为此,笔者认为:全面提升软实力,人人都是责任者。人是社会的主体,人的素质的高低对提升软实力至关重要,而努力提高社会大众的素质,需要人人参与,从日常生活的小事入手,从一言一行的具体事做起。正如《管子·七律》所云:"变俗易教,不知化不可。"提升软实力,离不开夯实作为社会细胞的人的基础。人是社会的主体,人的主体基本稳定了,整个社会就会稳定,人的肌体健康了,整个社会就会健康,人人做到和谐,整个社会就会和谐。由此可见,做好"小事"是一种美德,是一种修养。"小事"折射形象,"小事"关系作风。滴水不成海,独木不成林。不积跬步,无以至千里;不积小溪,无以成江海;不积沙砾,无以成高塔。平凡铸就伟大,伟大的事业是从一件件平凡的小事积累起来的。提升软实力,切不可忽视点滴养成,要以人为本,努力从一件件小事抓起,一个个细节做起,凝聚智慧,形成合力,坦诚务实地把为民服务的好事做好,实事做实,铸造软实力,增强凝聚力,提高能动力。

因而要加强精神文明和思想道德建设,开展弘扬时代新风和移风易俗行动,唱响"上海精神"的主旋律,自觉抵制腐朽落后文化侵蚀,践行文明健康的生活方式,做到文明、守纪、诚信、敬业。要以高度的使命感、责任感和强烈的事业心,坚持把每件事做精、做细、做完美、做极致,营造良好环境,树立良好形象,不断打造美好生活新图景,不断提升城市软实力,奋力创造新时代上海城市建设新奇迹。

在提升城市软实力的过程中,更要坚持与增强硬实力的有机融合。硬实力可以让城市更强大,软实力则会让城市更美丽。正如有外地人对上海人的评价说,上海人有品位,行事讲规则,说话有分寸,什么事该做,什么事不该做;什么话该说,什么话不该说,都拎得清。为此,笔者认为,这一印象的形成靠的是日积月累,长期养成的上海海纳百川,大气、谦和、开放、包容的上海城市品格分不开的。在一轮一轮突如其来的新冠疫情面前,广大居民守护家园,各方守望相助,种种表现,不断刷新着人们对上海市民素质和城市温度的认识,这更是充分体现上海战疫背后的城市软实力的提升。从而,有效地推动疫情防控和经济社会发展的"两手硬""两手赢"。因此,要坚持软实力与硬实力的相互作用,必须"讲规则","讲标准",努力打好"软硬兼备"的组合拳,齐头并进,相得益彰。要振奋精神,凝聚力量,以新担当、新作为和最讲认真的心态干好每一项工作,扎扎实实地把每一件事做到高水平、高境界。要立足岗位,勇挑重担,在新时代、新征程、新实践中,践行无怨无悔的精神品格,砥砺奋斗,不懈拼搏。要把忧患意识转化为提高危中寻机,化危为机的能力,勇于迎接风险挑战,以充分展示美丽上海的历史积淀、自然环境、人文习俗和丰富的文化内涵,不断增强城市吸引力、竞争力、影响力。从而,通过夯实软实力来促进和保障硬实力的提升,并以"智能"和"精细"来强化核心功能,提升城市能级,增强创新活力,推动上海科学化、精细化、智能化城市建设的高质量发展。

人生宜"知不足"

人们常说"知足常乐"。可是在人生追求上就不完全合适,应改为知不足而后勇。人要知足,但知足容易,知不足难。因为知足由别人,知不足由自己,知足是被动的,知不足是主动的。所以,知不足的境界更高一层。我们每一个人要懂得珍惜人生,就应知不足。

知不足,就能不断汲取营养。著名画家吴冠中,虽然他的作品价格在市场上不断飙升,但是他从来不以为意,甚至一次烧毁了200多张自己不满意的作品,目的只有一个:保留让明天的行家挑不出一点毛病的画。这就是说,文章、作画或做每一件事情要达到一个极致很难。所以,我们一定要坚持不懈地看书学习,汲取营养,只有日积月累、持之以恒,才能达到水滴石穿绳锯木断的效果。由此可见,在人生征途上,要有不足感,必须不断地学习、充实,提高和完善自我。学无止境,只有坚持实事求是,知错即改,戒骄戒躁,才能不断地陶冶情操,提高道德修养,不断进步。

知不足,就能达到更高的目标。不足感是一种情操、一种品质、一种风范、一种升华。古时候有贾岛"推敲"的典故,现代有陈景润钻研"哥德巴赫猜想"撞电线杆说对不起的轶事,做学问搞研究古今同理。因此,无论做什么事情,要想达到极致的境界,需要下一番苦功夫。"书山有路勤为径,学海无涯苦作舟"。要想干成一番事业,应当虚心待人,严于律己,洁身自好;学习上知浅、工作上知进、生活上知足。"能看见看不见的,才能做到不可能的",言之有理。对待工作力求一丝不苟、坚韧不拔不懈努力,才能达到更高标准和目标。

知不足,就能提升精神境界。国学大师陈寅恪教授曾说过,在学术研究中坚持"三不讲"——"书上有的不讲;别人讲过的不讲;自己讲过的不讲"。自己这般"苛刻",大师是怎样炼成的,也就可想而知。千里之行始于足下,万丈高楼起于垒土。在日常工作学习和生活中,只有脚踏实地,精益求精,不断地思考和探索,坚持工作上向标准高的同志看齐,生活上向标准低的同志看齐,要做到用力、用脑、用心学习和工作,才能使各级领导干部具备良好的领导和管理者风范,始终保持生机和活力,凸显个性和人格魅力,我们就会无愧于党和人民,无愧于时代。

金无足赤,人无完人。人有自知之明,知不足;也需要得到外界的监督、批评与提醒。这样,方能自觉进取。

文化养生陶性情

所谓"文化养生"内容丰富多彩,形式包罗万象,诸如唱歌、书法、绘画、写作、摄影、器乐等等,为自己营造健康、快乐的生活环境。实践证明,文化与养生关系十分密切。文化是手段,养生是目的,互为因果,相辅相成,通过参与丰富多彩的文化生活,陶冶情操,促进体内各个器官系统的和谐、平衡,增强免疫力,达到健康快乐的目的。

唱歌需背词、识谱,能增强记忆,愉悦身心。唱歌时,随着音乐的节拍、曲调,进入歌词的意境,情绪得到升华,心情舒畅,陶冶情操。舒心理气的乐曲,能振奋精神,调节情绪和心理障碍等,净化心灵,愉悦心境,让生活充满阳光和活力。

书法讲究意念,要求平心静气,全神贯注,排除杂念,这点与气功的呼吸锻炼有异曲同工之妙,能在高雅的爱好中养脑、养心、养气,增强肺活量,促进血液循环,增强免疫力,提高抵抗力。

绘画讲究姿势,要求头端正、肩平齐、胸张背垂,提肘悬腕,将全身的力量集中在上肢,这又与气功修炼的姿势接近,故书法绘画被人称为"艺术气功",能锻炼人的性格,培养人的毅力,促进身心健康。

写作是提高修养,陶冶性情,学习文学艺术的一种好方法,不仅使业余生活得到丰富充实,更是一种人生的美妙享受。写作可以拓展思路,提高思维能力,还能产生无穷的乐趣,心理上的疲惫也会由此缓解。写作动脑、动眼、动手,开阔了眼界,丰富了知识,愉悦了心情,从而,达到修心、养性、滋润生活,磨炼意志,提升思想境界。

摄影不仅能捕捉到美妙的瞬间和湖光山色的旖旎风光,同时能经常接触大自然,可摄取空气中较多的负离子,对促进机体新陈代谢等十分有益;摄影中的选择过程,对大脑产生激活作用,有利于脑内血液循环,有利于防止脑细胞萎缩、脑出血等疾病的发生概率,促进大脑思维活力。摄影创作是追求美的艺术,它能美化作者的心灵,开阔视野,陶冶情操,促进作者心情愉快,神清气爽,身心更加健康。

"生命在于运动",文化养生同样是这一至理名言的佐证。文化养生能保持心理和心态平衡,能减压祛病和延年益寿。文化养生的内容可根据每个人的特长爱好选择,或通过老年大学、社交和自学获取,并在愉悦的活动中,充分发挥各自的聪明才智,以展示文化养生这一片缤纷多彩的天地。

崇明俗语,养生精华

崇明岛,休闲胜地、人居天堂、养生乐园。

有着近 1 400 年历史的崇明岛,三面环江,一面临海,交通相对比较闭塞等独特的地理位置,营造了优美的自然生态,优越的居住条件,合理的饮食结构和安逸的人文环境,从而有效地改善和提高了人们的生活水平,百岁老人越来越多,成为"中国长寿之乡""中国长寿之岛"和世界级生态岛。

崇明养生俗语是民间广为流传的一种通俗口语,具有言简意赅,生动有趣,比喻形象,寓意深刻等特点。纵观崇明俗语中的养生文化,是一代又一代崇明人在长期的劳动生产、生活中积淀和形成的,是劳动人民经验总结和智慧结晶。崇明俗语中的养生文化更是蕴含着海岛人艰苦创业、勇于拼搏的垦拓精神和吃苦耐劳、勤俭持家的传统美德。人们坚信,只要有了一副健康强壮的好身体,才能更好地创造财富。

"早起早睡、早出晚归"。意味着起居作息时,因循了"日出而作、日落而息"的自然规律,即太阳升起时起床下地干活,待太阳下山时收工歇脚,吃完晚饭后便休息、睡觉。这样保证充足的睡眠,有利于调节身心,以确保能劳逸结合,白天干活时有充沛的精力和体力。否则,阴阳颠倒会背离自然规律,久而久之,有伤身体。这种早睡早起的作息规律成为岛上人的良好习惯,一直保持至今。

"不挑过头担"。意味着挑担劳作时,要适当,要量力而行,挑过头担会伤身体。过去在乡间劳作挑担时,人们将担子的重量一般控制在100至130斤之间,大致与人的体重相仿,若挑了超过人体重量的担子,视为过头担,容易伤了身体,这也充分体现因人而异、量力而行,以利养生的道理。

"不讲过头话"。意味着言谈举止时,说话要文明礼貌,要掌握分寸,讲过头话会伤人心,讲大话,言过其实会失去信任,伤人感情。于是,在健康文明的言谈举止影响下,岛上民风淳朴,岛上人感情真诚,心地善良,待人宽厚,人际关系融洽和谐,欺骗人,会遭到众人唾弃。

"趁趁依势"。这是经常挂在我们崇明人嘴边的一句话,"依势"就是顺势,翻成普通话,就是任其自然。"趁趁"使用重叠形式,实际上是在强调我们应该根据自然的趋向来行事,不要逆天作为。"趁趁依势"意味着人与人,人与自然和平共处,避免伤了和气,伤了感情。为人处世,宽容大度,日子过得开心,享受快乐常常比较充分。

"只要记,不要气"。意味着遇到困难挫折时,要记住受挫原因,不抱怨、不消极、不灰心丧气,将挫折变为动力。要善于从失败中吸取教训,奋发努力,迎难而上,就会增强信心,攻克难关,让逆境变为顺境。

"多笑笑,莫烦恼,天天忙,永不老"。意味着遇到不顺心的事时,要调节好心态,保持乐观情绪和勤奋劳作的生活规律,通过忙忙碌碌的劳作把烦恼抛开,把平淡单调的生活调成亮丽丰盈的色彩,以开朗的心态,勤快的劳作练就一身好体魄,始终保持着充沛的精力,这恐怕就是海岛人长寿秘诀的重要因素之一。

此外,在崇明岛上的养生俗语还有诸如:"气煞气死要生病,开开心心活性命""看勒眼里,记勒肚里"。指人生要乐观,心态要平和,心情要舒畅,开开心心每一天;"甜瓜吃仔千千万,苦瓜吃仔在心头"。指不要忘记苦难,要努力改变命运;"只有懒人,呒得懒地"。指只要勤奋劳作,就会有收获,就能致富;"食饥伤饱"。饮食结构和习惯要健康合理,不暴食,不挑食。饿过了头或吃得过饱都会伤身体;"笃悠悠两石九,急吼吼三石缺一斗"。意为做事干活不可操之过急,急于求成,要三思而后行,稳重行事;"三天不吃盐鸡(咸菜)汤,脚果郎里酥汪汪"。指食物太淡,人会无力气,庄稼人田间干活出汗多,因此要适当补充盐分(当然吃得太咸也会伤身体)。这些富有诗意,易于传诵的养身俗语,具有鲜明的地方特色和独特的语言风格,不失为有益有在事理、在社交、生活中调整好心态,时刻处于轻松愉快之中。

崇明俗语中的养生文化是祖辈留下的宝贵财富,凝聚着人生大智慧的精髓,饱含着丰富的科学养生哲理,是中华民族的优秀传统文化的一部分。

默默无闻的民间艺术家

近日,来到崇明文友、瀛洲壁画研究院院长、书画家邱振培的家做客,被挂在客厅墙上的一组带着崇明乡土文化气息的山水画、书桌上那本《铅笔画集》,以及该画作者的生活照而深深地吸引,经邱老师的介绍得知,这作品原来是中国漫画鼻祖、著名文学大师丰子恺的弟子——崇明岛上著名画家茅雨亭先生的作品。

茅雨亭笔下的山水画中,有遒劲的苍松,有俏丽的杨柳,有雄峻的山峰,有烟云如芙蓉朵朵开在天水间,意境和谐,拨动心弦,仿佛可以透过画面聆听到山水的声音,笔墨豪放与技法细腻相得益彰,给观者带来赏心悦目、春风化雨般的文化浸润。

面对画作和作者那目光专注、表情凝重、一副和蔼可亲的脸庞和苦苦求索的神态,邱振培便满怀深情地讲着他珍藏茅雨亭老师画作的故事和他与茅雨亭师生之间的情缘。

茅雨亭,又名松筠(1912—2004),上海新华艺术专科学校毕业。曾任崇明的民本中学、立德中学、北堡中学、崇明师范美术老师及北堡中学教导主任等。期间,将教学中编绘成全六册《铅笔画集》,由丰子恺校订,钱君匋发行,万叶书店出版。分别于民国三十七年(1948年)六月初版、民国三十七年八月再版,成为中小学生通用教材。内容包括静物、风景、飞禽、走兽、人像等,画面简洁、朴素、动静相宜、怡淡自然、意境丰富,真是画中有画,给人无限遐想。当年该书一经问世,在书画界产生广泛影响,并获得高度评价和赞誉。著名书画篆刻家钱君匋特聘茅雨亭为图书插画撰稿人;著名油画家颜文樑称茅雨亭是一位难得的铅笔画艺术家。

邱振培作为茅雨亭的学生,他回顾与老师的工作、交往和生活情景,如数家珍,娓娓道来。茅雨亭,土生土长的崇明竖新镇人,书画是他儿童时期的久远梦想,也是他毕生追求的不灭情怀。

名师指点,如鱼得水。青年时期的茅雨亭,踌躇满志带着梦想和憧憬,师从我国现代著名漫画家、散文家、音乐教育家、翻译家、文学大师丰子恺(1898—1975),并时刻牢记老师的"踏踏实实作画,堂堂正正做人"的教诲,结下了深厚的师生情谊。功夫不负有心人,高起点的绘画培训和艺术思想熏陶,加之自己的兴趣、志向、勤奋和钻研,使其较系统全面地掌握了一手扎实、过硬的绘画基本功,并逐渐形成了自己独特而鲜明的绘画风格。

学无止境,学业有成的茅雨亭回崇明后,多年来在多家学校的教学中,每天挥毫作画,虽辛苦却乐此不疲。在此期间,他还与外界文人墨客交往甚广,切磋技艺,开阔视野,凭着自己勤奋和刻苦思考,以使他的书画技艺得以充分发挥,在书画艺术的理念上也有了质的飞跃,从而创作了大量的绘画作品。早年在上海租界开办了"松筠工艺社",又在"文革"后,崇明文化馆举办了茅雨亭画展,开创了该馆的画展先河,人们都亲切地称他为海岛大画家。同时,为进一步拓展自己的艺术领域,他还刻苦钻研英语、音乐、油画等多门学问,可谓是做一样,成一样,精一样,终于成为一名诗书画印、吹拉弹唱集一身的民间艺术家。

"艺术源于生活,高于生活"作为创作意境。茅雨亭一直认为书画的根脉是传统,生命在于创新,灵魂是文化。他在山水画和铅笔画的作画过程中,散发着泥土芳香的书画素材为他魂牵梦绕的创作之路提供了丰富多彩的广阔舞台。在创作理念和实践上始终继承着传统文脉,把笔墨兼具、天人合一作为自己绘画的精髓。清代画家恽南田直截透彻地说:"有笔有墨谓之画",黄宾虹先生同样主张"无笔墨即无画"。茅雨亭老师在笔墨的处理上十分用心,他注重墨迹的变化和笔触的细腻,能够灵活运用笔墨,创造出独特的艺术效果。

纵观茅雨亭的山水画和铅笔画,线条流畅,气韵生动,形象逼真,意境幽远,高雅华美。他偏爱自然,画作中融进了他对家乡深深的爱的元素,他也深深地被崇明水墨画般的景色所陶醉。家乡的土地滋养着他无尽的创作之源,家乡的一草一木,风土人情,陶冶着他的成功之路,以使他的画作如神助一般,其人物、花鸟、山水无所不能;工笔、写意、水墨、重彩,无不擅长,而且,均富有极高的造诣。他把飞禽走兽、树木花草画得飘逸清新,生动传神;他的那幅《红梅》,有的怒放,有的含苞,疏影横斜,栩栩如生,各显风姿,尽显虬枝苍劲、傲然不屈的梅韵风骨。茅雨亭的画作,看似平淡,却有一种很深的思想内涵,有一种朴素的感情,有一种别样的滋味,看他的画会让人沉思良久的艺术享受。

作为茅雨亭的学生,邱振培对老师有着深厚的情感,学生眼中的茅雨亭老师,他平时少言寡语,性格温和,但在创作上却充满着激情,正是在激情澎湃之间,灵气便随之涌上心头,传神之作便跃然纸上。就有了这一幅幅传世佳作,这画沾上了崇明的灵气,就会变得优美了起来,从而形成了他具有生活气息浓厚的独特艺术风格,他的画作也给人以大自然的灵秀之美感。画如其人,茅雨亭老师的每一幅画作都是作者性情与品位的寄托,把一腔至柔至性的情融入画中,他吸取名家精华,画境富有生气,物象澄明朗彻,画艺趋达炉火纯青。老师一生创作了许多让人百看不厌,回味无穷的精品,为弘扬中华传统书画艺术做出了贡献,为后人留下了十分珍贵的史料。

茅雨亭不仅功底扎实、画艺精湛,而且艺德高尚。"文革"期间,时任上海中国画院院长、年近古稀体弱多病的丰子恺老师惨遭厄运,被下放到崇明五七干校劳动改造,住在一间阴暗潮湿、四面漏风的"牛棚"里,身心受到极大摧残。茅雨亭得知这一消息后,不顾当时的处境,冒着可能受株连的风险,挺身而出,主动伸出援助之手,在精神和生活上给予关心和帮助,并想方设法多次看望老师,让丰子恺倍受感动。以使丰子恺在崇明五七干校期间完成了《护生画集》第六集90幅画的创作,从而进一步加深了师生情。

作为一位中学美术教师,茅雨亭总是不为名不为利,低调务实,默默无闻地作画,传道,授业,解惑。在传授过程中不计报酬,不收费用,而且,时常自掏腰包,资助贫困学生。其实,他家也不富裕,爱人在农村,儿子、女儿上学,全家开销靠他一个人的工资支撑。他总是认真、耐心、细致地将绘画技艺毫无保留地传教他人,在崇明岛上培养了无数名手高徒。如今,他的高徒们遍布大江南北,无论身在何处,都会想起曾经的恩师,梦回曾经的校园,茅雨亭老师深受人们的赞誉和传颂。

茅雨亭笔耕画坛60余个春秋,无论逆境还是顺境,初心不改,从没停止过追求,终于成了公认的书画名家。但是他始终保持着平易近人、与人为善的优秀品质和安于平凡的高尚情怀。退休后,即使回到乡间,也不忘助人为乐。每逢春节,或者遇到结婚、祝寿等喜事,四邻八舍如需要春联、喜联,他都有求必应。当有人给他酬谢时,茅雨亭总是婉言谢绝,并十分真诚地说:"写字作画是我人生的一大爱好,能为大家写写字作作画,是一种美的享受,更是我修身养性的一大乐趣。"2000年前后,崇明电视台、上海电视台教育频道分别对他的书画作品做过专题报道,给观众留下了深刻印象。

在茅雨亭老师精益求精、不为名利的精神影响下,邱振培刻苦自学,也成为一名集诗书画印、吹拉弹唱于一身的多才多艺的艺术家。近年来,邱振培还带了不少徒弟,都不计报酬,不收费用,把书画技艺毫无保留地传授给抱有艺术梦想的学子,将茅雨亭老师的这种高尚品德传承下去。崇明东门中学学生施昊芸，从 9 岁起拜邱振培为师学国画，11 岁开始学书法，其作品先后获得全国第 16、17 届学生绘画书法比赛绘画二等奖，书法三等奖，上海市学生绘画书法比赛一等奖，2023 年以优异成绩被北京大学录取。版画家黄丕谟，青年时期的学画过程中，茅雨亭就是他的启蒙老师，在随后的事业道路上，黄丕谟不辜负恩师的培养，作品扬名海内外，成为一名德高望重的大师级人物。

近年来，随着科技的不断进步，邱振培在不断地探索创新，把崇明普通泥瓦匠画的不可移动"墙头画"升华成崇明瀛洲壁画，又称"移动壁画"，并与多所学校联合制作教材，开设拓展型课程，让学生了解和掌握壁画技艺，开发潜能，促进学生个性与社会化的和谐发展，这项技艺已取得国家专利证书，使这一传统的草根文化与艺术交汇交融地得到传承和发扬光大。

画影随行，情与境会，邱振培说："作为茅雨亭老师的学生，便是一种缘分，深感自豪。如今老师已离去近 20 年，而且直到临终，他也并没有留下什么豪言壮语，就像他的为人一样，朴实无华，默默无闻。但他那一次次循循善诱温柔细腻的指导，一幅幅精益求精柔中带刚的示例，历历在目，时常在脑海中浮现。将前辈用毕生精力创作的这些书画墨宝如获至宝地收集整理和珍藏，时常重温，并向自己的学生传授。每每这时都会把自己带回到那个激情燃烧的岁月，感恩之情总是溢满心头。"采访结束时，他还即兴作《题画诗》一首，以表达他报答恩师的心情，以及发扬茅雨亭精神的不懈追求！

附： **题 画 诗**

邱振培

幼时酷爱弄丹青,幸遇恩师茅雨亭。
言传身教来启蒙,画山画水画鸟禽。
崎岖路途多艰辛,蹉跎光阴缠我身。
耕田经商为生计,世人结交多黄金。
告老还家鬓已霜,倚窗朝晖夕又暝。
常守画案墨冷涩,七彩浓淡气不灵。
深夜长忆少年事,书画篆刻且用心,
师生梦中常相见,梅兰竹菊慰师魂。

铅笔画里见真情

我收藏的一套著名崇明籍画家茅雨亭绘画的《新编铅笔画》全六册,是茅雨亭的学生邱振培送我的。该画册由著名漫画大师丰子恺校订,著名书画篆刻家钱君匋发行,万叶书店出版,分别是民国三十七年(1948年)六月初版、民国三十七年八月再版的中小学生通用教材。

《新编铅笔画》一书的内容包括:静物、风景、飞禽、走兽、人像等。当年该书一经问世,在书画界产生广泛影响,并给予高度评价和赞誉。著名书画篆刻家钱君匋特聘茅雨亭为图书插画撰稿人;著名油画大师颜文梁称他是一位难得的铅笔画艺术家。

茅雨亭,(1912—2004)又名松筠,毕业于上海新华艺术专科学校。曾任崇明民本中学、立德中学、北堡中学、崇明师范的美术老师及北堡中学教导主任。他是土生土长的崇明竖新镇人,书画是他儿童时期的久远梦想,也是他毕生追求的不灭情怀。青年时期的他,踌躇满志带着梦想和憧憬,师从我国现代著名漫画家、散文家、音乐教育家、翻译家、文学大师丰子恺,并时刻牢记老师的"踏踏实实作画,堂堂正正做人"的教诲。名师出高徒,高起点的专业而系统的绘画训练和艺术思想熏陶,加之自己的兴趣、志向、勤奋和钻研,使其较全面地掌握了一手扎实、过硬的绘画技艺,并逐渐形成了自己独特而鲜明的绘画风格。

功夫不负有心人。学业有成的茅雨亭回崇明后,多年来在多家学校的教学中,每天挥毫作画,虽辛苦却乐此不疲。在此期间,他还与外界文人墨客交往甚广,切磋技艺,开阔视野,创作了大量的绘画作品,以使他的书画技艺得以充分发挥,在书画艺术的理念上也有了质的飞跃。早年在上海租界开办了"松筠工艺社",后来,又在崇明文化馆举办了茅雨亭画展,开创了该馆的画展先河。2000年前后,崇明电视台和上海电视台教育频道对茅雨亭的书画作过专题报道,给观众留下深深的印象。

同时,茅雨亭为进一步拓展自己的艺术领域,他还刻苦钻研英语、音乐、油画等多门艺术,终于如愿成为一名集诗书画印、吹拉弹唱于一身的全能民间艺术家。

茅雨亭不仅功底扎实,画艺精湛,而且艺德高尚。"文革"期间,时任上海中国画院院长、年近古稀体弱多病的丰子恺老师惨遭厄运,被下放到崇明五七干校进行劳动"改造",住在一间阴暗潮湿、四面漏风的牛棚里,身心受到极大摧残。有着深厚师生关系的茅雨亭得知这一消息后,不顾当时的处境,冒着可能受株连的风险,主动伸出援助之手,在精神和生活上给予关心和帮助,并想方设法多次看望老师,让丰子恺倍受感动。丰子恺在崇明五七干校期间完成了《护生画集》第五集 90 幅画的创作，从而进一步加深了师生情。

　　在给学生教授过程中，作为美术老师的茅雨亭以其优秀的品德、高尚的人格、强烈的社会责任和使命，不为名利，不计报酬，甚至常常自掏腰包资助贫困学子，默默无闻耐心细致地将绘画技艺毫无保留地传授、解惑，在崇明岛上培养了无数名手高徒。如今，他的高徒们遍布大江南北，无论身在何处，都会想起曾经的恩师，梦回曾经的校园，茅雨亭老师深受人们的赞誉和传颂。

　　纵观茅雨亭的《新编铅笔画》给人带来赏心悦目、春风化雨般的文化浸润，为书画界留下了一份宝贵的文化财富。

尊宗睦族说家谱

我们家族的老宅院,位于崇明中部偏东长江南岸边的堡镇四滧村,建造于19世纪初,三进三庭心的朝南全封闭式四合院,占地面积约1 800平方米,30多间砖瓦房屋。十几户人家,都是同宗同姓,一个祖先,世代务农,男耕女织,居住在同一个大宅院内,其乐融融,过着日出而作、日落而息的生活。

宅院的建造沿袭古法,讲究伦理,重视功能。建筑为砖木结构,白墙黑瓦,屋脊高翘,龙头鱼尾,雕梁画栋,古朴雅致,有象门、穿堂、家堂、前堂屋、后堂屋、正厢房、侧厢房、庭院等。宅院四周有宅沟相围,外沟沿种有竹子,内沟沿种植花木果树。宅沟内养鱼,种植芦苇、茭白,可谓是浓荫蔽日、怡静幽雅,具有典型的江南水乡传统建筑风格。该宅院自20世纪70年代末起几经变迁,至80年代末已全部拆除。

旧时的故乡宅院里有家堂,设置在前穿堂墙门内侧上方,选用上等木材,带有精致的雕花和装饰,那是家庭的标志,也是怀念祖德的精神家园。家堂里摆放着族内家谱和祖先的牌位，层层叠叠，尊卑有序。那时候每年春节都要举行祭祖仪式，表达对祖先的怀念和尊敬。祭祖时，先要摆放供品，如食物、香烛、纸钱等；然后向祖先叩拜、祷告，传承家教和家族观念，追思先人，启发后人。我们家族的家谱在20世纪60年代时较为完整地保存着。听父辈们讲，在1950年之前，每隔10年左右都要做一次家谱的续修工作；按传统，族内人员娶妻添丁都要上族谱。修谱人员大都由乡里乡亲比较熟悉的、具有一定文化的老先生担任。那时候，修谱是一种职业，或是专人上门修谱，或是由族内长者（即宅长）牵头，经与族内人员商议再邀请他们进行修谱。"文革"期间，兴起"破四旧、立四新"浪潮，家堂和家谱作为"四旧"被拆毁和焚烧。从此，续修家谱之事终止，族内家谱连同修谱行当一起失传，几乎没有留下任何资料。

　　水有源，树有根，人有血脉与宗亲。寻根问祖是人的天性，姓氏寻根就是人们以姓氏为纽带所进行的文化溯源活动。近年来，在崇明区档案局徐兵同志的帮助和支持下，我查找到了清代崇明《郭氏宗谱》，内容包含谱序、跋、像赞、传、训言十六则、世系。据该宗谱记载，郭氏家族祖上在南宋时期从山西太原迁居崇明、海门等地，各支遂在此繁衍生息。另查阅上海图书馆馆藏的郭秀山纂修的《郭氏宗谱》（宣统元年，崇明新河镇北五里敦睦堂本），结合族人回忆等有关资料获知，从江苏常熟迁到崇明的郭氏支脉，其先祖系唐代名将郭子仪（697—781年）的后裔——郭瑜，字景初，"从宋南渡"，被尊为崇明岛一世祖。第三世郭元泽居崇明姚沙,为东分;同为第三世的郭元海居刘沙,为西分。第十一世包括郭晟、郭守坚等。后代分别以"东分,晟后""西分,守坚支"等区别各支系。我辈系郭子仪后代迁崇世祖郭瑜的第二十八世,属第十一世"西分,守坚支"的后代第二十四世郭智(居箔沙地区南四漵东沙锅港正东外口)之支系。

  一部家谱是家族历经沧桑不断发展的记录,能为后人提供寻根溯源的依据。家谱可以让祖先们耕读传家、忠厚治家的精神内涵,以及家族不断壮大发展、自强不息的要领得到继承。崇明《郭氏宗谱》为木刻本,线装。内容包含家史梗概、谱列、世系表,并记载着家族人口及其迁移分布的变化,还包括族人的婚姻状况、先人的高尚品德、族人须遵循的规矩等,较全面地反映出郭氏家族从外地迁居崇明的世系脉络,以及垦荒定居、勤劳致富、安居乐业、繁衍生息、人才辈出的概貌。在这本家谱中,翔实地记载着从迁崇始祖至20世纪50年代初的第二十七世的种种细节,我父母和族内长辈的名字,以及我辈(第二十八世)中的年长者也名列其间。此次,我将上述资料复印下来加以收藏。可以说,这是一部见证岁月沧桑,记录家事私史的珍贵资料,能为后代子孙提供宝贵的借鉴,也能折射给定时期内族人的生活图景。

  另据《郭氏宗谱》记载和族人回忆,我们四漵村郭氏家族的家谱历经数修,所列辈分"字"为:"良、承、显、迁、永、志、秀、士、希、世、英、杰,光、耀、中、华"。其中,"希世英杰"和"光耀中华",是堂叔郭秀岩在20世纪70年代就连续字辈所做的补充。但在实际操作中,除了"希"字辈在部分族人中运用外,其他均没有得到延续运用,因而名存实无。在旧时,孩子出生时有乳名,长大上学后按家谱辈分取名。我辈为"士"字辈,因乡音"士"与"树"同音,故"士"与"树"相互通用,一直延续至今。

国之有史,方之有志,家之有谱,其理一也。家谱是中国特有的文化遗产,是中华民族历史的见证,是民族文化的瑰宝。它承载着民族和家庭的良好道德风尚,是传承民族文化的重要载体。家谱是一个家族的历史,既可明世次、别亲疏,又可尊宗睦族,教育后人。由此可见,对于每一个家族来说,只有拥有一本家谱,才能算一个有根据的完整的家族。如今,随着经济的发展和人口流动的加剧,族人四散各地,导致家谱大多失传,别说修家谱,许多年青人连自己曾祖父、祖父的名字都叫不上来。20世纪60年代后期以后出生的孩子也不再按家谱辈分取名,怎么新奇怎么取,怎么好听怎么叫,造成辈分紊乱,长幼失序。那意蕴丰富、指涉广泛的家谱的失传,留下了不尽的遗憾。

然而,家谱不仅记载了家族的来源、发展历程,还反映了社会、文化、历史等多个层面的变迁。可见,家谱不仅是家族文化的重要载体,也是中华民族生生不息的希望,更是万千游子的心灵寄托。因此,我们有责任和义务去保护和传承家谱文化,进一步发扬爱家爱国的优良传统,将这一宝贵的文化遗产发扬光大,让每一个家族的子孙都能在家谱的指引下,寻找到血缘的根和灵魂的归宿。通过学习研究和利用家谱文化,可以深入了解家族的演变、传统文化的传承以及社会风俗的演变。毛泽东同志1957年在成都召开的中共中央政治局扩大会议上曾说过:"搜集家谱、族谱加以研究,可以知道人类社会发展规律,也可以为人文地理、聚落地理提供宝贵的资料。"要让家谱这一宝贵的精神财富成为中华民族伟大复兴的生力军,在新的时代里焕发出更加绚丽的光彩,为发展我国的文化事业,为建设和谐之家、和谐之族和谐社会作出应有的贡献。